끝나지 않은 이별

송경하 소설집

문학공원 소설선 37

끝나지 않은 이별

송경하 소설집

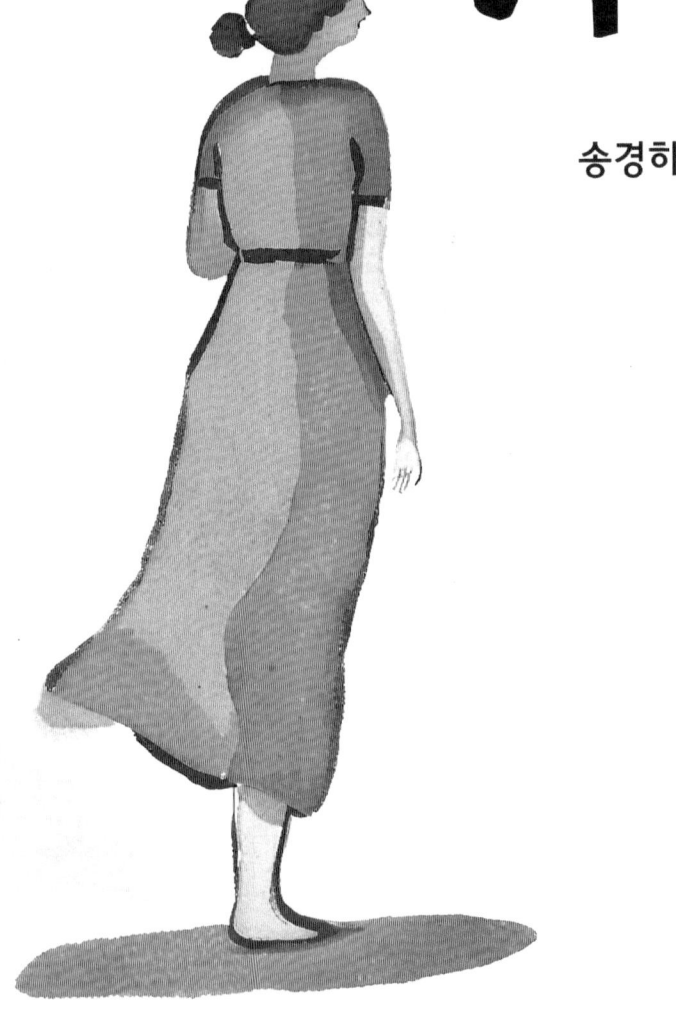

문학공원

〈작가의 말〉

『끝나지 않은 이별』 재출간에 즈음하여

　세상이 하도 변수가 많으니 내일도 모른다. 내일 할 일을 오늘 해두자.
　자고 나면 일어나는 아수라 세상 같은 시대의 환란을 외면하지 못해 소설이라는 텍스트로 이 사회의 병리현상들을 재구성해 보았습니다. 인간의 감성은 사막처럼 메말라가고 세상은 더 거칠고 더 극단으로 달려 나가는 작금, 아무것도 인식하시 못하는 혼돈의 악다구니들, 폭력과 그에 맞서는 처절한 저항으로 날려버린 시간들 속에서 자신을 마름질해 건져낸 성찰의 결괴치고는 퍽 초라함에 스스로 부러워하면서 이 글을 또 세상에 내놓습니다.
　그 악명 높았던 80년대 삼청교육대의 이야기 『달을 따라간 남자』 소설로 옮기려니 이야기라고 했지만, 사실은 허구적 이야기가 아닙니다. 정치적 문제로 많이 다루어졌던 주제이고 시대적 판단착오였다고 정의는 되었을지라도, 그 이면, 실제 그 혼돈 상황에 던져져 영문도 모른 채 겪어야했던 피해자 개인의 사실적인 삶이 검은 야망 앞에서 어떻게 무너졌는지. 그리고 끝내 회복되지 못한 채 세상을 떠나간 외로운 영혼들의 한 맺힌 아우성을 저자는 듣습니다. 이제는 어서 이 혼돈이 끝나기를, 평화로운 일상을 기대하면서, 고도를 기다리는 마음이 되어 부디 기대가 무모함이 아니기를….

　황량한 사막을 적시고, 오아시스를 샘솟게 하는 사막의 소낙비, 스콜처럼 문학의 단비를 내리어 거친 악마 같은 감성을 적셔 줄 수 있다면, 동물들의 동면 기간처럼 인간에게도 영혼의 휴식 공간, 때로는 작가가 만들어 놓은 상상의 유토피아로 일상에 지친 영혼들이 찾아와 쉴 수 있는 문학작품을 쓰고 싶었습니다. 스러져 가는 현상 속에서 영근 생각, 살아오는 과정에서 보았던 것들, 겪었던 나의 삶, 잠들지 못하고 아파했던 시간들, 혹은 타자의 삶, 우리 이웃의 아픔, 그리고 그것들을 바라보며 내가 느꼈던 소회들을 끌어내어 이야기로 엮어 세상에 들려주고 싶었습니다. 그 소망으로 펜을 들었던 동기에 갈음하겠습니다.

2024년 12월 31일

'책 읽는 마을 관악'에서 저자 **송 경 하**

〈서문〉

우리 시대의 아픔을 노래하는 작가

김 순 진 (문학평론가 · 한국문인협회 이사)

　송경하 작가는 중견작가다. 그는 이미 수없이 많은 문제작들을 세상에 내놓아 주목받은 바 있다. 우리는 그를 서민을 위한 서민의 작가, 우리 시대의 아픔을 노래하는 작가, 소외되고 그늘진 곳을 찾아가는 약손 같은 작가 등으로 부른다. 송경하 소설가를 위한 수식어는 무궁무진하다. 그가 그런 수식어를 붙게 한 데는 이유가 있다. 그의 소설은 음담패설이나 전통의 재탕, 3류소설 같은 러브스토리를 늘어놓지 않는다.
　그의 소설에는 분명 사랑이 있다. 그러나 그 사랑은 남녀 간의 사랑이 아니다. 그 사랑은 동물과 사람의 사랑, 식물과 사람의 사랑, 그리고 짝을 잃은 기러기들의 사랑이다. 간혹 그의 소설은 외사랑의 아픔을 그려내기도 하지만, 그가 그려내고 있는 일련의 스토리들은 모두 우리 시대에 있을 법한 이야기들로써 이 소설집에서도 역시 산업화되고 선진화된 우리

나라의 이면에 이첩되어 있는, 조금은 난해한 각주 같은 이야기들이 그의 주된 소재다.

그래서 그는 베이비붐 시대에 태어나 현시대에 상대적으로 부모들에게 보호와 가르침에 소외된 사람의 눈으로 본 자식의 결혼관과 형제관, 유산의 분배과정을 파헤친 소설 「우리는 베이비부머다」와 같은 소설을 써낸다. 가난을 모르는 현세대와 베이비부머 세대와의 갈등은 이 시대의 숙제이기도 하다.

소설 「박쥐들의 꿈」은 가난에서 비롯된 젊은 세대의 아픔을 그린 소설이다. 주인공 진희와 늙은 애인을 둔 엄마가 함께 살아가는 과정은 가슴이 아프다 못해 아리기까지 하다. 요즘 세대를 3포세대니, 5포세대니, 7포세대니 하는데 그중에 특히 '취업, 결혼, 꿈'을 포기한 채 골방에 틀어박혀 게임에 몰두하는 세대를 생각하면 오금이 저린다.

「사랑 좀 패러디하면 안 되겠니」란 작품은 늦바람이 난 할아버지에 관한 이야기다. 연금으로 딸의 가족과 함께 살아가던 재범은 양순이란 할머니와 사랑에 빠진다. 그를 둘러싼 딸 영희와 외손녀딸 수지와의 관계는 10가정 중 한두 가정은 생겨날 법한 스토리로 노인의 사랑과 행복에 초점을 맞춰 우리에게 메시지를 던지고 있다.

「끝나지 않은 이별」은 잠깐 사랑했던 여자 친구 은지가 늦은 퇴근에 갑자기 괴한한테 습격을 당해 사망하게 되고, 그에 따른 주인공 민우의 충격과 수렁에 빠진 트라우마를 통해 가족의 중요성과 사랑의 아픔을 그려낸 소설로서 주변에 몇몇 작가들이 외동딸, 외동아들을 그렇게 죽음으로 보낸 과정을 생각하면 그 고통이 얼마나 큰 것인지 가늠이 되지 않는다.

소설 「폭설」은 쪽방촌에 살고 있는 사람들의 아픔을 그려낸 소설이다. 무슨 까르마로 그리 살게 되었는지조차 알지 못하고 그저 힘든 삶을 살아가는 사람들, 아내의 묘를 찾는 사내의 발걸음에서 독자는 주인공 사내의 삶에 대한 연민을 읽게 된다. 어둠을 싫어하는 사내, 모든 것을 빼앗아 간 형님이라는 악마의 설정은 어쩌면 아직 남아 있는 장자 우선의 봉건제도를 마무리하자는 글이라는 생각이 든다.

「보신탕집 옆 애견센터」는 개식용금지법의 국회 통과로 요즘은 도심의 거리에서 보신탕집 간판이 사라졌지만, 폭발적으로 늘어가는 반려견의 숫자와 맞물려 개를 잡아 보신탕으로 팔고 사 먹는 21세기의 세태를 꼬집은 소설이다. 이 소설은 이제 선진국이 된 우리는 개, 번데기, 개구리, 뱀 등 혐오식품을 그만 먹어야 한다는 역설을 가지고 있는 소설이다.

「공가(孔家)네」는 밑바닥 경제의 일선에 선 사람들이 경마장을 드나드는 것을 형상화한 소설이다. '투기는 아무도 돈을 번 사람이 없다'는 진리를 깨닫게 되기까지 그들은 자신의 모든 것을 탕진하며 패가망신을 스스로 체득하여만 하는데 그런 과정이 너무나 적나라하게 그려져, 서민들의 돈을 빼앗는 정부와 자본주의의 괴리를 고발하며, 작가가 소설을 쓰기 위해 얼마나 많은 공부를 하여야 하는가를 일깨워준다.

「달을 따라 간 남자」는 이상과 현실의 차이를 극명하게 드러내 주는 소설이다. 삼청교육대에 붙잡혀 들어온 천길이 고된 훈련과 기압을 받는 일 외에 해야 할 일은 개를 돌보는 일이다. 차라리 짐승만도 못한 대접을 받으며 훈련을 받는 천길과 인간의 탈출을 위해 길러지는 수색견, 탐지견, 경비견, 감시견, 추격견, 구조견은 이름만 '그럴싸'할 뿐 모두 삼청교육대에 잡혀온 교육자들을 감시하고 그들의 탈출을 막기 위한 개들이다. 그런 감시를 틈타 탈출에서 죽음에 이르기까지 달빛 교교한 산속은 그의 어린 시절을 현상해주기에 충분하다.

이상에서처럼 송경하의 소설은 정도를 걷고 살아야 한다는 분명한 메시지가 있다. 어느 한 개인의 아픔을 그려내는 것이 아니라 이 시대의 모순을 그려냄으로써, 정부(政府)의 정책 입안자들에게 발전이라는 이름하에 양산되고 있는 소외된 사람들의 구조방법을 묻고 있는 것이다.

이처럼 훌륭한 소설집을 펴내는 송경하 작가에게 경의를 표한다.

차례

작가의 말	4
서문 / 김순진 문학평론가	6
우리는 베이비부머다	14
박쥐들의 꿈	44
사랑 좀 패러디하면 안 되겠니	74
끝나지 않은 이별	108
폭설	138
보신탕집 옆 애견센터	166
공가(孔家)네	196
달을 따라 간 남자	224

우리는 베이비부머다

 마당가 작은 화단에는 봄꽃들이 가득 피어있다. 천리향, 라일락, 그리고 얼마 전 화사하고 고결하게 꽃을 피워낸 목련까지…. 어쩌면 이 집을 지을 때 함께 심어졌을 나무들이다. 나무들은 대지에 뿌리를 박고 녹아든 세월의 더께만큼 튼실하게 밑동을 키웠다. 장미도 봉오리가 봉긋, 연분홍색 속살이 터질 듯 부풀었다.
 나는 세탁기에서 방금 꺼낸 옷들을 마당 가운데 놓인 빨래 건조대에 탁탁 털어 널고 있었다. 유리알 같은 햇살이 연신 빨래 위로 내려앉는다. 해마다 나무들은 가지를 뻗고 무성하게 잎을 틔워, 야금야금 마당을 잠식해 들어왔다. 이제는 겨우 빨래 건조대 하나 펼칠 자리만 남아 있다. 나무들이 자기의 영토를 확장하며 자라는 사이, 우리 부부는 아이들 길러 결혼까지 시켜 떠나보냈다. 호젓한 뒤란처럼 좀 좁은들 어떠랴? 밟고 다닐 식구도 없는데…. 작년 가을 딸애마저 결혼한 후로 집이 더 적막해졌다. 마치 제비 새끼들이 다 자라 떠나가고 난 뒤의 빈집을 바라보며 허전해하는 흥부네 부부처럼, 우리는 어느새 주인 떠난 빈 둥지가 되어있었다.

어디에선가 아카시아 향도 묻어온다. 천리향의 강한 향과 섞인다. 현관 옆 발코니에 놓아둔 선인장 줄기에 초록빛이 선명하다. 올해는 꽃이 피려나? 선인장은 유난히 긴 시간을 기다려 꽃을 피운다. 그래서 선인장꽃을 백년화라고 하는가 보다. 햇살은 눈이 부시게 내 시야에서 어룽거리고 파란 하늘에 포물선을 긋고 지나가는 제트기의 소음마저도 아득하게 어린 날의 추억을 불러온다. "봄의 교향악이 울려 퍼지는 / 청라언덕 위에 백합 필 적에…." 이맘때면 내가 다니던 여고의 교정에서 들려오던 가곡의 한 소절…. 그때도 지금처럼 파란 하늘에 구름이 떠가고 있었을까, 저 구름에 내 마음 실어 따라가면 그 시절을 만날 수 있을까, 주위가 조용해지면 기억 저 너머에서 피어오르는 상념.

'철커덩' 갑자기 금속성 부딪치는 소리와 함께 철 대문이 세차게 열렸다. 상념은 산산이 부서지고 '흠칫' 놀라 돌아보니 "에잇. 에잇" 아침 운동을 나갔던 남편이 혀를 차며 대문 안으로 들어선다. "아니 왜요?" 빨래를 널다 말고 눈을 홉뜨며 물었다. "거, 대문 앞 좀 깨끗이 해놔요. 또 개가 와서 똥을 한 무더기 싸 놨어!" 남편은 퉁명스럽게 나를 탓한다. 대문 앞이 지저분하니까, 개가 알아보고 배변 장소로 이용한다는 말이다. 그리고는 대문 뒤에 세워둔 부삽을 찾아들고 씩~씩 거리며 밖으로 나갔다. 성난 표정이 뒤통수에서도 느껴졌다. 남편은 뭐가 마뜩찮으면 더 퉁명스러워진다. 어디 개들뿐이랴. 술이 들어가면 개를 닮아버린 사람들조차 급하면 담벼락에다 지도를 그려 놓기 일쑤이고. 날이 꾸무럭하거나 먹구름이 낮게 드리우면 지린내가 마당까지 흘러들곤 하는데…, 새삼스럽기는.

이 집으로 이사 온 지도 어느덧 25~6년이 훌쩍 지났다. 그 사이 아이들은 자라 모두 결혼했고 때맞춰 남편은 은퇴했다. 어쩌다 보니 우리는 이 집을 벗어나지 못한 채 노년을 맞이하게 되었고 시간 너머에 퇴적되어있는 기억과 함께, 사람은 늙고, 집은 낡고 이제는 떠나려고 해도 떠날 수도 없이 독 안에 갇힌 쥐 꼴이 되어있었다.

이 집을 처음 마련하고 행복했던 기억, 마당 가에는 작은 정원을 만들어 갖가지 초화를 심어 키우고 아이들은 맘껏 뛰어놀 수 있어서 좋았다. 그래서 더 감지덕지라 여기며 불만 없이 살아왔는지도 모른다. 그 이전에 살았던 신혼집에 대한 불편했던 기억도 이 집에 더 애정을 갖게 하는 데 한몫했을 것이다.

결혼하고 남편과 처음 살았던 그 신혼집은 언덕배기 위에 자리 잡은 짙은 회색 대문에 청색 기와집이었다. 주인이 사는 앞마당을 지나, 나무 부엌문이 달린 방 두 칸짜리 전셋집, 그래도 단칸방은 아니었다. 암갈색 베니어판 미닫이 네 짝이 방 가운데를 가로지르고 있었다. 가난한 농촌 집안의 막내인 남편이 부모의 도움 없이 순전히 자력으로 마련해 놓은 우리의 신혼 방이었다. 지금은 내 기억 속에만 존재하는 방, 그 전세 자금을 마련하기까지 남편은 마음 놓고 친구들과 술을 마실 수도, 허투루 담배를 피울 수도 없었단다. 오직 성실할 수밖에…. 그 시대는 성실이 신랑감의 첫 번째 덕목이었다. 그건 상황이 지배한 성실이었겠지만 보는 사람에게는 믿음직스러웠을 것이다.

남편이 그렇게 근검절약해서 모은 돈으로 마련한 신혼 방에 살면서 불편함 따윈 당연히 내가 감수해야 할 나의 몫으로 여겼다. 부엌으로 통하는 문은 너무 낮아서 허리를 반으로 접든지 아니면 엎드려서 기어야 드나들 수가 있었다. 새색시가 엎드려 기는 것보다는 차라리 몸을 반으로 접어서 통과하는 게 나왔을 것이다.

문을 막 통과해 부엌으로 내려서면 연탄 아궁이 두 개가 시커멓게 성난 시어머니의 두 눈처럼 나를 노려보았다. "가난하고 홀어머니이긴 해도 막내이니, 단출해서 좋지 않겠냐?" 친정어머니가 우긴 자리였다. "맏며느리 자리는 일도 많고, 잘하니 못하니 말도 많은 겨." 평생을 종갓집 종부로 손등에 물마를 새 없이 죽은 조상, 산 조상 다 받들고 살아오신 친정어머니가 삶에서 터득한 고견이었다.

남편은 아들 셋 중 제일 착하고 자기 어머니의 마음에 꼭 든 막내아들이었다. 시어머니는 "막내 장가들이면 자신은 꼭 막내아들 네 집에서 살 거야."라고 입버릇처럼 해 왔단다. 큰아들부부가 섭섭케 하거나 마음 상한 일이 있을 때마다, 입버릇처럼 벼르고 벼른 그날이 우리가 결혼한 날이었다. 시어머니는 끈질기게 막내의 발목을 붙잡았고, 큰아주버님 내외의 회유작전 역시 강경했다. "누구는 자식 아니냐?" 자신들은 "십 년도 넘게 모시고 살았다."며. 맏동서는 나를 향해 그동안 참았던 눈물까지 쏟아냈다. 거기다 시누이들까지 가세해서 나를 압박했다. 남편은 엉거주춤 허수아비가 되었고, 나는 코만 훌쩍이고 앉아 있었다. 시댁의 요구를 받아들이든지 아니면 불효한 며느리, 즉 죽일 년이 되어야 했다. 나는 끝까지 죽일 년 쪽을 고수했다. 시댁 쪽 사람들의 얼굴엔 실망의 빛이 역력해지고 똥 밟은 표정들이 되었다. 결국 몇 달씩 돌아가면서 모시자는 쪽으로 결론이 났지만, 그날의 황당하고, 난처하고, 민망하고, 억울한 기억은 흐르는 시간도 지우지 못했고 의식의 한켠을 채우고 있다.

몇 년 지나지 않아 시어머니는 지병으로 세상을 떠났고 난처함이나 억울함 대신 후회와 자괴감이 마음을 짓누르게 되었다. "그때 그 방에서 시어머니를 모실 걸." 가끔 옅은 후회와 함께 시간 저 너머에서 불쑥불쑥 살아나는 기억들이다.

그 신혼 방에서 나는 아이들 둘을 낳았고, 그 후에도 전세 난민의 생활이 한동안 이어지다가 결혼 8년 만에 지금의 이 철 대문 집을 샀다. 그때의 그 기쁨과 성취감은, 천하를 다 얻은 것 같고, 정말이지 대궐이 부럽지 않았다.

화단에서는 나무들이 커가고 집안에서는 아이들이 잘 자라주었다. 작은 마당에서 아이들은 자전거도 타고 소꿉놀이도 하면서 자유롭게 뛰어다녔다. 작은 정원은 자연학습장 역할도 톡톡히 해 주었다. 봄이면 꽃이 피었고 잎사귀가 누렇게 색이 변해 가는가 싶으면 이 철 대문 앞마당에도 어김없이 가을이 찾아왔다. 겨울이면 벌거벗은 나뭇가지 위에 눈이 소복소복 쌓여 겨울의 정취를 맘껏 즐길 수 있었고. 가끔은 참새들 지저귀는 소리에 잠이 깨기도 했다. 교차되는 계절의 변화 속에서 세월 가는 줄도 모르고, 개가 와서 똥을 싸 주도록 살고 있었다.

우리는 베이비붐 세대다. 대량 출산, 즉 홍수 출산, 한 해에 태어난 신생아 숫자가 백만을 넘었던 시대, 출생률이 최고점을 찍은 세대였다. 대책 없는 출산이었고 무모한 탄생인 셈이었다. 우리는 비빌 곳도 없이 지독한 자립심과 강인한 생명력 그리고 도전정신 하나로 무장한 채, 6·25전쟁의 상흔이 채 가시지 않은 폐허 위에 태어났다. 오죽하면 '잘살아보세.'가 국가정책의 키워드가 되었을까? 정부의 산아제한 정책을 불러온 것도 베이비부머들의 홍수 출생이었을 것이다. 거기에 세계적인 경제학자 멜버른의 저서 '인구론' 즉 '생산성은 산술적으로 늘어나는 데 반해 인구는 기하급수적으로 늘어난다.'는 이론을 도입하여 경제정책의 키워드로 삼고 정책을 펼쳤던 정부가 늘어난 인구가 경제 성장률을 잠식하지나 않을까? 위기를 느끼고 마침내 강력한 산아제한 카드를 꺼내 들었다.

"이대로 낳다가는 삼천리는 초만원, 덮어놓고 낳다 보면 거지꼴을 못 면한다. 아들딸 구별 말고 둘만 낳아 잘 기르자." 라는 현수막을 마을 어귀마다 내걸었고. 젊은 부부들의 잠자리를 참견하기 시작했다. 보건소에서 파견 나온 직원들이 산아제한의 필요성을 강설하고 은밀하게 내민 해괴망측한 피임

기구는 유교적 가치관과 여지없이 충돌했다. "자손을 많이 퍼뜨려야 집안도 나라도 융성하는 법이여." 그때까지 국민들의 의식을 지배하고 있던 유교적 논리였다. 그러나 정부의 강력한 정책드라이브에 밀려 원로들의 저항도 힘을 잃을 수밖에 없었다.

베이비부머들은 유교 의식의 잔존 꼬리에서 유년기를 보냈다. 여자들은 순종과 절제를 요구받았고 인내와 양보 저항 없는 다소곳이, 거기다 끝을 알 수 없는 맹목적 효를 강요받으며 자랐다. 청, 장년기는 '잘살아보세.'라는 정부의 캐치프레이즈 아래, 열사의 건설 현장에서 오일달러를 벌어들였고, 간호사 광부들은 가난과 맞서 그 먼 독일로 떠났다. 사전에도 없는 공순이 공돌이라는 자조 섞인 말이 생겨난 것도 그 무렵이었다. 가발공장의 수출 목표는 생뚱맞게도 시골 아낙들의 쪽진머리를 일시에 커트로 유행시키는 계기를 만들었다. 그들은 경제건설의 주역이었고 민주주의 쟁취에 죽음도 불사했다. 말하자면 산업화와 민주화를 동시에 이루어 냈고, 역사의 질곡을 관통해온 세대들이었다.

그랬던 베이비부머들은 다시 물밀 듯 밀려오는 서양의 실용주의 문화를 수용해야 했고. 개인주의 사상을 새롭게 익혀야 했다. 세기가 바뀌는 밀레니엄 앞에서 어리둥절할 수밖에 없었다.

따지기 잘하는 이기적인 젊은 세대들을 이해해야 한다는 시대적 사명도 간과할 수 없었다. 귀에 못이 박히도록 들어왔던 "어른에게 버릇없이 굴면 안 되아."라는 말은 입 밖으로 내뱉어 보지도 못하고 퇴물이 되었고, 늙으면 죽어야 한다는 노골적인 구박도 생로병사의 순리로 애써 받아들이며 침묵해야 했다.

그들의 개방적인 성의식도 그러려니 하고 넘어가야 한다. 공원이나 전철 안에서까지 낯 뜨거운 애정 표현을 하는 젊은 커플을 보더라도 차라리 자신의 눈을 감아야지, 꾸짖었다간 면박 내지 심하면 두들겨 맞기까지 하는 고삐 풀린 시대에 살고 있다.

우리가 어릴 때는 어른 중심 사회였다면 우리가 어른이 된 지금은 갑자기 젊은 사람, 아이가 중심이 되는 사회로 건너가 있었다. '빛과 번쩍' 아이티 문명에도 적응해야 했다. 트렌드에 적응 못하는 꼰대가 되지 않으려면…, 복지관에서 실시하는 컴퓨터 배우기, 스마트폰 사용법 정도는 익혀야 사회 네트워크에 접속이 된다. 저조해지는 출산율도 방관만 해서도 안 된다. 산아제한은 현판을 내린 지 오래고 지금은 출산장려란다. 우리가 부모로부터 들었던 "니 새끼는 니가 키워라!"에서 "그저, 낳기만 하렴, 키우는 거는 우리가 키워 줄 테니 며눌님, 딸님." 손수레 끌 듯 유모차를 힘겹게 끌고 가는 중년 할머니의 모습이 조금도 낯설지 않다. 오히려 대세가 된 지 오래다.

 전화벨 소리가 나의 상념을 깨고 요란스럽게 울린다. 깜짝 놀랐다. 가는귀먹은 남편이 집안 어디에서고 들을 수 있게 전화기의 볼륨을 한껏 높여 놨다. 수화기를 들자 "응 엄마, 별일 없어?" 작년 가을 시집간 딸애였다. "이번 어버이날은 어떻게 해? 엄마 선물은 뭐 살까? 또 아버지 거는?" 회사에서 점심시간에 전화를 한 모양이었다. "어버이날이라고 별다를 게 있나? 똑같은 날이지." 사실 나는 무슨 날이라고 정해놓고 법석을 떠는 것도 별로 달갑지 않았다. 어쩌면 그것은 백화점 마케팅에 휘둘리는 것 같기도 했다. "자식 부모 간에 자주 얼굴 보고 왕래하면서 지내면 되지, 더구나 너 결혼한 지 얼마 됐다고? 바쁠 텐데, 신경 쓸 거 없다. 챙기려면 시댁 어른들이나 챙겨." 오지랖 넓게 대답해주었다. "시댁도 물론 챙기지만, 친정도 그냥 넘어갈 수는 없지, 자식도 없는 사람마냥, 참, 오빠한테서는 연락 왔어?" 딸애는 느닷없이 오빠의 동태를 물었다. 나는 대답을 잠시 보류하고 머리를 굴렸다. 이럴 때 대답을 잘해야 한다. 곧이곧대로 아무 연락 없었다고 하면 오빠를 맹비난 할 거고 거짓말로 연락이 있었다고 하면 또 다음 거짓말을 이어가야 하니까, 곤혹스럽다. 망설이고 있는데, "엄마 그냥 식당에서 만나 고 씨랑." 눈치 빠른 딸애가 벌써 감을 잡은 것 같았다. 목소리에 짜증이 배어있었다. 오빠 올케가 그러면 그렇지 하는 투다. 어디 한두 번인가, 딸애는 처가살이에 빠져 부모님을 소홀히 한다며 오빠를 몹시도 마뜩찮게 여기고 있는 터였다.

딸애는 제 남편을 그렇게 고 씨라고 부르라고 하고 저도 그렇게 불렀다. 흔히 사용하는 'O 서방'이란 호칭을 좀 싫어했다. 그 호칭은 다소 비하적이고, 욕설 같은 말이라고 생각하는 것 같았다. 나 역시 거부감이 들기는 마찬가지였지만 딸애와는 조금 다른 시각이었다. 나는 옛날 조선시대 천민 집안, 즉 고전 소설 춘향전에 나오는 기생집과 이몽룡이라는 양반 자제와의 기울어진 혼인에서 비롯되었을 법한 호칭, 양반 사위에 대한 아부적인 호칭이라고 여기고 있었다. 무조건 벼슬길에 나가기 위해 글 읽는 도련님이라니, 농사꾼 사위에게까지도 그렇게 붙였으니, 그게 아부가 아니고 뭐겠는가?, 왜 그 호칭은 세월이 지나도 바뀌지 않는지, 딸은 비하적이라고 했고 나는 아부적이라고 했다. 이제는 그 호칭도 바뀌어야 한다.

우리 집에서만큼은 그 말은 사용하지 않기로 잠정적 합의를 봤다. "그럼 집으로 와, 집에서 저녁이나 먹자." "우리야 아무래도 좋지만, 엄마가 힘들까 봐."라 했다. "내가 알아서 할 테니까, 집에서 만나자." "엄마, 그럼 음식 너무 많이 만들지 마." 딸애의 당부였다.

 남편이 들어와 무슨 전화냐고 물었다. 나는 자초지종을 설명해주었다. 남편에게 얘기하려면 목소리를 한 옥타브 높여야 하니 목에 힘이 들어가고 인상이 구겨진다. 그래도 어쩌랴, 알려 주어야지 그렇지 않으면 자신을 소외시킨다고 삐지고 몽니가 나온다. "허 참!, 아들놈한테서는 전화 한 통 없고, 아이쿠, 집안 꼴 잘 돼간다." 남편은 아들 얘기만 나오면 역정부터 부렸다. "아니, 그게 꼭 그놈만 탓할 일이요?" 나는 아들에게 쏟아지는 남편의 역정이 이제는 지겹다. 누군들 마음 편할까 봐. "저렇게 꼭 자식을 싸고돌지." 남편의 18번 멘트다. 그 말은 늘 내 기를 꺾어 놓았다. "아휴 관둡시다." 우리 부부의 대화는 늘 평행선이었고. 그 중심엔 아들 녀석이 있었다.

 5월은 유난히 행사가 많은 달이다 은혜에 감사하자는 취지였겠지만 엉뚱하게도 과소비를 부추기는 쪽으로 흘러가는 것 같다. 음식점들은 대목을 만난다. 어린이날은 아이들 동반한 젊은 부부들이 레스토랑으로 향하고 며칠 뒤 어버이날에는 또 부모를 대동하고는 한정식이나 대중식당을 찾는다. 아이들은 천방지축 나대고, 식당마다 북새통을 이룬다.
 시골 티 물씬 풍기는 노부부는 멍한 표정으로 주위를 두리번거린다. 그 옆에 젊은 여자가 무관심한 듯 뾰로통해서 앉아 있다. 며느리인 것 같았다. 단란한 가족으로 보이기보다는 그저 의례적인 인사치레성 행사로 보일 뿐이었다. 필경 아들 내외가 모시고 나온 경우일 것이다. 집에 돌아가면 "자기 이번 달 생활비 아작난 것 알아!" 젊은 여자가 남편을 닦달할 것만 같은 분위기이다. 퍽 어색하고 이물스러운 광경들이다. 반면 여자는 희희낙락한데 그 옆의 남자가 고개를 푹 숙이고, 관심 없다는 듯이 말없이 먹는 데만 취해있으면 틀림없이 친정 부모를 데리고 나온 집일 거야, 나는 어디에 속하든 다 싫다. 음식점들만 빈자리가 없을 정도로 때아닌 호황을 누리는 게 오월의 신풍경이다.

간단하게 하겠다고 했지만, 왠지 숙제를 떠안은 기분이 들었다. '뭘 해서 그 백년손님이라는 사위와 식구들이 모여서 맛있게 먹을까? 사위를 본 지도 아직 채 일 년도 안 됐는데. 그냥 식당에서 먹자고 할 때, 그렇게 할 걸 내가 일을 사서 하지.' 나는 짧은 후회를 하며 여러 가지 메뉴를 떠올려보았다.

작년 가을 어느 햇살 맑은 날, 나는 딸애와 함께 택시를 타고 양재역 부근 커피숍으로 향했다. 사윗감을 처음 만나러 가는 길이었다. 말하자면 예비 사위한테 인사를 받으러 가는 날이다. 가는 내내 나는 묘한 감회에 휩싸였다. 인생의 마지막 과업을 마무리하러 가는 느낌이랄까, 저희 둘이야 회사 선후 배로 만나 삼 년 가까이 교제를 해온 사이인데 이제야 내가 보고 맘에 안 든다고 한들 어쩔 수도 없는 일이었다. 오케이 사인만 요구되는 상황이었다. 차는 남부순환로를 지나가고 있었다. 차창으로 보이는 우면산이 습기를 머금고 촉촉이 젖어 있다. 미처 떨어지지 않은 잎새 위에 하얗게 내린 무서리가 방울방울 구슬처럼 매달려있었다. '저 잎새가 떨어지면 내 인생도 어두운 장막 속으로 사라지고 말 거야' 느닷없이 'O헨리의 마지막 잎새'의 한 구절이 되살아났다. 시들지 않은 감성이 왜 하필 이 시간에 내 머릿속을 덮치는지. 어느덧 가을은 도심까지 내려와 무르익어가고 있었다. 차는 도열하듯 차선 따라 늘어서고 '가다 서다'를 반복하고 있었다.

 '며느리 상견례 하던 날, 그때는 봄이었지.' 나는 아들 차 조수석에 앉아 벚꽃이 만개한 윤중로의 꽃 터널을 지나간다. 한참 지나 아들이 차를 세운 곳은 여의도역 근처의 M호텔 앞, 아들과 나는 차에서 내려 곧바로 엘리베이터를 타고 7층으로 올라갔다. 예약해놓은 상견례 방이 7층에 있었다. 방에는 아무도 없고 우리가 먼저 온 것이었다. 아들이 앉으라고 의자를 가리켰다. 아담한 룸이었는데, 아예 상견례 용도로 꾸며져 있었다. 한쪽 벽이 온통 통유리로 되어있어 눈 아래 한강이 훤히 펼쳐져 보였고. 그 위를 유람선이 마치 물방개가 물 위에 동심원을 그리며 미끄러지듯 떠다니고 있었다. 나는 밖이 잘 보이도록 통유리 옆에 앉았다. '무릉도원이라는 데가 이런 곳일까?' 나는 잠시 몽환경에 빠져 넋을 놓고 있었는지 "어머니 이런데 온 게 처음이지요?" 아들이 물어왔다. "그래 내가 언제 이런 데 와서 분위기 잡고 식사할 일이…." 내 말이 채 끝나기도 전에 아들의 스마트폰이 몸을 부르르 떨었다. 아들이 들여다보더니 나를 한번 흘끔거리고는 일어나 밖으로 나갔다. 나는 잠시 뜨악했다. 여자애가 도착했다고, 문자를 보낸 것이라는 걸 알아차리기까지 조금 시간이 걸렸다. '쳇! 왔으면 찾아서 들어올 일이지 마중까지 나오라고 문자를 보내! 세상 참.' 나는 갑자기 명치끝에서 더운 기운이 올라왔다. 얼굴도 화끈거리기 시작했다. 혼자서 중얼거리며 가방에서 손거울을 꺼내 내 얼굴을 비춰보았다. 마지막 자기 점검인 셈이다. 자글자글한 주름 위로 성깔이 배인 시어머니의 얼굴이 거울 안에 가득 들어차 있었다. '아!' 나는 혼자 소스라치게 놀랐다. '이러면 안 되는데. 시어머니 감이 성깔깨나 있어 보인다고 할지도 몰라. 어쨌건 지금은 나로 인해 결혼이 휘청거리는 일은 없어야 돼.' 감정을 추스르고 최대한 온화한 표정을 연출하려 했다. 눈에서 힘을 빼고 지그시 실눈으로 바꿔 뜨고, 윗입술을 아랫입술과 살포시 포개 물고….

그러는 사이 여자애와 그 애 엄마인 듯한 여자가 아들의 안내를 받으며 룸으로 들어섰다. 시선은 일제히 나를 향했다. 내 눈길도 우선 여자애의 얼굴부터 쏘았다. 한눈에 여자애는 무척 야윈 데다 키가 너무 컸다. 아들의 눈썹 바로 아래에서 가마 꼭지가 넘실거렸다. 생머리까지 길게 늘어뜨려 더 길게만 보였다. 무엇보다도 턱이 뾰족해 경망스러워 보였고, 얇은 입술 안에서는 말들이 쉼 없이 흘러나올 것만 같았다. 긴장한 듯 입을 꼭 다물고 있는데도 그런 상상이 가능했다. 머지않아 수다쟁이 아줌마로 변하는 건 시간문제일 것 같았다. 전체적인 이미지는 여우나 족제비를 연상시켰다. '나에게는 아무런 선택권이 없어 그저 오케이만 해주면 되는 거야.' 나는 속으로 수없이 뇌까리며 나를 다독였다. 그 옆에 앉아 있는 여자가 시종일관 떠들어댔다. 그 여자의 얄팍한 입술 사이에서는 낯선 문장들이 수없이 쏟아져 나왔다. 주로 자기 딸애의 피 알인 셈이다.

초등 때부터 줄곧 우등에 여러 재능이며, 스펙까지, 자기는 '지금까지 딸 땜에 속 끓인 적 없었고 딸 덕에 노년 팔자 늘어질 거라.'며 자기 친구들이 꼽아냈다는 것이었다. 요즘 말로 '엄친아'라는 것이다. 자랑에 입에 침이 마를 지경이었다. 나는 자기 친구를 찾아가 확인이라도 하고 싶었다. 듣고 있자니 속이 메스꺼워지는 것을 가까스로 참으며 커피잔을 들어 그 사이 밍밍하게 식어버린 커피를 조금씩 홀짝거렸다.

여자는 여전히 내 아들과 나를 번갈아 바라보며 취조하듯 이것저것 물었다. '경망! 경망! 그래, 저 모습이 바로 저 애의 미래의 모습이야.' 속으로만 외쳐대면서, 나는 끼어들 틈조차 찾지 못하고 꿀 먹은 벙어리가 되어 앉아 있었다. "신혼집은 몇 평 정도 생각하시는지요?" 여자가 나에게 질문을 던졌다. 나는 화들짝 놀랐다. '그렇게 PR을 해대더니 이런 꼼수가…!' 결국 '잘 키운 자기 딸을 며느리로 데려가니 거기에 상응한 대우가 있어야 하지 않겠느냐?'로 들렸다.

배알이 뒤틀려왔다. 그래도 이럴 때 대답을 잘해야 한다. 다 된 죽에 코 빠뜨리지 않으려면, 나는 예상하지 못한 질문에 선뜻 대답을 못 하고 머리만 굴리고 있었다. 그 틈에 아들이 얼른 대답했다. "저, 집 문제는 미현이와 이미 합의를 봤습니다. 월계동에 전세 빌라를 봐 놓았습니다." 아들의 말이 깨나 당당하게 나왔다. "월계동에 빌~라!" 그 여자의 눈과 입이 동시에 일그러졌다. 양미간에 깊은 주름이 잡혔다. 빌라를 발음할 때는 혀를 살짝 구르기까지 했다. 조롱하는 투였다. 한 참동안 자기 딸과 내 아들 사이로, 어이없어하는 눈길이 분주하게 오갔다. 왜? 하필 이렇게 수준 차이 나는 놈을 사귀었느냐고 책망하는 눈빛 같았다. 나는 심장이 벌름거렸다. 내 아들과 그 여자의 얼굴을 번갈아 바라보았다. 두 눈빛에서는 파란 불꽃이 잠깐 스치는 것 같았다. 그러다가 아들이 고개를 숙였다. '아휴, 저 달팽이 새끼만도 못한 자식! 달팽이는 태어나면서 저 살 집은 하나 지고 나오지 않던가? 왜? 두 주먹 불끈 쥐고 맨몸으로 태어나서….' 나는 끝내 하고 싶은 말들은 독백으로만 처리했고, 가슴만 벌렁거리다 상견례는 끝이 났다.

 돌아오는 차 안에서 아들은 나를 다그쳤다. 아들도 분위기로 보아 나의 기분을 십분 알아차리고 한 말이었을 것이다 "혹시라도 어머니가 이 결혼을 반대하거나 깨면 다시는 나에게 장가들라고 '장'자도 들먹이면 안 됩니다. 알겠지요?" 아들은 눈을 동그랗게 떴다. 내 입을 틀어막는 이보다 더 강한 메시지가 어디 있으랴! 나는 빤히 아들의 얼굴만 바라보았다.

 결혼은 다행히 차질 없이 진행되었다. 그러나 여자는 월계동 낡은 빌라로 엄친아 딸을 보낼 수 없다며 길길이 뛰었고. 나는 해도 해도 너무한다 싶어 "빌라면 어때서요? 우린 베니어판이 가로지르는 방에서 신혼살림을 시작했다."고 한마디 했다가 빈티만 드러내고, 골 깊은 수준 차이만 확인하고 말았다. 결국 그 애 집에다 살림을 차려 주는 것으로 집 문제는 일단락이 되었다. 지금 아들은 처가살이를 하고 있다. 겉보리서 말만 있어도 안 한다는 그 처가살이를 내 아들이 하게 될 줄이야…

또 그 의무적인 승인을 해주러 딸을 따라가고 있었다. 나는 결혼이라는 걸 하면서 배려와 양보를 배웠다면, 자식을 낳아 키우면서 무한한 희생을 요구받았고. 이제 자식들 짝지어 주는 과정에서는 하늘보다 넓고 도무지 깊이를 잴 수 없는 포용력을 발휘해야만 했다. 그렇지 않으면 우리 가족 모두가 불행해질 것 같았다. 남의 자식을 내 가슴에 받아들이는 일은 결코 쉽지 않았다. 한 단계 성숙해지는 과정이었다. 내가 체험한 유교적 결혼문화는 이제 지나간 시대의 낡은 유물이 되어 있었고, 새롭게 프로그래밍 된 수순대로 진행되었다, 묵묵히 따라갈 수밖에.

딸애의 상견례 장소로는 어쩐지 쑥스럽고 민망했다. 커피숍 안은 짙은 와인빛 커튼으로 자연광을 차단시키고 주황색 무드등으로 분위기를 냈다. 폭이 좁은 테이블을 마주 보고 앉거나 혹은 옆에 나란히 앉은 이십 대 초반의 젊은 커플들이 이마를 맞대고 커피 컵에 빨대를 꽂아 빨고 있었다. 나는 '늙은 사람은 출입이 제한된 구역에 들어 온 게 아닌가?' 잠시 어리둥절했다.

역시 그런 분위기에 젖어 들지 못하고 이질적인 남자가 내 시야에 들어왔다. 진회색 양복에 숱이 성긴 머리, 얼굴이 커서 눈에 잘 띄었다. 나는 순간 '저 남자도 나처럼 젊은 사람을 만나러 나왔나?'라고 생각하는 찰라, 내 딸애를 보고 그 남자가 만면에 웃음을 띠고 자리에서 튕겨 나듯 벌떡 일어섰다. 일어설 때 보니 탁자 높이가 허리춤에 닿았다. '앉아 있을 때는 그렇게 작아 보이지는 않았는데, 몸통이 길고 다리가 짧은가?' 앉은키가 절반 이상인 것 같았다. 양복이 주먹 한 둘레 정도는 커 보였다. 어깨선도 늘어져 팔뚝까지 내려와 있고, 소매 깃에 가려 손등이 보일락 말락 했다. 영락없이 경로당 할아버지였다. 사윗감 아버지인가 보다…. 나는 또 어리둥절했다. 가까이 다가가자 "처음 뵙겠습니다. 고병욱입니다." 고개를 숙여 꾸뻑 인사를 했다. 목소리는 우렁찼고 청년의 목소리였다. 나는 아찔했다. 정신 줄을 붙들고 있는 게 다행이었다. 앉으라고 자리를 권해서 앉는다는 게 바닥으로 엉덩방아를 찧고 나자빠져 버렸다. 의자가 뒤로 밀려나 있는 줄도 모르고 엉덩이를 앉히다가 주저앉아버렸다.

종업원은 자리 수습도 미처 못했는데, 주문을 받으러 와서 있었다. 뛰쳐나오고 싶은 충동을 가까스로 참고 정신을 가다듬었다. 딸애가 의자를 세워서 가까이 당겨주어 다시 자리에 앉았다. 허리를 조금만 숙이면 고병욱과 이마가 닿을 것 같았고, 가슴을 뒤로 제쳐 거리를 확보해도 가까웠다. 앞을 보니 목을 받침대 삼아 네모난 얼굴이 얹혀져 있는 것 같았다. 발갛게 드러난 머릿살을 조금밖에 남지 않은 머리 가닥으로 이리저리 교차시켜 민둥산만 겨우 면한 머리통, 몸에 비해 불균형적으로 머리가 컸다. 그 옆의 딸애는 예상 밖의 돌발 상황에 사색이 되어있었다. 나는 혈압이 올라 속이 메슥거리기 시작했다. 일어서서 나오려니, '주문해놓은 주스나 마시고 가라.'고 고병욱이 붙잡았다. 그도 분위기의 감을 잡은 듯했다. 사태가 어렵게 꼬여가고 있다고 생각하는 것 같았다.

  종업원이 나타나 탁자 위에 두 잔의 커피와 내 앞으로 주스를 놓아주었다. 나는 단숨에 벌컥벌컥 들이켜고 홀을 나왔다. 눈앞이 흐려 아무것도 보이지 않았다. 발걸음이 휘청휘청했다.
  건물을 나와 주위를 둘러보니 주유소가 보였다. 그리로 걸어갔다. 주유소의 각종 기름에 찌든 경계석 위에 벌썩 주서앉아 딸애에게 문자를 날렸다. '밖에 기다리고 있으니 빨리 나오라.'고. 나 혼자 가다가는 혈압이 올라 '뭔 일?'이 일어날지 모를 상황이라고 공갈도 쳤다.
  한참 뒤 딸애와 고병욱이 건물 밖으로 나오는 게 보였다. 나는 건물 벽에 바짝 붙어 서서 몸을 숨기고 바라보고 있었다. 둘이 나란히 서서 나를 찾는 듯 고개를 두리번거렸다. 고병욱의 키가 딸애보다 머리 하나 길이만큼은 작았다. 한참 서 있다 고병욱이 혼자서 아래쪽으로 내려가기 시작했다. 주차장으로 가는 것 같았다. 때맞춰 불어오는 바람에 고병욱의 헐렁한 양복이 바람으로 채워지며 풍선처럼 부풀어 올랐다. 동글동글 피에로가 굴러가는 것 같았다. '참 이해하기 어려운 상황을 만들어놓고 받아들이라니?' 하늘을 원망하며 올려다보았다. 가을하늘은 티 한 점 없이 맑고 청명했다.

우리는 기진맥진 진이 빠져 택시에 올랐다. 딸과 나는 고개를 좌로 틀고, 우로 틀고 했다. 한동안 침묵이 무겁게 눌렀다. 그러다가 딸애가 먼저 침묵을 깼다 "그 남자애는 나름 신경 써서 옷도 챙겨 입고, 어르신 취향에 맞추느라 자기 아버지 양복을 찾아서 입고 변장을 하다시피 하고 나왔어. 그 옷은 자기 아버지가 가장 몸이 불었을 때 입었던 허리 38짜리 양복이었대."라고 한다. 색상도 어르신 취향에 맞춰 진회색을…. '단번에 결혼 승낙을 받을 거라고 온갖 치장 다 하고 나왔는데 무참하게 그럴 수가 있느냐?'며, "엄마가 굳이 싫다면 결혼 안 할 수는 있지만 다만 다시는 시집가라고 시집 '시' 자도 들먹거리지 말아요."라고 쐐기를 박았다. "사귀어 놓은 사람 훼방까지 놓았는데 설마 딴소리 안 하겠지." 이것은 숫제 협박이었다. 엄마들이 이 세상에서 제일 겁나는 말이 딸 홀로 늙겠다는 거라던데….

딸애는 집에 오자마자 제 방에 틀어박혔다. 무언의 시위를 시작하는 것 같았다. 나는 슬그머니 뒤로 한걸음 물러서서 딸애에게 사정했다. "엄마가 잘못 봤을 수도 있지…. 그 애한테 전화해서 결혼 진행시켜." 그러자 딸애는 눈을 반짝거리며 "그래 엄마! 나는 삼 년을 지켜본 사람이고, 엄마는 불과 3분, 아니 채 3분도 안 봤지 아마…? 그 애의 감춰진 내면은 하나도 보지 못했어, 머리도 모발이식 수술할 거래 그리고 엄마, 장소를 잘못 잡았어. 옷도 그래, 요즘 양복들이 너무 타이트하고 꼭 끼니까, 어른들 눈에는 건방지게 보일까봐…." 딸애는 갖은 분석을 다 해가며 나를 이해시켰다. 삼 년 사귄 사랑을 위해, 삼십 년 길러준 엄마를 설득하느라 종달새마냥 지저귄다. 딸애의 얼굴에서는 화색이 돌고 행복해 보였다.

 요리책을 들춰 가며 찾아낸 메뉴가 찜이었다. 찜은 우리 아이들이나 남편도 좋아했고, 백년손님도 매콤한 음식을 좋아한다고 들었다. 나는 혼자서 싱글벙글했다. 찜에도 사용하는 주재료에 따라 여러 종류가 있지만 대구찜을 만들기로 했다. 부재료로는 콩나물, 미나리 대파, 그리고 고춧가루, 들깻가루, 찹쌀가루, 마늘 다진 것 등인데 매번 찜을 만들 때마다 갈등을 느끼게 하는 건, 그놈의 들깻가루와 찹쌀가루이다. 그 가루들은 구수하게 찜의 깊은 맛을 느끼게는 하지만 고추의 빨간색을 흡수해서, 붉은 찹쌀죽처럼 시각으로 느끼는 찜의 먹음직스러움이나 칼칼함을 방해했기 때문이었다. 나는 우리 백년손님에게는 모든 맛이 잘 조화된 최상의 찜 맛을 보여주리라. 첫 대면 했던 날의 그 무례한 기억도 불식시키고 내 요리 솜씨도 뽐낼 겸, 한 가지라도 빠뜨릴까 봐 쪽지에 메모까지 해가며 재료를 구입했다.

집에 오자마자 쉴 틈도 없이 재료 손질로 들어갔다. 음정 없는 콧노래도 나왔다. 찜이 조금씩 만들어지고 있었다. 그런데 내 마음과는 달리 영 형편없는 찜이었다. 너무 긴장한 탓일까? "아이쿠, 아이쿠. 이거 들깻가루가 또 너무 많이 들어갔네." 혼자서 돌이킬 수도 없는 걸 구시렁대고 있었다. 속상했다. 어쩌다 가는귀먹은 남편에게까지 들렸는지, "요리를 입으로 하느냐" 주방으로 들어왔다. "나, 뭐 도와줄 것 없어?"라며 물었다. "당신은 아무것도 시킬 게 없으니 수저나 놓으라고." 신경질을 부렸다. "그래도 할 수 없지 어떡하겠어, 이미 다 되어버린 걸 수정을 할 수도 없고 이럴 땐 차라리 뻔뻔해지자. 자신감 있게 밀고 나가자." 혼자서 또 중얼거리며 다짐하고 있었다.

딸 내외가 약속 시간을 조금 넘겨 도착했다. 사위의 양손엔 묵직하게 선물꾸러미인가가 들려있었다. "너희들은 그렇게 시간 약속을 안 지키느냐?"며 괜히 투덜거렸다. "둘이 만나서 백화점에 들렀다 오느라고 좀 늦었어." 딸이 설명했다. "근데 엄마, 왜 그렇게 얼굴이 빨개? 꼭 술 취한 사람 같애." '술이 아니라 실수를 저지른 얼굴이겠지.' 나는 입속으로 중얼거렸다. 정말 내 얼굴은 화끈거리고 있었다. "오빠네한테서는 연락 없었어?" 딸애는 오빠 때문에 속상한 줄 지레짐작 하는 것 같았다. "응, 아니." "무슨 대답이 그래?" 나는 거짓말을 할까? 사실대로 말할까? 또 고민하다 그렇게 대답했다. "참, 오빠 하는 짓을 보면 기가 막힌다. 어이가 없다." 딸애는 또 오빠에게 원인을 돌렸다.

나는 불그죽죽한 찹쌀죽 같은 찜을 식탁 위에 올려놓았다. 오늘의 메인요리였다. 조금 미안하기도 해 "이게 실패한 찜일세."하고 양심선언을 할까, 아니면 "내가 잘하려고 한다는 게 오히려 실수를 했네."하고 변명을 할까? 순간 내 머릿속으로는 많은 생각들이 오갔지만. 그러면 찜도 나도 더 비참해질 것 같아 꾹 참았다. 분위기를 살펴 가며 주로 화젯거리를 음식이 아닌 다른 곳으로 이끌었다. 딸애는 주로 올케를 씹었다. "어버이날인데 이럴 수가 있어, 엄만 속상하지도 않아?," 평소와 달리 나도 딸을 그냥 내버려 두었다. 제지하지 않았다.

옆에서 백년손님은 '쩝쩝 쩝쩝' 맛있게 잘도 먹었다. 원조 찜 맛이라고 생각하는 것 같았다. 요리 솜씨 좋은 장모가 만들었으니, 당연히 그럴 거라고 생각으로 느끼는 맛에 취해 먹고 있는 백년손님이 그날따라 그렇게 고마울 수가 없었다.

분위기도 화기애애했다. 식사 후에 후식으로 과일도 먹고 커피까지 다 챙겨 마셨다. 백년손님이 들고 온 어버이날 선물을 풀었다. "필요한 것 없으니 그냥 오라."고 했는데도 챙겨왔다, 나에게는 명품 핸드백을, 남편에게는 등산 다닐 때 입으라고 아웃도어 옷을 내놓았다. 나는 기쁘기는커녕 마음 한구석이 시려왔다. 아들의 빈자리가 더 크게 다가왔다. 아들 얼굴 본지도 언제였는지? 처가살이하고 있는 아들을 생각하면 이런 선물은 나에게 사치였다. 나는 이 집을 팔아서라도 아들에게 아파트를 마련해주어야겠다는 생각을 진즉부터 하고 있었던 터라, 이 기회에 가족회의에 붙이리라, 남편과 딸 내외가 다 모였을 때 의논하고 싶었다. 말을 꺼내자마자, 남편은 양 눈썹을 꿈틀거리며 표범처럼 사납게 나를 째려보았고 딸애도 펄쩍 뛰었다. "이 집을 팔아서 오빠 아파트를 사 준다고! 그럼 엄마 아버지는 어디서 살려고? 늙어서 집은 하나 있어야지, 왜? 갑자기 집시가 되고 싶어? 그리고 이 집 팔아봐야 아파트는 어림도 없어 이렇게 낡은 주택을 누가 사기나 하겠어? 그냥 엄마 아빠나 살아." 딸애는 언제나 자신감에 차 있었다. 옆에서 지켜만 보고 있던 백년손님이 조심스럽게 말했다. "장인 장모님, 괜찮으시다면 저희가 모시고 싶습니다. 너무 노년의 거처 문제에 대해서 걱정하지 마십시오." 백년손님의 말이 끝나기가 바쁘게 "고맙네." 남편은 평풍처럼 말을 받았다. 그리고 사납게 노려보던 표정이 풀려 있었다.

"띠리리링, 띠리리링." 전화벨이 시끄럽다. 딸 내외가 돌아간 뒤 나는 설거지를 하고 있다가, 고무장갑을 빼면서 전화기 앞으로 달려갔다. 숨을 몰아쉬며 수화기를 들자 "어머니 저예요." 아들이었다. "오늘 집에 못 가 뵈서 죄송해요. 장인 장모님 모시고 미연이네 외가에 다녀왔어요. 외할머니가 구십이 넘었는데 장모님이 '꼭 가 뵈어야 된다.'고 해서 차로 모시고 갔다 오느라고요. 집에는 다음 주에나 갈게요." 나는 순간 속이 부글거려왔다. 하필 어버이날! 하나뿐인 내 아들인데…. '오빠가 등신이지 뭐.' 늘 하던 딸의 빈정거림이 떠올랐다. "그래 잘했다. 집에는 다음 주에 오면 어떻고 다다음 주에 오면 어떠랴? 나는 매일이 어버이날인 걸." 솟구치는 분노를 누르며 너그럽게 말했다. 속을 그대로 까뒤집어 보일 수는 없는 일이었다. 아들은 죄송하다며 전화를 끊었고 남편이 옆에 서서 전화기 너머에서 들려오는 소리를 들었는지 "에잇 바보 같은 자식! 저 살 집구석 하나 마련하지를 못하고 처가살이하고 자빠져서, 그 집 머슴! 상머슴이구만!" 얼굴빛이 붉으락푸르락하더니. 애꿎은 담배만 거푸 피워 물고도 화가 풀리지 않은 지 담배 필터를 잘근잘근 씹어대고 있었다. 집 안 분위기는 순식간에 공포로 바뀌었고, 집을 마련해주지 못한 우리의 탓으로만 받아들이기엔 나도 뭔가 정체를 알 수 없는 화가 치밀었다.

다음날, 나는 부동산 중개 사무실을 찾아갔다. 아들을 처가살이에서 빼내오는 길은 이 길밖에 없었다. 내 결심은 비장했다. 딸애 말마따나 남편과 나는 집시가 되어 거적을 깔고 누워 별을 헨들 어떠랴. 그 신혼 때 살았던 방 같은 곳에 다시 들어가게 되더라도 상관없을 것 같았다.

중개 사무실엔 주인아저씨가 소파에 비스듬히 기댄 채 졸고 있었다. 내가 문을 열고 들어가자 허리를 세우고 바로 앉더니 눈을 비볐다. "무슨 일로 오셨습니까?" "저, 집을 좀 팔아 볼까 하고요." "아, 매도요, 주택이죠?" 아저씨는 단박에 주택이냐고 물었다. 그리고는 지번과 건축 연도 등 집에 대한 이력을 소상히 물어왔다. 나는 한 점 가감 없이 묻는 대로 대답해 주었다. 다 듣고 난 아저씨는 고개를 가로저었다. 요즘 부동산 경기가 가 버렸습니다. 부동산 경기가 어디로 갔단 말인지? 더군다나 아파트도 아닌 주택은 개도 안 쳐다본다며 그 부분에서는 목청을 높였다. 나는 중개 사무실을 찾아갈 때의 비장함 같은 건 부풀었던 풍선에서 바람 빠지듯, 어깨가 내려앉았다. "그래요 그래도 일단 접수나 받아놓으세요." 사정을 했다. "예, 그러죠, 인터넷에 올려보기나 할게요." 아저씨는 시큰둥하게 대답하며 컴퓨터를 켜고 키보드를 쳤다. 나는 갑자기 머쓱해졌다. 심드렁한 아저씨의 얼굴을 뒤로하고 중개 사무실을 나왔다. 개도 안 쳐다본다는 집에서 우리는 살고 있었다. 그래서 급하면 찾아와 볼일만 보고 달아나는구나…. 힘없이 대문을 열고 들어서자 장미 향이 '훅' 코끝에 스쳤다. 내 지나간 삶이 고스란히 깃들여있고 우리 부부와 함께 더불어 늙어가는 집, 세월을 탓하랴? 그나저나 아들은 어떻게 하지?

박쥐들의 꿈

박쥐들의 꿈

어둡고 차가운 바닥이었다. 냉기가 송곳처럼 온몸을 찌른다. 퀴퀴하고 습한 냄새가 몸 안 가득 빨려 들어온다. 수만 마리 동굴노래기들이 몸 위를 스멀스멀 기어 다닌다. 사방은 암벽으로 둘러싸여 빛 한 줄기 스며들지 않았다. 상아질의 딱딱하고 뾰족한 물체가 살갗을 뚫고 들어왔다. "아빠 이건 맹물 같아." "그래도 실컷 먹어봐 이 녀석아. 언제 또 먹잇감을 만날지 모르잖아." 피를 빨아 들이키는 소리에 고막이 간질거렸다. 그들은 어둠 속에서도 정확하게 혈관을 찾아 공격했다. 몸은 자꾸만 바닥으로 가라앉는다. 배를 불린 새끼박쥐들은 벽에 매달린 채 개똥벌레의 꽁무니처럼 눈만 깜빡거렸다.

진희는 목이 눌려 숨을 쉴 수가 없다. 가슴에서도 가위눌림이 느껴졌다. '퀵퀵' 밭은기침에 사로잡혀 화들짝 눈을 떴다. 준석의 두 다리가 목을 누르고 얹어져 있었다. 다리를 들어 바닥으로 내려놓고 자리에서 일어났다. 어둠 속에서 벽을 더듬어 스위치를 찾아 눌렀다. 천장에서 흐릿한 불빛이 쏟아지며 방안을 채웠다. 준석이 이리저리 뒤척대며 온방을 도리질을 친 흔적이 불빛 아래 드러났다. 방바닥에는 숫자 주사위가 어지럽게 널브러져 있었다. 또 숫자놀이를 했었구나, 준석은 주사위를 던져 원하는 숫자의 조합을 만들어내는데 강박적으로 매달렸다.

 탁상시계는 새벽 두 시 십오 분을 가리키고 있었다, 진희는 선하품을 하며 다시 잠을 청했다. 피곤하다. 날이 밝으려면 조금 더 자야 하는데, 병든 벌레처럼 몸을 웅크리며 다시 자리에 누웠다. 방금 깨어난 꿈의 잔상들이 떠오른다. 진희는 가끔 꿈이라는 형상으로 무의식의 세계를 넘나들었다. 그러나 그 꿈의 세계마저도 현실에서 크게 비켜나지 못했다. 어떨 땐 현실과 비현실이 하나로 뒤엉켜 나타나기도 했다.

 멀리서 차가운 사이렌 소리가 들려왔다. '부우웅~.' 경찰 사이드카 소리도 합류했다. 소리들은 뒤섞이고 확장되어 가까이 다가들더니 바로 창 밑에서 그쳤다. 이번에는 경광등의 주황색 불빛이 번뜩번뜩 창을 훑었다. "야! 이리 와! 휘익." 날카로운 남자의 고함 소리와 호루라기 소리가 어둠을 흔들었다.

순찰차의 털털거리는 기계음이 귀속으로 흘러든다. 밖이 소란스럽다. 진희는 이불을 머리까지 뒤집어썼다. 소리는 그악스럽게 이불 속까지 따라왔다. 일어나 창을 열어 보았다. 먼지를 안은 차가운 바람이 쏜살같이 밀려 들어왔다. 창밖에서 경찰들 바짓단과 소년들의 흙먼지투성이 운동화만 흐릿한 가로등 빛 속에서 어지럽게 움직일 뿐, 목을 길게 빼서 올려다봐도 그 위로는 보이지 않았다. 야간 순찰 중인 경찰들과 비행 청소년들이 출연한 한밤의 추격전인 것 같았다. 변두리 낡은 빌라들이 난립해있는 이 골목에서는 예고 없이 종종 있어 온 일이다. 진희는 창문을 닫고 다시 자리에 누웠다. "빨리 타! 인마~." 뒤이어 긴박하게 들려오는 남자의 투박한 목소리가 창문 새로 스며들었다. 소년과 경찰의 몸싸움이 거칠게 이어지는 것 같았다. 한밤중, 주택가 골목이라는 것을 의식한 듯 아까와 달리 경찰의 목소리는 조금 가라앉아 있었다.

사이드카와 경광등, 경적 음은 진희에게 시간 너머의 기억을 끌어올리는 마중물 같았다. 금속성 무궁화는 가슴에서 햇빛을 되쏘며 번쩍거렸고, 말을 타고 푸른 초원을 시원스럽게 내달리는 칭기즈칸과 탁 트인 8차선 도로를 대열을 이루며 달리는 사이드카 위의 아빠는 늘 겹쳤다. 저장된 기억은 언제든지 불쑥불쑥 날 것으로 달려 나왔다.

위층 화장실에서 물 떨어지는 소리가 한참 이어지더니 '쏴아~, 끄르륵~.' 물 내리는 소리가 이마 위를 훑었다. 가만히 이마를 더듬어 보았다. 다행히 물기는 만져지지 않았다. 위층 아저씨가 화장실에 다녀온 모양이었다. 아저씨는 또 편안한 잠을 잘 것 같다. 늦은 밤 깨어있는 감각은 소리만으로도 여러 상황을 실감 나게 그려내고 있었다. 반지하 방 천장에 바짝 붙은 창이 희끄무레하다. 창 밑으로 사람들의 발자국소리가 더 분주하게 들린다.

방문을 열고 주방으로 나오는 인기척이 들렸다. 엄마인 것 같았다. "아유! 자식이 아니라 웬수지, 무슨 술을 그렇게 퍼마셔 가게 개업식도 해야 하고 비품도 사야 하고 돈 들어갈 구멍이 줄줄이 인데, 오~ 백이 눈 깜짝할 새 공중으로 날아 가 버렸잖아!" 엄마의 악다구니 같은 넋두리가 뒤따른다. 엄마는 신경이 날카로워져 있었다. 예리한 물체에 심하게 긁힌 상태 같았다. 진희도 일어나 거실로 나왔다. 진희를 보자 들으라는 듯, 더 큰 소리를 질렀다. 엄마의 고함 소리가 새벽 고요를 집어삼키고 삽시간에 난장판으로 변한 포차를 떠올리게 했다. "기집애, 힘도 세지 턱뼈 골절에다 어금니 두 개가 흔들린대. 자그마치 전치 2주야, 그쪽에서 합의 안 해 주었으면 꼼짝없이 감방행이지." 황 아저씨의 위세 섞인 음성도 이명처럼 따라붙는다. 엄마가 소리를 지를 때마다 입에서는 역겨운 냄새가 풍겨 나왔다. 술 냄새와 구취가 섞여 있었다. 진희는 엉거주춤 서 있었다. 왼손 오른손 할 것 없이 손가락 마디엔 붉은 색의 나팔꽃잎 같은 멍이 얼룩져 있었고 손가락 마디 살갗은 벗겨지고 부어올라 욱신거렸다. 무슨 일이 분명 있었던 것 같은데. 기억을 되새겨보려 해도 킹콩 같기도 하고 유인원같이 생긴 사내만 흐릿한 기억 속에서 어른거릴 뿐…, 포장마차에 들어간 것까지는 생생한데, 기억은 거기서부터 뿌옇게 흐려졌다.

　며칠 전 저녁을 먹는 자리였다. 엄마는 밥알을 씹느라 입을 오물거리면서 뜬금없이 말했다. 진희야, 이 아파트 부동산에 내놓았어, 전세금 빼서 치킨집을 내볼까 하고, 요샌 그런 게 잘된대, 엄마는 영혼도 없이 까맣기만 한 동공을 굴렸다. 진희의 반응을 살피는 것 같았다. 혀로 여러 번 핥은 입술엔 흑자주색 립스틱 자국이 가장자리까지 밀려나 있었고. 갈색이었던 엄마의 머리칼은 불탄 누런빛을 띠었다. 그 옆에 앉아 있는 황 아저씨는 말없이 우적우적 숟가락질만 하고 있었다. 그 모습은 의도된 연출 같았다. 진희는 알고 있었다.

　'또 생각 없이 뛰어들었다가 끝물만 켜고 말 걸. 통닭집이든 호프집이든, 엄마의 생각으로 해봐요! 귀 밖으로 떠도는 말에 휩쓸리지 말고, 그리고 지금 가게에 들어있는 보증금 빼서 가게 내면 되지 왜? 이 집 전세금을 빼~ 에! 그럼 우린 어디서 살아?' 그날은 진희도 그저 듣고 있지만 않았다. 엄마에게 도대체 생각이라는 게 있기나 한 건지, 이 집 전세금마저 날리면 아빠의 목숨과 맞바꾼 돈은 다 날아간 셈이 되기 때문이었다. '얘, 좀 봐. 지금 가게 전세금 다 까졌어. 월세를 못 내서…. 뭐 화장품 가게가 잘 되니. 다들 온라인으로 사지. 그때는 잘 될 거라면서 인수했잖아요.' 진희도 그날은 참지 않았다. 엄마의 집게손가락에는 갈치토막이 끼어 있었고 입으로 쪽쪽 빨면서 눈을 치떴다. '이 집 아님 살 곳 없니? 변두리로 조금만 나가 빌라를 얻으면 돼.' 그리고는 히죽 웃었다. 개념도 없고 상황과도 맞지 않은 백치 같은 웃음이었다. 입술과 잇몸 사이에 찌개 국물만 발갛게 배어있었다.

그 후 엄마는 변두리 낡은 빌라로 이사를 강행했다. 이사 오기 며칠 전부터 엄마는 가재도구들을 끌어내다 재활용 쓰레기장에 한 무더기 쌓아놓았다. 수거 차량이 오면 실어 보낼 모양이었다. 진희의 침대, 화장대, 보조 옷장, 준석의 책상까지…. 아직 사용 연한이 남아있는 새 가구들이었다. "진희 엄마 어디로 이민 가? 왜 그렇게 세간을 다 버려. 저런 건 멀쩡하네." 아파트 마당에서 만난 아래층 여자가 산 지 얼마 되지 않은 진희의 화장대에 시선을 꽂으며 호들갑스럽게 참견했다. "이민은 무슨? 놔둘 데가 없어서 버리는 거지." "아~, 집을 줄여 가는구나." 여자는 눈치로 넘겨짚었다. 틀리지 않았다. "어머 저건 또 뭐야?" 여자의 두 눈이 호기심으로 빛나며 그 옆에 아무렇게나 널브러져 있는 벽걸이 사진으로 옮겨갔다.

진희의 방한 쪽 벽을 차지하고 걸려있던 스크린 사진이었다. 사이드카 위에서 남자의 허리를 끌어안고 있는 여자는 긴 생머리를 하늘로 날리며 네크라인이 깊게 패인 진녹색 티셔츠를 아슬아슬하게 꿰어입었고 남자는 헬멧 아래 각진 턱이 조금 고집스럽게 보이기는 했지만, 덩치에 비해 애송이였다. 사이드카 위의 두 연인은 퍽이나 철없고 무모해 보였지만, 부모의 결혼사진을 대신하며 진희에게 수많은 추억과 상상을 불러일으켜 주었던, 짧지만 강렬하게 엄마 아빠의 생의 궤적을 유추할 수 있었던 유품 같은 것인데, 마치 진품이 아니라고 판정이 나서 가치를 잃어버린 짝퉁 그림처럼 쓰레기 더미 위로 내던져있었다.

황 아저씨와 불편한 동거가 시작된 건, 진희가 고1 때였다. 그 무렵 엄마는 오랜 칩거에서 벗어나 활동을 다시 시작했다. 이번에는 시장을 무대로 일수 아줌마로 모습을 바꾸어 나섰다. 매일 커다란 숄더백을 어깨에 메고 시장으로 나갔다. 그 동안 주식 투자로 날린 돈을 벌충이라도 하려는 듯이 엄마는 더 억척스러워졌고, 가슴속에 남아있는 우울을 감추기 위해서인지 웃음소리는 과장되게 호탕해졌고 말투는 억지스럽게 수다스러워졌다. 또 한 번의 대변신이었다. 저녁이면 안방에 구부리고 앉아 일수장부를 펴놓고 계산기를 두드리며 셈을 맞췄다. 그럴 때 엄마의 등 뒤로 피어오르던 일상의 피로감, 삶은 엄마가 혼자서 꾸려가기엔 너무 버거워 보였다. 철을 앞질러 피어난 꽃이 초봄의 살바람에 된통 시달리듯이…. 가끔씩 들리시던 친할머니가 그림자도 보이지 않은 것도 그 무렵부터였다.

그때 엄마의 일방통행식 통보가 있었다. "진희야, 나, 이제 남자랑 같이 살기로 했어. 나 좋다는데 굳이 뿌리칠 이유가 있니? 얼마간 지켜보았는데 괜찮은 사람인 것 같아 결정했어. 나이가 좀 많은 게 걸리긴 하지만 너도 사실 아빠가 있으면 지금보다 훨씬 좋을 거야? 예의 바르고 상냥하게 굴어." 당부까지 덧붙이며. 데리고 들어온 남자는 늙수그레한 중년의 남자, 황 씨였다. 그때 엄마 나이 서른일곱이었고. 황 씨는 엄마보다 열다섯 살이 많다고 했다.

황 아저씨, 그의 정체는 베일에 싸여있었다. 이혼남인지 그때까지 미혼이었는지…. 분명한 것은 엄마와 만날 때부터 늙어있었다는 것이고. 직업은 택시 기사라고 했다.

그 후 진희의 고3 어느 가을날, 엄마는 건강한 사내아이를 낳았다. 그때까지 엄마에게 임신 기능이 살아 있었다는 걸 증명이라도 하듯 아이는 튼실하고 건강하게 태어났다. 황준석…. 준석은 분명 진희의 동생임에 틀림 없었다. 비록 반쪽짜리이긴 해도…, 귀엽고 신기해서 학교 마치면 곧장 집으로 와서 준석을 돌보아주곤 했다. 그래서인지 준석은 엄마보다 진희를 더 잘 따랐다.

며칠 내내 엄마는 치킨가게 일이 바쁘다며 귀가 시각이 새벽녘이었고, 아저씨는 자신이 거들 것까지 없다며 집에서 뒹굴었다. "난 말이야 치킨 가게가 그렇게 안 될 줄 몰랐지, 괜히 바쁠 줄 알고 지레 택시만 반납했지 뭐야. 다시 하려 해도 비어있는 게 없어." 아저씨는 빈둥거리면서 변명처럼 둘러댔다. 지루해지면 주로 화투장을 뒤집어 그날의 운세를 점쳤다. "카아! 기가 막히다. 이건 황금 패야. 이런 날 로또를 사야 하는데." 그러다가 진희를 곁눈질로 흘끔거리며 "얘, 너 투자 좀 안 할래? 돈 가진 것 있으면 나한테 투자해. 내가 당첨만 되면 몇 배로 갚아 줄게." "아저씨 지난번에도 드렸잖아요." "지난번, 야! 말도 마라. 글쎄 스무 장이 완전 꽝이었지 뭐야. 완전 재수 옴 붙은 날이었어." "거 봐요. 맞지도 안 찮아요. 이제 로또 사지 마세요. 그런 거 다 사행심이라고요." "기집애, 누가 짠순이 아니랄까 봐. 그거라도 안 하면 난 무슨 재미로 한 주일을 보내냐? 그리고 말 나온 김에 말인데 널 전문학교까지 시켜준 게 누군데?" 회유가 먹혀들지 않을 때면 어김없이 들고나오는 공치사였다. "그땐 내가 벌이가 괜찮았잖아. 지금이야 이렇지만. 나 또 곧 돈 벌 거야. 이럴 때 좀 도와줘."

아저씨는 말을 하는 사이에도 진희를 흘겨보며 다채로운 표정을 연출했다. 모노 배우를 해도 될 만큼 표정이 풍부했다. "이번이 마지막이에요." 진희는 스멀스멀 올라오는 짜증을 누르며 지갑을 열고 오만 원짜리 지폐 한 장을 건넸다. "야, 짜다. 한 장 더. 이거 열 장밖에 못 사잖아." 아저씨는 진희의 지갑을 슬쩍 곁눈질하다 '확' 거칠게 진희의 손에서 지갑을 낚아채 갔다. "아 여기 한 장 더 있네. 기집애, 알뜰하기도 하지." 지갑 속까지 뒤집어 비상금으로 숨겨 놓은 것마저 꺼내 들었다. 그리고는 입술을 과장되게 비틀며 부자연스럽도록 고른 틀니를 드러내고 비굴하게 웃었다. 아저씨의 빈 정수리가 희뜩 빛났다.

진희는 마사지숍을 나왔다. 여느 때보다 늦은 퇴근이었다. 태양이 사라진 거리는 네온 빛이 휘황했다. 실체 없이 공허하기만 한 불빛들이 도시를 밝히며 들불처럼 번져나가고 있었다. 진희는 비애감에 사로잡혀 거리를 마구 걸을 뿐, 방향감각을 느끼지 못했다. 어디가 어디인지 그 길이 그길 같고 진희는 어느새 길 속에 갇혀 배회하고 있었다. 인공 불빛들은 더 강렬하게 시야를 찔렀다. 어디선가 날벌레들이 빛 주위로 몰려들다 사라지고 또 몰려들다 떨어지고 있었다. 가만히 보니 그들은 전류가 흐르는 허황되고 위험한 빛에 유혹돼 달려들다 감전되어 즉사하고 있었다. 하루살이 날벌레들의 숙명이 오늘따라 왠지 멋지고 숭고하게까지 느껴졌다. 자신의 처지보다는 몇 배나 더 고고하고 순수해 보였다.

거리에는 저녁 바람이 살랑거리며 가로수 잎을 흔든다. 바람이 스칠 때마다 자신의 손에서 갖가지 인공 향들이 코끝으로 날아들었다. 익숙해진 향이지만 오늘은 견디기 어렵게 역겨웠다. 욕지기가 일 것만 같다. 스치는 바람결에 날려 버리자. 헝클어진 생각들과 함께, 거리는 주변 빌딩에서 쏟아져 나온 사람들로 넘쳐났다. 진희도 그 속으로 스며들었다. 녹색 불이 들어오기를 기다리며 신호등 아래 멈춰 섰다. 땅이 무너져 싱크홀이 되고 의식하지 못하는 사이 파묻혀 버린다면. 저 많은 발길질에 형체도 알아볼 수 없을 만큼 잘근잘근 짓밟힌다면…. 이 순간 진희는 마조히즘적 상상에서 위안을 느끼고 있었다.

'나에게도 아빠가 있었더라면' 불현듯 아빠가 그립다. 진희는 어릴 적, 아빠의 뒤를 따라 경찰관이 되는 꿈을 키웠다. 고1 때부터 방과 후에 태권도부에 들어갔던 것도 실은 그런 이유에서였다. 그러나 막상 경찰학교에 지원서를 넣으려 하자 엄마가 펄쩍 뛰었다. "경찰! 경찰이라면 치가 떨려 이것아, 피부 관리과로 가!" 피부관리사가 되면 많은 돈을 벌 수 있다고 엄마는 믿고 있었던 것 같았다. 엄마의 고집은 요지부동이었다. "야, 피부관리사 자격증만 따아~. 그럼 국내는 물론 해외로의 진출도 따놓은 단상이야." 황 아저씨도 거들고 나섰다. 설득과 저항도 무의미했고 결국 진희는 꿈을 접고 현실과 타협하는 쪽을 택했다. "누나. 나, 학원비 내야 되는데." "진희야 나 오만 원만 더 줄래." 준석과 황 아저씨의 목소리가 끈적끈적 달라붙었다. 떨쳐내려 고개를 세차게 흔들면서 걸었다.

　진희는 매니저 앞에 불려가 그가 내민 시말서에 사인하고 나왔다. 이번 같은 일이 또 일어난다면 스스로 숍을 그만두겠다는 일종의 경고인 셈이었다. 진희는 자신이 맡고 있는 3번 방 앞에 기다리고 있다가 매니저를 맞았다. 손님방에 불려갔다 나온 매니저 역시 수치심인지 열패감인지 얼굴이 발갛게 달아올라 있었다. 어떻게 무마했는지 아직은 알 수 없었다. "진희 씨 내방으로 따라와요." 목소리는 고른 균열을 잃고 찢어질 듯 날카로워져 있었다. 진희는 말없이 매니저의 뒤를 따랐다. 진희의 한쪽 뺨에 손바닥 자국이 발갛게 낙관처럼 남아 있었다.
　"진희 씨, 요즘 회원확보가 영업의 성패를 좌우한다는 거 몰라요! 더구나 13번 같은 VIP 회원에게 그런 치명적인 실수를…." 매니저의 목소리는 쨍그랑 투명유리가 깨질 때처럼 진희의 귀청에 생채기를 내고 있었다. 그리고는 사용자 중심으로 된 조항들이 빼곡히 인쇄된 경고장을 진희 앞에 내밀었다.

진희는 바들바들 떨리는 손으로 사인을 했다. 눈에서 뜨거운 액체가 볼을 타고 흐르고 있는 게 느껴졌다.

그날 진희가 마지막으로 맞아야 하는 손님은 마리였다. 마리는 회원 번호 13번으로 꽃티숍에서 풀코스 전신 케어를 받는 VIP 회원이었다. 그녀는 스페셜 손님 중에서도 유난히 까다로웠다. 다른 스킨케어들은 꺼리는 고객이기도 했다.

살구색 가운에 싸여 눈을 감은 채, 조명 아래 누워있는 마리의 얼굴을 대할 때면 마치 외국 배우의 밀랍 인형을 보는 것 같은 착각에 빠졌다. 적당히 오뚝한 콧날이며, 풍성하면서 끝이 살짝 말려져 솟아오를 듯한 속눈썹, 꽃잎을 물고 있는 것 같이 욕망을 자극하는 입술, 진희는 이 순간만큼은 손끝에 영혼의 기를 모아 마리의 몸에 집중했다 손끝을 살짝 튕기듯 튀어 오르는 탄력 있는 몸, 은밀한 곳에서 삐져나온 거웃의 검은 실루엣, 마리는 심해에서 갓 건져 올린 상어의 미니어처 같았다. 미식가들의 욕망 앞에 차려진 성찬의 마지막을 장식할···.

'아앗!' 마리의 날카로운 비명이 긴장으로 가라앉은 침묵을 흔들었다. 진희는 '화들짝' 몸을 떨며 손동작을 멈췄다. 상상도 거기서 흩어졌다.

마리는 목덜미를 움켜쥐고 일그러진 얼굴로 고통스러워했다. 밀랍 인형 같은 얼굴을 살짝 찡그리자 마리는 더 관능적으로 보였다. 방사 직전의 희열을 느끼게 하기에 충분했다. 진희는 뚝뚝 떨어지는 땀방울을 손등으로 훔치고 앞으로 쏠려 있는 헤어 캡을 고쳐 쓰려는 순간 "무슨 이따위가 있어!" 욕설과 동시에 '찰싹' 마리의 손이 흉기처럼 진희의 따귀 위로 날아들었다. 얼굴은 그대로 찡그린 채였다. 마리의 귓불 밑 목덜미에 빨간 팥알 크기의 손톱자국이 긁혀 있었다. 상앗빛 피부 바탕에 빨간색은 선홍색을 띠었다. 진희의 눈에서는 뜨거운 눈물이 주르륵 흘러 콧방울 사이에 고여 있던 땀과 합류하고 있었다. 연신 허리를 굽혀 죄송하다고 했지만. 그냥 넘어갈 마리가 아니었다.

그녀는 요즘 한껏 몸값이 올라 있었다. 호스티스로서 최정점에 있었다. 그녀가 한 번 접대로 받는 화대는 진희의 월급과는 비교할 수도 없는 금액일 거라는 추측은 누구나 가능했다.

그녀는 출장 접대가 예약되어 있는 듯 무척 예민해져 있었다. 상대가 아무래도 거물급인 것 같았다. 부패한 권력과 탐욕의 자본가, 서로의 필요를 충족시키고자 욕망을 거래하는 사람들 사이에 기생하는 중간 숙주들이었다. 마리의 역할이 효력을 발휘하게 되면 천문학적 숫자판에 붉은 사인은 쉽게 찍힌다. 그녀들이 자긍심을 갖는 이유였다. 마리는 한바탕 소동을 벌였다. 결국 매니저까지 불러내 정중한 사과와 피해보상을 약속받고서 수그러들었다. 마지막 단계인 쑥돌 뜸 테라피에 등핫찜 관리까지 마치면 마네킹같이 희고 가느다란 검지와 중지 사이에 끼워 건네던 붉은 지폐 한 장도 오늘은 없었다.

 밤이 되자 도시는 얼굴색을 바꾸고 그 속에서 젊음은 방향을 잃은 채 부유하고 있었다. 포장마차 안은 밤이 깊어갈수록 사람들이 몰려들었다. 그들의 형색은 하나같이 잿빛이었다. 값싼 소주잔을 기울이며 사설은 길었다. 그 속에 끼어 앉아 진희도 마시고 또 마셨다. 마시다 죽고 싶었다. 넋두리를 풀어놓을 상대도 없었고 스스로 고독과 비애를 떨쳐내기에 그녀는 지쳐있었다. 스스로 따라 스스로 마셨다. 쓰디쓴 셀프 술잔인 셈이었다. 청소년기 가출 시절 길거리에서 만났던 그 알량한 놈은 정신 차리고 집으로 복귀했고. 연락을 끊은 지 오래건만 왜 하필 이 순간 의식에서 불쑥 튀어나오는지 '나쁜 자식 저나 나나 그렇고 그런 주제에 정신 차린다고 달라질 게 있을 줄 알지, 어림없어 인마!' 허름한 변두리 여관에서 며칠을 보내며 날개 잃은 젊음을 서로 보듬었는데, 그땐 외롭지도 슬프지도 않았었는데… 이 시각 불러낼 친구 하나 없었다. 세상에 대한 항변은 자기 파괴적일 수밖에 없었다. 울분은 가라앉지 않았다.

 "이봐! 아가씨, 너무 그러지 마, 어느 놈인지는 모르지만 버린 놈이 있으면 거둬줄 놈도 있는 거야 나, 어때 히히힛." 진희가 고개를 든 순간 앞자리에 앉은 사내가 이죽거리고 있었다. 구레나룻 수염이 얼굴 양옆을 덮어 유인원처럼 보였다. 꼬락서니로 보아 뽕 먹은 사람이거나 알코올에 잠식돼버린 인간 같았다. "히힛. 보아하니 채인 모양인데." 재차 중얼거리면서 옆자리로 옮겨 앉으려는 걸 보자 울분과 열패감에 에너지가 실렸다. 의식은 흐릿했다. "에라 모르겠다. 이 더러운 세상!" 팔을 뻗었다. 또 다른 주먹도 날렸다. 손이 올라가면 반대편 발길질은 따라붙는 옵션 동작이야. 태권도 사범의 말이 힘을 실어 주었다. 모든 게 순간이었다.

유인원 같은 남자가 저만치 나가떨어지고 탁자가 넘어지면서 탁자 위의 소주병과 컵들이 날카로운 파열음을 내며 떨어졌다. 그러다가 갑자기 포장마차 안이 정전이라도 된 듯 조용해졌다. 사람들의 시선이 진희에게로 쏟아지고 있었다. "이 년이 세네." 유인원이 몸을 일으키며, 방심한 사이 당했다는 듯, 두 손에 묻은 먼지를 털었다. 그리고는 비척비척 일어서더니 한참을 째려보았다. "흥, 네년이. 기합께나 들어간 년이다, 이거지." 날카로운 눈매 안의 수정체에 실핏줄들이 어지럽게 엉켜서 꿈틀거렸다. "에잇 요걸 그냥!" 유인원 남자가 팔을 뻗으려는 순간 "형씨 잠깐만." 그 옆의 거대한 덩치의 남자가 유인원 남자의 팔을 잡았다. "넌 뭐야!" 유인원이 잡힌 손을 비틀어 빼내, 덩치 큰 남자에게 펀치를 날렸다. 유인원의 주먹 한 방에 덩치 큰 남자는 저만치 나가떨어졌다. 덩치에 맞게 포차 바닥이 쿨렁했다. 코에서는 빨간 액체가 기어 나왔다. 덩치가 손으로 쓰윽 문지르자 빨간 팔자수염 한 짝이 만들어졌다. 일어서려고 몸을 비틀었다. 굼벵이가 몸을 뒤집기만큼이나 굼떴다. 유인원이 덩치에게 재차 주먹을 날리려는 순간, 진희가 달려들어 투 펀치를 연달아 날리고 발길질로 유인원의 급소를 질렀다. 유인원이 고꾸라지면서 천막과 탁자 사이로 처박혔다. 고통스러운 듯 사타구니를 움켜잡고 바르르 떨었다. 순식간에 포차 안은 여자들의 새된 비명소리로 아수라장을 방불케 했다. 뒤집혀 진 탁자들 사이로 빈 소주병이 뒹굴다 걸려 멈추고 사람들은 우왕좌왕 이리저리 몰렸다.

 사이렌 소리가 들려왔다. 곧이어 경찰들 서넛이 포차 안으로 들어왔다. 주인이 신고를 한 모양이었다. 경찰들은 눈알을 굴려 난장판이 된 포차 안을 훑더니. "누구야! 누가 맞고 누가 때린 거야! 폭력을 휘두른 사람 나와." 경찰들은 말을 하면서 유인원을 쩌려보았다. 한 손으로는 허리춤에 매달려 있는 가스총을 만지작거렸다. "여보시오, 경찰 나리 보면 모르겠소. 저년이 쳤고 이놈이 터졌소." 유인원이 비틀거리면서 앞으로 나섰다. 피 섞인 침을 질질 흘리고 말은 어눌하게 나왔다. 입술은 터진데다 부어오르기까지 해 돼지 입처럼 뒤집어져있었다. 여전히 한 손으로는 사타구니를 잡고 있었다. "뭐! 이 여자가 때렸다고?" 경찰의 시선이 빠르게 진희의 손으로 옮겨갔다. 진희의 손등에도 여기저기 핏물이 삐져나와 있었다. "자 모두 경찰서로 연행 해." 진희는 몽롱한 채 경찰들이 몰이 넣는 대로 차에 올랐다. 차 앞 범퍼에 공무수행이라고 페인팅 되어있었다. 그것만은 또렷이 기억했다. 안이 아버지의 품처럼 편안했다. 유인원과 덩치도 곁에 있었다. 덩치의 팔자수염 한 짝이 빨갛게 말라붙어 불빛에 번들거렸다.

황 아저씨의 음성과 엄마의 쇳소리가 귓등 밖에서 왕왕거렸다. 눅눅한 새벽공기가 살갗을 스치고 어스름한 불빛이 감은 눈 위를 비추고, 골목을 지나는 게 느껴지긴 했다.
깨어보니 자신의 방이었다. 아저씨의 굵고 거친 목소리가 가까이에서 들렸다.
"앞이빨 세 개는 임플란트로 하고 어금니는 치료만 해도 된데. 거기다 남자의 심볼까지…. 키익, 킥. 기집애, 일단 이빨 치료비용만 오백…. 사타구니 견적은 비뇨기과 진단이 나와봐야 안대, 그게 다 내가 중간에 끼어 조율을 잘한 덕이야, 기집애야, 그 자식 자그마치 별이 네 개야, 지금은 물간 퇴물이기하지만 나 아니었음 바로 가지, 캭! 누군 주먹 없냐, 히야! 이 주먹이 운다." 아저씨는 자신의 주먹으로 벽을 펀칭볼 치듯 '쾅쾅' 내리쳤다. 천장의 형광등 안전판 위에서 먼지가 풀풀 날렸다.

　아저씨는 주말 저녁 로또복권 추첨 시간을 기다리며 한 주간을 소비했다. 준석 역시 그 시간을 기억하고 기다리는 것 같았다. 아저씨와 함께 그 시간대에 어김없이 TV 앞에 자리를 잡는다. 아저씨는 로또 수십 장을 거실 바닥에 죽 늘어놓고 히죽거리며 들여다보고 있곤 했다. 일그러진 야망이 담긴 웃음 같기도 했고. 그러다가 고개를 좌우로 흔들고 혀를 차고 '에잇 씨발.'을 연발했고 신경질적으로 중얼거렸다. 그럴 때, 황 씨의 얼굴은 험하게 일그러졌고 위협적으로 보였다. 그리고는 복권 뭉치를 손바닥으로 박박 비벼 휴지통에 쑤셔 넣고. 담배를 피우고 술을 마셨다. 준석 역시 실망을 감추지 못하며 "아빠 5하고 9하고 둘만 맞았으면 될 텐데, 다음번엔 더 많이 사, 더 마~니." 준석도 아쉬워하며 다음을 약속했다. "응 그래, 끝까지 해 보는 거야. 안 되면 될 때까지." "우와, 안 되면 될 때까지!" 준석도 아저씨를 따라 복창하고 손바닥을 맞부딪치며 하이 파이브를 했다.

　엄마의 새로 낸 가게 간판이 날개 치킨이라고 했지. 가 보고 싶었다. 며칠 동안 인테리어 공사를 한다며 엄마는 몹시 피곤해했다. 얼굴에는 기미 주근깨가 거뭇거뭇 도드라져있었다. 내일 개업식을 한다고 했다. 가게는 찾기가 쉬웠다. 큰길 버스정류장에서 내려 조금 걸어가다 이면도로로 접어드는 코너에 있었다. 홀이 제법 크고 세련돼 보였다. 선팅된 통유리 안의 조명 빛이 은은했다. 인테리어를 하는 데만 몇천을 썼다고 했던 엄마의 말이 거짓말이 아닌 것 같았다.

"이번에는 정말 돈 많이 벌 거야. 내가 꿈에서 돈다발을 보았거든, 진희야 불편해도 잠시만 참아!" 낡은 빌라 지하 방으로 가족을 몰아넣으면서 엄마는 말했었다. 군청색 쪽문으로 들어서서 아래로 향하는 계단 여섯 개를 내려가면 색깔을 알아보기 어렵게 허름한 철제문이 바리게이트처럼 앞을 막고 나타났다. "살다 보면 불편함 따윈 곧 익숙해지고 그럭저럭 지낼 만해질 거야." 이 집으로 이사 오던 날, 점점이 박힌 곰팡이의 검은색이 선명한 벽에다 벽지를 덧바르면서 뜻밖의 황아저씨가 변명처럼 말했다. 그리고는 시선을 피했다. 집을 지하 방으로 옮기게 되는 상황을 만드는데 아저씨도 한몫했다는 것을 어렴풋하게 짐작되는 대목이었다. 진희는 매번 자신의 의지와 상관없이 처해지는 상황에 피로감을 느끼면서도 벗어나기란 쉽지 않았다.

테이블에는 겨우 몇 팀만이 앉아 닭의 조각을 뜯고 있었고, 엄마는 위생 모자를 쓰고 가게 로고가 그려진 앞치마를 입고 카운터에 앉아 있었다. 아저씨도 엄마 옆에서 뭔가를 열심히 들여다보고 서 있었다. 튀김 솥 앞에는 건장한 남자 둘이서 굼뜨게 움직이고 있었다. 그 사이를 알바생인 듯한 남자애와 여자가 쟁반을 들고 서성거리고 있었다. 손님보다 종업원이 더 많았다. 황금색 볏 위로 위생 모자를 쓴 닭이 두 팔을 앞으로 모아 맥주병을 안고 있는 로고에서 번뜩이는 아이디어 감각이 느껴졌다. 아마 꽤 비싼 일러스트비를 지불했을 것 같았다.

 묵직한 유리문을 밀고 안으로 들어갔다. 엄마!, 진희는 가게 안으로 들어섰다. 계산대 앞에서 홀깃 고개를 들고 아저씨와 엄마가 동시에 쳐다보았다. "엄마 내일이 개업식이래서 왔어. 가게가 목이 좋은 것 같아." "개업 선물은 없니?" 엄마는 손을 멀뚱히 바라보며 말했다. "금고가 필요해 그게 하나 들어놔 줘." 엄마는 기다리기라도 했던 것처럼 금고를 사달라고 주문했다. "그것보다 원적외선 컵 건조기가 더 필요해!" 아저씨의 거친 음성도 끼어들었다.

 주말 저녁 복권 추첨 시간이 되면 준석과 아저씨는 TV 앞에 방석을 깔고 자리를 잡았다. 그러면 거실은 꽉 찼다. 거실의 적정 용량이다. 아저씨는 안방 서랍에서 복권 뭉치를 들고 나왔다. "로또복권 추첨 시간이 돌아왔습니다." 누가 시키지 않아도 준석의 시그널 멘트다. 신이 났다. 그리고는 당첨만 되면 사달라고 할 장난감 목록들을 줄줄이 외워댔다. "로봇장

난감, 타요 버스, 왕눈이 거미, 도깨비 왕 칠칠이 등 수십 종류다." "1등 당첨만 돼봐라." 아저씨가 늘 그렇게 주입시켜 놓은 결과다. 엄마도 화장실 문 앞에 끼어 앉아 빨려 들어갈 듯 화면을 응시하고 있었다. 바닥에 펼쳐진 복권은 눈대중으로 봐도 30장은 돼 보였다. 매주 저 돈을 마련하느라 진희만 보이면 손을 내밀던 아저씨가 아니었던가,

"진희야 나, 십만 원만 줄래? 복권 사는데 돈이 좀 모자라 이번엔 왕창 한번 사 볼 거야. 그러면 설마 걸리겠지." 아저씨의 인생 목표는 로또 1등 당첨이었다. 진희는 방안에 누워 거실에서 들려오는 차단 안 된 소리들을 스펀지처럼 빨아들이고 있었다. 문틈으로 매캐한 연기가 스며들었다. 거실의 긴장감이 그대로 전해졌다. "자 쏘세요. 34번." "다음 B조 쏘세요. 쏘세요. 27번…." "자 쏘세요. 자 쏘세요. 자 쏘세요."

"우 왓, 한 번만, 우와 이번만 맞아라." 숫자들이 조금씩 아저씨 편으로 다가오는 모양이었다. 그러더니 거실 바닥이 쿵쿵거렸다. 준석과 아저씨가 부둥켜안고 뛰는 것 같았다. "아빠 이것 봐 이 번호 맞지." 준석의 들뜬 목소리가 들렸다. 유난히 숫자에 밝은 준석이다. 그러나 13에 3을 더하면 17이라고 써서 틀린 준석이, 연결되지 않은 개별적인 번호에만 기형적으로 발달돼 있었다.

한동안 거실이 조용해졌다. 무슨 일이 일어난 걸까? 진희는

방문을 빠끔히 열고 거실을 내다보았다. 뒤통수 세 개가 한 방향을 향하고 초긴장 상태는 이어지고 있었다. 조용히 문을 닫았다. 숨이 멎을 것 같은 긴장감에 뒷골이 쑤셔왔다. 주말마다 치러지는 행사다. 안 되면 또 아저씨가 만든 그 공포 분위기를 견뎌야 했다.

"쏘세요. 탕! 34" "우와!" 먼저 반응 음을 낸 게 준석이인 것 같았다. 이어서 "핫하하. 헤헤헤. 호호홋." 천장이 뜯겨나간 줄 알았다. 마지막 숫자까지 맞아떨어졌나 보다. 정말 대박이 터졌다 1등 당첨! 축하 팡파르 소리가 의식에서 들려왔다. 거실은 흥분의 도가니가 되었다. 아저씨의 격양된 음성이 들렸다. "중간에 포기를 하고 싶을 때도 있었지만, 그래도 내가 끈질기게 매달려서 결국 해낸 거야." 아저씨는 흥분을 감추지 못하며 누가 묻지도 않은 복권 1등 당첨 소감을 연거푸 피력했다. 준석은 어린아이가 감당하기에는 벅차 보일 정도로 부풀어 올랐다. "아빠, 그 돈이면 인공위성도 살 수 있어?" "암, 살 수 있지," "여보, 준석 아빠. 이거 꿈 아니지? 다, 다, 당첨금이 얼마일까?" 엄마는 흥분하면 말을 더듬었다. "여, 여 여보 우, 우리, 집부터 사자 60평짜리 주상복합 호호." 실체도 없는 환상 같은 질문은 끝없이 이어졌다. 엄마는 아파트가 눈앞에 어룽거리는지 개념 없이 크기만 한 검은 눈을 자주 깜박거렸다. TV는 꺼버렸다. 이제는 내다 버려도 될 만큼 별로 필요할 것 같지 않았다.

  뒤이어 현관문 여닫는 소리가 나고 한참 뒤 엄마가 검은 봉지 두 개를 들고 낑낑거리며 돌아왔다. 자축파티를 열 모양이었다. 맥주와 소주, 쥐포 땅콩 등, 희미한 불빛 아래서 박쥐들의 성찬은 질펀했다. 모두들 자신에게 돌아올 몫을 생각하면서…. 흥분은 좀체 가시지 않았고 밤새 뒤척거리는 소리가 그치지 않았다. 아침까지 흥분은 이어졌다. 집안 분위기는 예전과 사뭇 달랐다.

  진희는 준석을 데리고 집을 나섰다. 준석을 학교 앞까지 데려다주고 버스를 타기 위해서였다. 엄마는 침대에서 나오지 않았다. 가게에 나가지 않을 모양이었다. 이젠 장사 따윈 안중에서 지워버린 것 같았다. 비몽사몽 환상과 비현실에 갇혀 허물을 벗고 비상할 생각에 나른해져 있었다.

  일에 집중할 수 없기는 진희도 다르지 않았다. 많은 생각들에 의식이 사로잡혀 싱숭생숭 손놀림이 자꾸만 어긋난다. 진희는 흐트러지려는 정신을 붙들고 집중해야만 했다. 마지막 손님까지 보내고 진희는 숍을 나왔다. 어젯밤 그 감격의 순간이 불안감과 뒤엉켜 되살아났다. "진희 씨, 남자친구와 약속 있어? 왜 이리 퇴근을 서둘러." 매니저의 빈정거림이 뒤통수에 날아들었다. 진희는 아무런 대꾸도 하지 않고 버스정류장을 향해 빠른 걸음을 옮겨 걸었다.

　집에 돌아왔을 때, 엄마는 아침까지 포만감에 젖어있던 모습은 간데없고. 세상을 다 잃은 듯 망연자실한 채 거실 바닥에 나동그라져 있었다. 이른 아침 집을 나간 아저씨가 하루 내내 연락이 되지 않았단다. 오후 무렵 '준석이 학원에 오지 않았다.'는 연락을 받고 아저씨한테 전화를 했지만, 전화기는 꺼져있고 '고객님의 요청으로 사용이 일시 중단되었습니다.'라는 메시지만 흘러나왔다. 그렇다면 준석이 학교는? 지금 저녁 9시가 다 된 시각인데 아저씨한테서는 연락이 오지 않았다.

　진희는 준석 담임선생 전화번호를 찾아내 통화를 시도해 봤다. 마침 전화가 걸렸다. "준석 누나인데요." 진희가 자신을 알리자마자 "준석이집 로또 당첨됐다면시요? 오늘 하루 종일 준석이 아이들에게 얼마나 자랑을 했다고요? 인공위성을 산다느니, 60평짜리 아파트를 산다느니, 도대체 수업이 되질 않아요. 주의를 주어도 막무가내예요." 진희는 말문이 막히고, 얼굴이 화끈거려왔다. "그게 아니라…, 준석이가 집에 안 돌아와서요." "오늘 하교 시간에 준석 아빠라는 사람이 와서 데리고 갔는데, 내가 보기엔 할아버지 같던데 준석이 아빠라고 하더라고요." "준석이 아빠가… 요?" 진희의 말이 채 끝나지도 않았는데 전화가 끊겨버렸다. 선생은 얘기하고 싶지 않다는 듯 하면서 마지못해 대꾸했었다. 전화기에서 '뚜 뚜' 기계음만 들렸다. 진희는 쥐구멍에라도 들어가고 싶었다. 이럴 수가…, 어디로 갔을까?

'몹쓸 인간! 나쁜 놈! 하루 종일 집구석에 코빼기도 보이지 않을 때부터 이상하다 했지.' 엄마는 현관문 쪽을 흘끔거리며 목구멍으로 투명한 소주를 연신 쏟아붓고 있었다. 아저씨에게서는 여전히 연락이 없었다. 가족이 떠나간 빈자리는 휑뎅그렁했다. 삭은 동아줄 같은 인연일지라도….

"아휴, 이놈의 팔자! 개도 안 물어가는 팔자!" 큰 상실감 뒤에 찾아온다는 어쩔 수 없는 체념과 자조 상태인 듯했다. 그러다가 "준석아, 준석아. 소주잔 속에 준석의 모습이 보이는 것처럼 절규를 쏟아내며 잔을 들이켰다. 가슴에서는 배신감과 허탈감이 끓어오르는지 몸을 떨기도 했다. 진희는 오랜만에 엄마가 가엽게 다가왔다. 어쩌다 엄마는 저런 삶의 늪에 빠져들었을까. "엄마, 경찰에 알려서라도 소재를 알아내야 하는 게 아니야?" 진희가 엄마를 위해할 수 있는 거라고는 아저씨를 찾아 나서는 것밖에 없다고 생각해 하는 말이었다. "어떻게 찾아? 어떻게! 찾는다고 찾아질 인간이 아니지. 날라리, 사기꾼, 협잡꾼, 건달패, 그놈 사기 전과 5범이야!" 엄마는 악다구니를 쓰다가 뒷말이 튀어나와 버린 것 같았다. 진희는 너무 놀라 소름이 돋을 지경이었다. "으흥, 뭐라고!" 엄마는 이제야 가슴속에 숨겨두고 있었던 황 씨의 신상을 넋두리처럼 털어놨다. 진희는 말문이 막혔다. 가족이라는 이름으로 몇 년을 함께 산 사람이, 더구나 동생 준석 아빠가…, 출감하자 바로 시장에서 소형 화물차로 배달일을 하다 그만두고 택시회사로 자리를 옮겨 기사로 일하고 있을 때 엄마와 만났다고 했다.

"엄마, 그런 사람을 왜 만났어!" 진희는 또 한 번 무너져 내리는 것을 느꼈다 "네가 뭘 알아? 사기꾼이 '나 사기꾼이요'하고 이마에 써 붙인다대? 아님, 여자 꼬드길 때 그걸 신상명세서라고 제출하기라도 한다대? 나도 준석이 낳고 나서 알았어. 그리고 막말로 내 돈 빼 가지고 달아난 것도 아니잖아!" 엄마는 눈물 콧물로 얼룩진 얼굴로, 눈을 동그랗게 뜨고 진희를 쏘아보았다. 그 눈빛에서 진희는 여전히 아저씨에 대한 끈끈한 정이 살아있는 것을 보았다. 다시 만나고 싶은 미련이 한 줄기 바람을 이루고 준석에 대한 모성의 끈도 붙잡고 있었다.

아저씨가 준석을 데리고 모습을 감춘 지도 일주일이 지났다. "진희야 나, 가게 나가봐야겠다. 이렇게 기다린다고 돌아올 인간도 아니지." 엄마는 몰골은 몹시 수척해 있었다. "엄마 나도 이참에 꽃티숍을 그만 둘까 봐." 진희는 아로마 향, 테라피 향 그 인공적인 향들이 코끝에 날아들 때마다 악취처럼 역겨웠다. 가운에 싸인 여자의 몸이 눈앞에서 어룽거릴 때면 손이 떨리고 이마에선 식은땀이 배어 나오는 것 같았다. 시체를 보는 것처럼 섬뜩하기까지 했다. "왜? 열심히 돈 벌어 숍을 내겠다더니 그럼 뭐할 거야? 팁만 해도 하루 얼만데." 엄마는 맹한 눈을 끔뻑거렸다. 속셈을 할 때 엄마는 그랬다. 팁! 말만 들어도 목구멍에서 욕지기가 일었다. "싫어졌어. 엄마 도와 가게 일이나 할까 봐?" "뭐, 가게도 지금 어려워 문 열어봐야 손님 없어. 종업원 월급에다 재료비에, 얘, 이러다간 또 보증금 까먹겠어!" 엄마는 발악하듯 소리를 질렀다. "벌써? 벌써 종업원 월급이 밀렸다고!" 진희는 어이가 없었다. 그래도 숍을 그만두고 싶다는 생각을 바꾸지는 않을 것이다. 어떻게든 엄마에게 매달리기로 했다. "엄마 나, 숍 나가는 거 정말 싫어 응 엄마! 죽기보다도 더 싫단 말이야!" 엄마랑 같이 치킨가게 열심히 할래. 일단 종업원 수를 확 줄이고 엄마와 나 둘이서 열심히 한번 해보자, 응?" 이번만은 자신의 뜻대로 하고 싶었다. 숍만 나가지 않는다면 무슨 일이라도 할 수 있을 것 같았다. 그리고 자신감도 있었다. 엄마를 설득해 보기로 했다. 황 아저씨도 없어진 마당에 엄마를 설득하는 일은 어렵지 않을 것 같았다. 엄마를 자신의 편으로 만들 절호의 기회라고 생각하며 밀어붙였다.

   진희는 엄마와 함께 밤새 가게 운영 계획을 새로 짰다. 튀김 솥 앞은 엄마가 맡고 진희는 홀 청소부터 서빙, 그리고 계산대, 전화 받는 것까지 담당하기로 했다. 그리고 배달할 사람만 종업원으로 쓰기로 했다. 오토바이 면허 소지자 하나면 될 것 같았다. 진희와 엄마는 오랜만에 마주 앉아 자신의 속내를 털어놓고 얘기를 나누었다. 그러다가 마주 보며 같이 웃었다. 의미 있는 웃음이었다.

사랑 좀 패러디하면 안 되겠니

사랑 좀 때려디하면 안 되겠니

　재범은 화가 나서 참을 수 없다는 듯이 씩씩거리며 시장을 빠져나오고 있었다. '그런 케케묵은 구식 속옷을 우리 양순 씨에게 선물하라고, 어림도 없지.' 그는 마치 자신을 화나게 한 속옷가게 노파가 옆에 있기라도 한 것처럼 구시렁거리며 걸어오고 있었다. 내일이 양순의 생일이다. 그는 이참에 양순이 맘에 꼭 들어 하는 선물을 주고 싶었다. 선물을 받아들고 '어쩜 내 마음을 이렇게 잘 아실까? 정말 제 취향이에요.'라며 미소를 한가득 머금고 좋아하는 모습을 상상하면 재범은 저절로 마음이 달떴다. 그렇게 해서 양순과 연인이 되고 싶은 마음은 꿀떡 같은데 생각만큼 쉽지가 않다. 그 노파가 추천하는 속옷은 그가 어렸을 때 할머니가 요강에다 소변 보고 옷을 추켜올

릴 때 얼핏 보았던 그런 모양새였다. 그것 때문에 재범은 속옷가게 주인 노파와 입씨름을 하고 나오는 중이었다.

"아니, 이 영감님이. 이 옷이 어디가 어때서요? 할머니한테 선물할 거라면서요? 까슬까슬해서 몸에 들러붙질 않지. 바람이 솔솔 통해 시원하지."

속옷 가게 주인 노파는 재범에게 옷의 실용성을 설명하느라 진땀을 흘리고 있었다. 입 안의 침은 이미 게거품처럼 보글보글 차져 있었다.

"뭐라구요! 할머니라구요? 우리 여친 더러 할머니라니?"

재범이 할머니라는 말에 토를 달고 나오자 주인 노파는 주춤했다. '아니 이 영감쟁이가 보통이 아니네.' 속으로 중얼거리면서,

"여친? 여친이 뭐래유? 여치래유?"

순간 속옷 가게 주인 노파는 기가 꺾였다. 그녀로서는 처음 듣는 말이었기 때문이었다.

"이런 무식한 노인네를 봤나?" 재범은 어깨를 으쓱거렸다.

"아유, 어서 가요. 이상한 영감쟁이를 다 보겠네. 내 참 재수가 없으려니. 영감쟁이한테 속옷 한 벌 안 팔아도 나 안 굶어 죽어유."

그 주인 노파는 물건 팔기는 글렀고, 까다로운 영감쟁이다 싶으면서도 팔아 볼 욕심에 이것저것 꺼내 보였던 수고로움이

억울하기라도 한 듯 입에 거품을 물고 막말을 해댄 것이다.

재범은 골똘히 생각에 잠겨 걸었다. '선물 목록을 바꿀까? 아니야. 그래도 속옷이 애정 표현으로 알맞아.' 그러자 어젯밤 수지의 태도가 떠올랐다. 재범은 '화장품 세트를 살까? 아니면 속옷을 살까?' 한참을 망설이다 손녀인 수지에게 물어보기로 했다.

"얘, 수지야. 너희들은 생일 때 남자친구에게서 무슨 선물 받으면 가장 기쁠겨?"

재범은 어린 애마냥 달떠서 고개를 갸웃거리며 말꼬리를 올렸다. 그리고는 수지의 입에 시선을 고정한다. 대답을 기다리는 재범의 표정은 사뭇 진지했다.

"왜요? 할아버지. 여친 생일이에요? 아유, 노인네들이 무슨 생일 선물까지 챙겨준다고. 호호호, 주책! 할아버지 그 할머니 예뻐. 그 할머니도 할아버지 사랑한대? 할아버지 혼자서 괜히 헛물켜는 거 아냐?" 수지는 대답 대신 가지가지 의혹을 제기하며 초를 친다. 눈을 붙박아 놓고 바라보고 있던 재범의 얼굴빛이 점점 굳어지며 불쾌한 빛이 역력해진다.

"이런 고얀 녀석 같으니라고, 그러려면 관둬 이 녀석아! 나 그냥 예쁜 속옷을 살 테다!"

재범도 수지 들으라는 듯 소리를 질렀다. 불쾌하고 화가 난 듯 입술이 바들거리기까지 했다.

"오우! 그래 그거 좋겠다. 파자마 속옷!"

수지는 끝까지 비아냥거리듯, 재범을 놀렸다. 수지의 그런 태도는 전혀 예상치 못한 반응이었다. 재범은 자신의 진정어린 애끓는 사랑을 주책으로 치부해 버리고 마는 수지의 태도에 마음을 크게 다친 것 같았다. '연애는 저희들만의 전유물인가?' 수지의 반응에서 상처를 받은 재범이 밤새 엎치락뒤치락 대며 잠까지 설쳤는데, 오늘은 또 속옷가게 노파까지 수지의 이죽거림에 힘을 보탠 셈이 돼버렸다. 재범은 지금까지 이렇게 화가 나 보기는 몇 번 없었던 듯했다.

한참을 걷다 보니 이마에선 송 송 송 땀이 배어 나오고 햇빛은 재범을 따라오면서 비추듯이 뜨겁게 내리쏘았다. 이번에는 백화점에 가볼 생각이다. 재범은 이 기회에 꼭 양순에게 붙들려있는 자신의 속마음을 드러내고 싶었다. 아니 '프러포즈라던가. 사랑 고백이라던가.' 암튼 그런 걸 멋지게 하고 싶었다. 이미 그의 마음에는 양순이 들어와 있는데 어떻게 표현을 해야 할지 몰라 전전긍긍하고 있던 터였다. '양순 씨, 사랑해요.'라 할까, 아니면 '양순 씨! 내 여자예요.' '아니야, 아니야 섣불리 잘못했다간 양순 씨가 저만치 영영 달아나 버릴지도 몰라.'

아파트단지 앞에 이르자 왕벚나무 아래, 벤치에 이십 대쯤으로 보이는 남녀가 바짝 붙어 앉아 있었다. 그 애들은 이미를 맞대고 무슨 말인가를 눈으로 주고받으며 서로에게 몰입되어 있었다. 재범이 살금살금 벤치 옆으로 다가가도 젊은 두 아이들은 서로에게 집중되어 아무런 반응이 없었다.
"에구, 덥다. 잠시 쉬어 가야지."
 재범도 그 옆에 슬며시 엉덩이를 디밀고 앉았다. 바지 주머니에서 수건을 꺼내 이마에 맺혀 있는 땀방울을 닦아냈다. 그때서야 인기척을 느꼈는지, 두 젊은 커플이 화들짝 놀라 서로의 몸을 밀쳐내고 재범을 바라봤다. 나무 그늘 밑은 조금 시원했다. 청량감이 느껴지고 기분도 한결 좋아지고 있었다. 방금 옷가게 노파와 다투고 온 억울한 기분에서 차츰 벗어나고 있었다. 재범은 젊은 커플을 눈으로 훑기 시작했다. 신발부터 옷차림새까지, 재범의 시선이 분주히 오르내리고 있었다. "음 녀석들! 우리 수탁이 또래구만." 수탁은 딸 영희의 아들이다. 재범에게는 외손자인 것이다. 한참을 유심히 바라보던 재범은 그들의 윗옷에 시선이 또 꽂혔다. 그들은 후드가 달린 녹색의 반팔점퍼를 똑같이 입고 있었다. '저것이 커플룩'이라는 건가? 재범은 커플이라는 말을 많이 들어보긴 했다. 자신도 양순과 커플처럼 입고 다니고 싶은 생각이 머리를 스쳤다. 옳지! 속옷 대신 커플룩을 사야지.' 재범은 속옷을 살 계획이 조금 흔들리기 시작했다. '커플룩을 사서 같이 입고 다닌다…. 재범은 고개를 갸우뚱했다. 이왕이면 두 가지를 다 사야지. 양순 씨에게만은 좀생이처럼 굴고 싶지 않았다. 석양의 노을 속에서 혜성처럼 나타나 자신의 메말라 가는 감성을 촉촉이 적시는 여인, 그녀는 분명 사랑의 메신저니까…. 스스로 그렇게 의미를 부여해놓고 양순을 위해서라면 못 할 게 없을 것 같은 재범이다.

　재범은 티셔츠 윗주머니에서 지갑을 꺼내서 카드를 확인해 봤다. 옆에 앉아 있는 젊은 커플에게 여전히 시선을 떼지 못한 채 '얼마면 저런 옷을 살 수 있을까?' 재범은 하마터면 물을 뻔하다, 얼른 손으로 입을 가리고 참았다. 재범의 시선이 꽂히자 그 젊은 커플은 이상한 할아버지라는 듯 경계심 가득한 눈빛으로 재범을 흘끔거리더니 자리에서 일어나 뛰기 시작한다.

　저만치 뛰어가는 그들의 뒷모습을 한참 동안이나 바라보던 재범의 눈엔 이번에는 그 여자 애의 매끈하게 쭉 뻗은 긴 다리, 그리고 그 위에 한참 올라간 위치에서 멈춰져 있는 핫팬츠가 시선에 들어왔다. 그리고는 '양순에게도 저런 옷을 입혀주면 저 여자애처럼 상큼하고 발랄할까?'그는 또 머릿속에 핫팬츠 입은 양순의 모습을 그려보다, 자신도 멋쩍어지는지 피식 웃었다. '휘리릭~.' 문자가 들어왔다. 양순이었다.

　"아유! 호랑이님. 저 지금 용인에 가는 중이에요. 큰아들이 오라고 하네요. 내 생일을 아들 내외랑 같이 보내 재요. 그럼 내일 봬요. - 달맞이가-"

문자를 읽는 그의 얼굴에서는 주름 사이로 미소가 한가득 피어났다. 온몸에서는 피돌기가 빨라지고 가슴은 부풀어 올랐다.

"알았어요, 생일 잘 보내고 오세요. 늦더라도 꼭 와요 내 옆자리 비워 놓을게요. -호랑이-"

그들은 서로를 그렇게 닉네임으로 불렀다. 재범은 끝 자가 범이니 호랑이가 되었고 양순의 닉네임은 재범이 붙여 주었다. 낮 동안을 끝끝내 버티다가 밤에 달이 뜸과 동시에 화사하고 우아한 꽃잎을 펼치며 피어나는 달맞이처럼 노년에 피어나는 사랑이라는 의미로 그렇게 붙여 주었다. 양순도 흡족해했다. 그는 글자를 조합해 놓고 보내기 비튼을 누르기 전에 양순의 얼굴을 떠올려보았다. 요즘 생긴 버릇이었다. 갸름한 얼굴 바탕에 높낮이가 적당한 콧날이며, 해시시 웃을 때 드러나는 가지런한 앞이빨 등…. 웃음이 머금어졌다.

허재범, 그는 이십 대 초반에 초등학교 교사가 됐다. 그의 나이 스물세 살 때였다. 그때 시작한 교직 생활을 정년퇴임 때까지 올곧게 외길만 걸어왔다. 그는 퇴직과 동시에 교원 연금 수급자가 됐고 매월 꽤 많은 액수의 연금을 받는다. 재임 때 받았던 월급과 비교해도 크게 차이 나지 않은 액수였다.

재범은 연금을 받으면 우선 자신과 함께 살고 있는 딸, 영희에게 생활비에 보태라며 일정액을 주어왔다. 그리고 수탁이나 수지에게도 용돈을 주었다. 그런데 이제 자신도 지출이 많아지다 보니 지난달부터 그동안 손자 손녀에게 주어오던 용돈을 임의로 지급을 중지시켜 버렸다. 사실 수지가 심통을 부리고 사사건건 초를 치는 것도 그것과 무관하지 않을 것이다.

재범은 양순에게 선물할 속옷을 사러 백화점으로 향했다. 내일 만나면 줄 요량이다. 입구에 들어서자 에어컨에서 쏟아져 나온 바람이 얼굴에 닿았다. 쾌적했다. 1층 보석코너의 보석들이 반짝거렸다. 재범은 곁눈질로 흘겨보다 어깨를 으쓱거리며 에스컬레이터를 탔다. 백화점 안엔 중년의 여자들과 젊은 남녀들이 매대 사이를 산책하듯 여유롭고 우아하게 거닐고 있었다. 3층 란제리코너 앞에서 내렸다. 먼저 재범의 시선을 붙잡은 곳은 화려하고 섹시한 란제리들이었다. 천장에서 쏟아지는 우윳빛 조명 아래 한껏 멋스럽게 코디를 한 속옷들이 현란했다. 재범은 시선이 머무는 곳으로 발을 들여놓았다. 그러자 갓 스무 살 전후쯤 돼 보이는 종업원이 의아한 표정으로 다가오며 물었다.

"할아버지 뭘 찾으시는 거 있으세요?"

재범은 대꾸도 잊은 채 화려한 란제리에서 눈을 떼지 못했다. 한참을 넋을 잃고 두리번거리다가 마음에 드는 것을 찾아내고는 손으로 가리켰다.

"아, 저거요! 저거 좋네."

보물찾기에서 대박이라도 건져 올린 듯 재범이 소리쳤다.

"아! 그거요, 예뻐요. 아이보리색 폴리에스터 재질에 빨간 장미가 자수로 새겨져서 고급스럽고 고혹적인 분위기를 연출하는 하이퀄리티 란제리예요."

재범이 가리킨 물건을 꺼내며 종업원이 숙달된 멘트로 장황하게 설명했다. 여전히 시선에서는 의뭉한 빛을 거두지 않은 채였다.

"할아버지 누구에게 선물하실 거예요?"

종업원이 물었다.

"아! 우리 여자 친구가 내일 생일인데 선물할 거예요"

재범은 기다리기라도 했던 것처럼 자랑스럽게 내뱉었다.

"큭."

점원은 터져 나오려는 웃음을 억지로 참는 듯 물었다.

"그걸로 하시겠어요? 연령대가 어떻게 되세요?"

그런데 왠지 종업원의 말투는 베거리를 하는 것처럼 들렸다. 재범도 알아차렸는지 힘이 들어간 눈길로 종업원을 쩌려 보았다. 그녀의 물음엔 마치 이런 속옷은 이십 대들이나 입는 거라는 투였다. 그러자 재범이 외쳤다

"칠십 대요, 왜요? 칠십 대가 입으면 안 돼요?"

그 소리는 쩌렁쩌렁하게 백화점 안을 울렸다. 주위 사람들이 놀란 듯, 고개를 돌려 이쪽으로 바라보고 서 있었다.

"내가 무슨 젊은 애와 원조 연애라도 하는가 싶어서요?"

재범이 불쾌하다는 듯이 재차 쏘아붙이자 종업원은 뜨끔해했다.

"아녜요, 손님. 젊은 취향의 란제리라서요."

종업원은 속마음을 들킨 것 같아 미안한 마음이 들었는지 차분히 변명했다.

"우리 여자 친구는 칠십 대라도 멋져요! 아주 잘 어울릴 거예요"

재범이 끝까지 말꼬리를 놓지 않았다. 눈을 부릅떠 희번덕거리기까지 하면서 의기양양했다.

"아! 예 알겠습니다. 어르신 이걸로 포장해 드릴까요?"

종업원은 당황한 듯 얼굴이 붉어지며 물었다.

"그래요."

재범은 지갑에서 카드를 꺼내 결제했다. 종업원은 물건을 아주 정성껏 포장해서 건네주었다. 마치 덮어놓고 의심부터 품은 걸 미안해하기라도 하듯이…. 재범은 쇼핑백을 꼭 움켜쥐고 코너를 나왔다.

"안녕히 가세요."

종업원의 낭랑한 목소리가 뒤통수에 남았다. 오는 길에 2층 캐주얼 코너에 와서 갈 때 보아두었던 커플룩도 샀다. 흰색의 후드가 달린 점퍼 식이었다. 앞에 주머니가 커다랗게 달린 최신식 디자인의 커플룩이었다.

백화점 로고가 새겨진 쇼핑백을 들고 나오며 재범의 기분은 애드벌룬을 타고 공중으로 떠오르는 것처럼 부풀어 올랐다. 마치 살아서 환생이라도 한 것처럼 마음은 벌써 이십 대가 다 되었다. 그는 스스로를 '21세기형 신노인'이라고 자부하고 있었기 때문이었다. '신노인은 소비의 주체이며 첨단 IT문화에서 소외되지 않으며 누구의 간섭이나 도움받지 않고 자신의 삶을 이끌어 나가는 신 노년층을 일컫는 말이다.'고 스스로 정의해 놓고. 그 안에 자신을 포함시키는데 한 치의 망설임도 없었다.

이 옷을 양순과 같이 입고 챙이 넓은 모자를 쓰고 발에는 엄지발가락 새에 끼는 슬리퍼를 발끝에 살짝 걸쳐 신고 제주도로 여행을 가는 상상을 마음껏 해 보면서 입에서는 연신 웃음이 새어 나왔다. 상상은 언제나 거침이 없고, 그렇게 즐거울 수가 없었다.

"허재범 씨! 어디 갔다 오시길래 그렇게 혼자 웃어 쌌소? 뭐 좋은 일 있소?"

어느새 아파트 앞까지 왔는지, 옆 라인에 사는 곽 영감이 물색없이 물어왔다.

"아, 아. 아니. 어디 좀 다녀오는 길이요. 곽 옹은 어디 가시오?"

재범은 쇼핑백을 뒤로 감추며 말했다. 혼자만의 즐거운 상상을 깨뜨리고 나서는 곽 영감이 썩 반갑진 않지만, 내색은 하지 않았다. 자기는 경로당에 바둑을 두러 간다며 재범더러 같이 가자고 했다.

"나, 잠시 집에 들렀다가 가리다."

재범은 얼른 입구로 들어섰다. 곽 영감은 재범의 손에 들려있는 종이 가방에 시선을 꽂고 한동안 바라보다가 경로당 쪽으로 발걸음을 옮겼다.

"아버지는 어디를 그렇게 말도 안 하고 다니세요? 전화도 받지 않고."

재범에게 현관문을 열어주고 뒤따라오며 영희가 물었다.

"전화는 왜 해?"

재범은 영희의 관심이 오늘따라 성가신 듯 퉁명하게 쏘아붙였다. 그리고는 영희가 방금 앉았다. 일어난 듯한 주방 쪽을 흘끔 쳐다보았다. 영희의 주방 식탁 위엔 가계부가 펼쳐져 있었다. 그 옆엔 계산기도 놓여있었다. 영희는 또 이번 달 가계비를 요모조모 쪼개느라 계산기를 두드리고 있었던 것 같았다. 재범은 뜨끔해진다. 이제부터는 영희에게 주어왔던 생활비 보조도 끊어야겠다고 생각하고 있었던 터였다. 그런 재범의 계획을 알 턱이 없는 영희는 그 돈을 계산에 끼워 넣고 있었을 테니 말이다.

"아버지, 그 손에 든 건 뭐예요? 아! 아버지 백화점 가셨어요?"

쇼핑백에 새겨진 백화점 로고를 보고 영희가 눈알이 불거지며 말꼬리를 높인다.

"넌 알 거 없어, 야! 이거 내일 양순 씨에게 생일 선물할 거니까 손대면 안 돼야. 나, 요 앞 경로당에 가서 바둑 한판 두고 올 테다. 그리 알어."

재범은 힘이 들어간 눈을 치뜨며 단단히 으르고 집을 나섰다.

'참 신바람이 나셨구만, 요샌, 노인들 세상이구만. 그리고 이건 뭐야?'

영희는 쇼핑백 안의 물건이 궁금했다. '뜯어볼까?' 하다 쇼핑백 입구가 테이프로 붙여 있기도 했고 괜히 뜯었다간 또 얼마나 역정을 내실까 싶어 그만두었다. 영희는 따박따박 연금 받으면서 생활의 중압감에서 비켜나 있는 아버지가 부러웠다.

재범은 평소와 달리 일찍 잠이 깼다. 머리맡에 걸려 있는 시계를 쳐다보았다. 6시가 좀 안 된 시각이다. 주방에서 영희의 발소리와 개수대의 물소리가 섞여 간간이 들려온다. 조바심이 났지만 영희가 깨울 때까지 자는 척하기로 했다. 고2인 수지가 맨 먼저 나가고 그다음 사위인 영희 남편이 출근하고 대학생인 수탁이 마지막으로 나가면 한숨 돌린 영희가 재범을 깨워 식사를 하는 게, 재범이 영희 집으로 들어온 후부터 이 집의 생활 규칙이 되어 있었다. 재범은 주로 느긋하게 늦잠을 즐기는 편이었다.

재범은 학원을 가려고 선물 가방을 챙기다 깜짝 놀랐다. 양순에게 줄 쇼핑백이 뜯겨져 있었다.
"얘! 영희야!" 긴박한 목소리로 딸을 부른다.
"왜요? 아버지," 영희가 설거지를 하다 말고 고무장갑을 빼면서 재범의 방으로 뛰어 들어왔다.
"얘, 내 쇼핑백 누가 뜯었니?"
뜯어진 쇼핑백 속에 든 커플 룩이 감쪽같이 사라졌다. 그리고 브레지어와 팬티만 들어 있었다. 그것도 뜯었다가 얼기설기 겨우 싸 놓은 채였다.
"수지가 손댔나? 풀어만 봤지, 여기 속옷 그대로 있잖아요?"
영희는 재범의 눈치를 살피며 바들거리며 손으로 주섬주섬 속옷을 접어 포장지로 쌌다.

"커플잠바가 없어졌단 말이야!" 재범은 답답해 죽겠다는 듯 또 소리를 버럭 질렀다.

"이것 말고 더 있었어요? 혹시 하얀색 점퍼 말이에요! 그것도 아버지 거였어요!"

영희도 짜증이 났다. 재범에게 퉁명스럽게 되물었다.

"그거 양순 씨랑 같이 입을 생각이었는데."

재범은 영희의 묻는 말은 귓등으로 흘러버리고 자기 할 말만 했다. 영희는 아침부터 날벼락 맞은 듯 멀뚱히 서 있었다. 남아있는 그 란제리 세트가 더 가관이었다. 엷은 노란색 바탕에 빨간 자수로 장미가 수놓아진 너무 화려하고 고급스러워 영희는 언감생심 꿈도 못 꿀 그런 팬티와 브래지어 세트였다.

"아버지 이 속옷 세트만 주어도 되지 않을까요?"

'아유, 어머니 살아계실 때 저렇게 좀 하시지' 영희는 불현듯 돌아가신 어머니가 떠올랐다. 아버지는 도시로 전근 다니면서 어머니만 시골에 남아 농사지으며 아이들 키우고 몸에 밴 희생과 근면으로 살다 간 어머니, 영희는 어머니 생각이 나자 아버지가 더 야속하게 생각되었다.

"아침에 수지가 입고 나간 옷이 그럼 그 옷인가 봐요? 아니 그건 아이들이 입는 모자 달린 점퍼던데 그걸 할머니와 같이 입을 거라고 사셨어요? 아침에 수지가 학교 가면서 입고 나가더라고요. 못 보던 옷이긴 했어도 지가 용돈 모아 사 입은 줄 알았죠? 수지도 할아버지가 저희들 주려고 사 놓은 줄 알고 입었나 보죠, 설마 노인 커플들 것인 줄 알았겠어요."

영희는 미안함은 고사하고 어이가 없었다. 재범 역시 영희의 변명 따윈 귀에 들리지도 않은 듯, "그만 나가라! 시끄럽다."고 말했다.

수지 편을 들고 자기를 이해시키려는 영희의 말이 달갑게 들릴 리 없었다. 다시는 안 볼 듯이 영희에게 버럭 고함을 내질렀다. 영희는 재범의 고함 소리에 놀라서 방을 뛰쳐나갔다. 영희가 방을 나가자 재범은 더 심통이 났다. 영희네로 들어온 지가 10년이 넘었다. 그러다 보니 영희의 식구들이 자신을 막 대하는 것 같다는 생각이 스멀스멀 올라왔다. 요즘의 수지의 태도가 더욱 그렇다. 재범은 당장이라도 이곳을 떠나고 싶어졌다.

"휴~, 이걸 어떻게 하지?"

재범은 침대 끝에 걸터앉아 한참 골똘히 생각에 잠기더니 포기한 듯 일어섰다.

'저렇게 화가 나실까?' 영희는 밖에서도 재범의 동태를 살피며 불안해하고 있었다.

재범은 하는 수 없는지 란제리 세트만 담긴 쇼핑백을 손에 들고 현관을 나섰다. 아까보다는 표정이 많이 풀려 있었다.

"아버지, 다녀오세요."

영희가 싱크대에서 고개를 돌려 인사를 해도. 들은 체도 않고 현관문을 쿵, 닫고 나가 버렸다. 찬바람이 '쌩~' 문 주위를 맴돌다 내려앉았다.
　'저렇게 아버지의 혼을 쏙 빼놓은 할머니는 도대체 어떻게 생겨 먹은 노인네야? 저런 열정을 어디에 숨겨두고 어머니에게는 그렇게 무심하게 대하셨을까, 무심이 아버지의 천성인 줄 알았더니,' 영희는 벽에다 대고 구시렁대며 설거지를 계속한다.
　재범이 학원에 도착하니 양순이 먼저 와 자리에 앉아 있었고 옆자리는 비어있었다. 양순의 옆자리나 재범의 옆자리는 누구도 앉지 않는다. 커플석이라고 지정해 놓았다. 재범은 가볍게 눈인사를 건네고 자리에 앉아있지만, 고개를 돌려 양순의 옆얼굴을 흘끔거리느라 책에 집중할 수가 없었다. 빨리 마치고 양순과 단둘이만 시간을 보내고 싶은 생각뿐, 오늘따라 영어 강사의 혀 굴리는 소리가 주파수가 맞지 않은 오디오의 잡음처럼 시끄러웠다.
　"잘 지내셨어요? 호랑이님!"
　수업이 끝나기가 무섭게, 양순이 재범에게 인사를 건넸다.
　"아, 아. 그럼요." 재범은 양순이 다가오자 빨리 둘만의 시간이 갖고 싶었다. 둘은 나란히 밖으로 나왔다. 양순은 오늘따라 꽃잎무늬가 가득 그려져 있는 하늘거리는 샤링 스커트를 입고 위에는 베이지색 망사 카디건을 걸쳐 입고 한껏 멋을 부렸다. 밖은 시원한 바람이 불고 있었다. 양순의 얇고 하늘거리는 샤링 스커트는 바람이 스칠 때마다 발목 위에서 춤을 추듯 살랑거렸다. 자연 갈색으로 물들인 파마머리는 윤기 나고 깔끔했다. 재범 역시 옅은 블루톤의 와사 남방을 정갈하게 차려입었고, 손에는 쇼핑백이 들려있었다. 하얀 이팝나무 가로수 길이 눈꽃을 달고 있는 것처럼 화사하고 초여름의 훈풍은 두 노년의 감성에도 촉촉하게 일상의 활력을 불어넣어 주고 있는 듯 했다.

그들은 스스로를 내생 부부라고 철석같이 믿고 있었다. 내생이 있다면 꼭 다음 생에서는 부부로 만나자고 둘은 그렇게 새끼손가락을 걸듯이 작정해 놓았다. '누가 먼저 가든, 먼저 간 사람은 기다리고, 남은 사람은 먼저 간 사람이 너무 오래 기다리지 않게 앞서거니 뒤서거니 가서 조우하자.'고 약속해 놓은 사이다. 근처 커피숍에 들어와 마주 앉았다.

"뭘 시킬까요?"

자리를 잡고 앉자마자 양순이 먼저 재범을 보며 물었다. 재범은 잠시 뜸을 들인다.

"호랑이님은 뭘? 드실래요? 저는 빙수 시킬 거예요." 양순이 말하자, "제 것도 양순 씨랑 같은 걸로 그냥 팥빙수 시켜요. 저도 빙수 좋아해요." 재범은 그렇게 말했지만 그건 거짓말이었다. 재범은 과민성대장증후군이 있어서 여름철 냉 음식은 그에게 금기 음식이다시피 하다. 영희는 여름철에도 따뜻한 보리차를 끓여 주곤 했다.

"그래요. 저는 과일빙수, 그리고 호랑이님은 팥빙수?" 양순이 팥빙수와 과일빙수로 다르게 주문을 시키자, "아녜요, 저도 그럼 과일빙수예요. 같은 걸로 시켜요." 재범은 양순을 따라 하고 싶었다. 재범에게 양순은, 먹는 것도 말하는 것도 그녀의 습관이나 버릇까지도 따라 하고 싶었다. 스스로 소속되고 싶어 했다.

"아유, 호랑이님 좋아하시는 걸로 하세요."라고 하자. "아! 저도 과일 빙수 좋아해요!" 재범이 눈을 부릅뜨고 흐린 눈동자를 희번덕거렸다.

둘은 어렵게 주문을 시켜놓고 서로 마주보았다.

"그래 아드님 집에는 잘 다녀왔나요?" 재범이 말을 했다.

"아유, 그럼요, 내년에 며느리가 복직하면 같이 살재요. 아이들을 좀 봐달라고 그러네요." 양순은 말을 하면서 아까와 다르게 표정이 어두워지고 있었다.

"용인 아들네로 가겠다고요!" 재범의 백태 낀 두 눈이 화살촉처럼 양순의 얼굴에 꽂혔다. 얼굴에서는 아쉬움이 배어 나오고 있었다. 그렇게 되면 양순과 헤어질지도 모른다는 불안감이 소나기처럼 쏟아지고 마음은 무너지고 있었다.

"가지 말아요. 자식 따라간 사람들 모두 후회가 막급하대요! 그저 맘 편하기로는 혼자 있는 게 제일이에요." 재범이 큰소리로 말했다.

"예 그렇죠." 양순도 맞장구를 쳤다. 양순의 호응에 조금 안정을 찾은 재범이 "저도 선물을 준비했는데 마음에 들지 모르겠네요? 허허." 아까부터 들고 있던 백을 자랑스럽게 건넸다.

순간 재범은 수지가 가져간 커플룩도 생각났다. '고얀 녀석!' 생각할수록 수지가 원망스러웠다. 양순에게 잘 어울릴 텐데, 하얀 점퍼를 똑같이 입은 자신과 양순의 모습을 또 떠올려본다.

"아유, 뭘 꼭 선물을 주시겠다고, 이 옷도 이번에 며느리한테 선물 받은 거예요."

양순은 입고 있는 옷을 내려다보이며 어깨를 들어 보였다. 시스루 카디건이 왼쪽으로 쏠리면서 가슴골이 살짝 드러났다. 재범의 눈이 번쩍 빛났다. 재범은 이 순간도 놓치지 않았다. 양순의 얼굴은 상기되고 있었다. 알바생인 듯한 젊은 아이가 과일빙수 두 그릇을 탁자 위에 놓아주고 갔다. 재범은 황혼의 들녘에서 외롭게 만난 인연이었기에 양순을 더 오래도록 더 가까이 두고 싶은데, 아들네 집으로 들어갈지도 모른다는 말에 더 안타까워하는지도 모른다.

학교에서 돌아온 수지에게 영희가 할아버지 쇼핑백에서 커플 록을 훔쳤다고 야단을 친다,
"얘, 네가 할아버지 쇼핑백에서 쌍쌍점퍼 꺼냈니? 그것 땜에 집이 온통 난리가 났어. 기집애야."
"할아버지, 혹시 늙은 꽃뱀에게 물린 거 아냐?"
 수지는 오히려 생뚱맞은 대꾸를 하면서 당당해했다.
 짐작대로 수지는 후드가 달린 하얀 점퍼를 입고 서서, 할아버지가 꽃뱀의 올가미에 걸린 게 틀림없다고 소리쳤다.
"그리고 나머지 하나는 어떻게 했니?" 영희가 다그쳤다.
"내 남자친구 줬지, 걔 줬더니 엄청 좋아하던데, 요즘 새로 나온 디자인이거든, 호호호."
"네 맘대로 할아버지 물건을 훔쳐다가 남자친구를 줘! 당장 찾아와!"
"훔친 거 아니야, 난 할아버지가 우리들 주려고 사다 놓은 줄 알았지! 누가 늙은 커플들 것인 줄 알았냐구! 아유 주책이야, 정말." 수지는 되레 길길이 뛴다.
"엄마, 요즘 꽃뱀 많아. 할머니 꽃뱀! 특히 할아버지처럼 시골에서 올라오신 분, 그리고 연금을 따박따박 타는 사람이 표적이래. 그것도 할아버지처럼 많이." 수지는 끝내 자신의 실수를 인정하지 않으려 했다. 오히려 "엄마 그 야한 속옷은 어떻게 했대? 그 할머니에게 줬대? 그 '벗기고 싶은 표' 속옷 같은

거 섹시의 심볼! 호호홋." 수지는 유치해 죽겠다는 듯이 빈정거리고 웃었다.

"시끄러워! 이 계집애야! 입 다물지 못해!"

영희는 수지도 아버지도 모두 못마땅했다.

"문제는, 할머니 꽃뱀이 아니라 요즘 애들인 것 같아, 이 계집애야!"

영희는 사실 그랬다. 수지가 더 얄밉다. 영희도 아버지가 못마땅한 건 사실이었다. 그렇다고 대놓고 수지의 편을 들 수는 없었다. 정석대로 가르칠 수밖에.

"할아버지에게도 할아버지 나름의 삶이 있고 연애도 할 수 있지.

"나도 그런 옷이 입고 싶었단 말이야! 그리고 할아버지 지난달부터 내 용돈도 안 주셨어. 그 할머니한테만 다 쓰는 거 아냐!"

수지는 속내를 드러내다 으흐윽, 큰 소리로 울어버렸다.

"잘 들어가요, 양순 씨!"

"네에~. 호랑이님도요."

점심 식사 후 같이 영화를 보고 나온 재범과 양순은 버스정류장에서 헤어졌다. 각자 가는 방향이 달라 재범이 먼저 버스에 올랐다. 버스 안은 발 디딜 틈도 없을 정도로 가득 차 있었다. 사위엔 어둑어둑 땅거미가 지고 거리에는 근처 빌딩에서 쏟아져 나온 인파로 덮였다. 재범이 버스에 오르자 한 젊은이가 일어서며 자리를 양보해 주었다.

"아! 고마워요"

재범은 가볍게 고개를 끄덕여 보이고는 자리에 앉았다. 그리고는 이내 양순이 남기고 간 분위기에 젖어 들었다. 집 방향이라도 같았으면 좀 더 시간을 보낼 수 있을 텐데…. 양순과 살고 싶은 욕심이 의식을 어지럽힌다. 그러다가 재범은 도리질을 쳤다. '부질없는 내 욕심일 뿐이야. 말도 꺼내면 안 돼.' 자신에게 타이르듯, 생각을 떨쳐버리려고 고개를 더 세게 흔들었다.

"아버지 이제 오세요? 저녁은요?"

영희가 현관에 들어서는 재범을 보고 인사를 했다.

"나 저녁 먹었다."

재범은 건성으로 대답하고 방으로 들어가 버린다. 응대하기도 귀찮은 듯했다. 영희는 아버지가 혹시 사춘기, 오춘기를 앓고 있나? 아니지, 저 연세면 육춘기 쯤 되지 않을까.

요즘 아버지의 모습은 영락없이 수탁이 사춘기일 때와 흡사했다. 말수가 적어졌고 이유도 없이 버럭 화를 내지를 않나, 눈도 마주치지 않으려 피했다. 꼭 시위를 하는 것 같았다. 지금 아버지는 무엇 때문에 저러는지…? 아버지를 모셔온 지가 어느덧 10년이 지났고 딴에는 한다고 했는데, 아버지를 그저 노인네라고만 생각했던 게 자신의 오류였다는 생각이 들기 시작했다. 편히 모시기만 하면 될 거라고 생각했던 게 착각일 수도…? 아버지가 진정 원하는 게 무엇이었는지 마음을 읽지 못하고 있었던 것 같았다. 아버지의 가슴속에 소진되지 않은 사랑의 불씨, 열정, 애틋한 사랑의 감정, 그렇다면 아버지는 어떤 이유에서건 돌아가신 엄마를 그다지 마음에 들지 않았었나, 그 양순이라는 할머니도 아버지를 저만큼 좋아하고 있을까, 영희는 양순 할머니에게 매달리는 아버지가 차라리 가엾다. 저러다 상처받지나 않을까, 영희에게 새로운 고민이 시작되고 머리가 복잡해지고 지끈거렸다.

재범은 혼자 있는 게 좋은 것 같았다. 잠자리에 들어서도 낮의 일들이 머리를 가득 채우고 쉽게 잠들 것 같지가 않았다. 양순의 웃을 때마다 드러나는 가지런한 치아와 단아한 모습이 떠올라 "허허허." 자신도 모르게 큰소리로 웃고 말았다. 벽을 사이에 두고 있는 수지 방까지 들렸는지 수지가 입을 삐죽거렸다.

"완전히 맛이 갔구만, 혼자 웃기까지…. 세상 참, 꺼진 불도 다시 보자야."

재범은 배가 살살 아파 오기 시작했다. '낮에 양순과 먹었던 빙수 때문일까?' 재범이 고개를 갸우뚱했다. 배가 점점 끓어오르는 것처럼 부글거렸다. 견디다 못해 재범은 화장실을 드나들기 시작했다.

"아이쿠! 아이쿠, 배야!"

재범의 입에서는 엄살 섞인 신음소리가 나오기 시작했다.

"아버지 왜 그러세요? 왜~, 배탈 나셨어요? 뭘 잘못 드셨어요?"

영희가 자다가 재범이 화장실에서 거듭, 물 내리는 소리를 듣고 깨어 나오며 물었다.

"나 잘못 먹은 거 없다. 낮에 양순 씨랑 빙수 먹은 거 말고는, 뭐 먹은 게 있남?"

재범이 얼떨결에 술술 말이 나왔다.

"아버지! 빙수 드셨어요? 아버지 찬 것 드시면 안 되잖아요~?"

영희는 어린애처럼 더 유치해진 아버지가 어이없었다. 사랑은 시간을 거꾸로 돌려놓은 마법인가, 그리고 아버지는 그 사랑의 마법에 걸린 게 틀림없어. 영희가 기억하는 유년기 때 아버지의 모습은 어디에도 없었다.

"아! 아니래두!"

재범은 영희에게 되레 소리를 지른다. 재범은 배를 움켜쥐고 뒹굴기 시작한다. 그러다가 겁이 덜컥 났다. 밤을 못 넘기고 죽을 것만 같았다. 양순이가 보고 싶었다. '죽더라도 양순씨에게는 알려놓고 죽어야지' 그는 중얼거리며, "달맞이님, 저 먼저 갈 것 같아요. 너무 기다리게 하지 말고 달맞이님도 곧 따라와요." 재범은 문자를 만들었다. 재범은 빨리 저세상에 가서 양순과 부부로 만나고 싶은 마음이 간절해진다. 보내기 버튼을 눌렀다.

"아버지, 병원 가셔야지요?"
영희는 옷을 주섬주섬 입고 나오면서 말한다.
"배탈 설사에 무슨 병원? 속을 비우고 나면 괜찮을 겨! 걱정 말고 어여 들어가 자"
재범은 손사래를 치며 고집을 부렸다. 영희는 아버지가 점점 그 양순에게 너무 깊이 빠져들고 있는 것 같아 걱정스러워진다. 자신에게 해로운 빙수를 같이 먹은 것도 그렇고, 이제는 자신에게 보태주던 생활비마저도 끊으려는지 연금 탄 날짜가 며칠이 지났는데도 아직 소식이 없으니. 섭섭한 마음과 함께.

"아유~, 호랑이님 어디가 편찮으셨어요? 먼저 가다니요?"
아침에 양순이 전화를 했다.

"저는 어젯밤에 꼭 죽는 줄 알았어요. 허허허."

재범은 좀 멋쩍은지 웃음으로 얼버무린다.

"아유, 저런! 그럼 어떡해요? 병원에를 가 보셔야죠? 어제 그 빙수 때문인가요? 그러기에 호랑이님 드시고 싶은 거 드시랬잖아요."

"아, 아무렴 어때요, 그까짓 배탈 좀 나면 어떨라고요, 하하하."

재범은 양순의 전화를 받으며 기분이 좋아졌다. 배탈도 마음병인가 싶게 멀쩡해진 것 같다.

"오늘 저랑 만나요. 병원도 같이 가고 제가 따뜻한 삼계탕이라도 사드릴게요. 호호호."

양순이 겸연쩍은 마음을 감추지 못하며 제안을 했다.

"그럼, 그럴까요"

재범은 어느덧 배앓이고 설사고 다 나은 것 같다. 자리에서 벌떡 일어나 욕실로 들어갔다.

"어, 개운하다." 타월로 머리를 털털 털면서 욕실을 나왔다. 방으로 들어오자 헤어드라이어 소리가 시끄럽다. 옷장에서 깔깔한 마로 된 하늘색 티셔츠를 꺼내 거울 앞으로 다가섰다. 거울에 비친 자신의 모습이 생경스럽다. 해쓱한 게 세월을 몇 년 토해낸 것 같았다. 몇 안 되는 흰 머리카락을 이리저리 교차시켜보았다. 번들거리던 붉은 속살이 머리카락 속으로 숨었다…. 그리고 나서 만족한 듯 히죽 웃었다.

재범은 거실을 나오다 주방을 들여다봤다. 영희에게 자신의 말쑥한 모습을 보여주고 싶었다. 영희는 싱크대에 붙어 서서 설거지 중이었다.
"얘! 나, 갔다 오마."
영희가 화들짝 놀라 돌아다보았다. 만면에 웃음을 머금고 재범이 장승처럼 서 있었다. 비비크림을 잔뜩 발라. 얼굴이 낮도깨비처럼 하얬다. 영희는 쿡 웃음이 터지는 걸 애써 참았다.
"아버지, 배 아프시다면서 나가시려고요? 내가 설거지 마치고 약이라도 지어 오려고 하는데."
영희는 아버지의 배앓이도 배앓이지만, 속으로는 생활비에 보태주는 그 돈을 아직 주지 않고 있으니, 그게 더 신경이 쓰였다.
"아니다. 김양순 여사가 만나잖다. 병원을 같이 가든지 하자고" 재범은 자랑처럼 말했다.
"네~, 그래요," 영희는 아버지가 변해도 너무 변했다는 생각에 눈물이 나도록 섭섭했다.
"저, 아버지! 생활비 좀 내놓으신 것 이번 달에는 아직 안

주셨어… 요."

그녀는 섭섭한 김에 돈 애기까지 꺼냈다.

"돈, 이젠 없다."

재범은 눈을 휘둥글이며 영희를 쏘아본다. 방금 낮도깨비 같던 웃음은 간데없고 아무런 감정이 실리지 않은 건조하고 당당한 얼굴이었다. '지금까지 줬으면 됐지?' 표정에 그렇게 새겨져 있었다. 아버지가 언제부터? 왜? 저렇게 달라졌을까? 영희는 어처구니없는 도가 넘어 화가 났다.

"이젠, 그 돈 못 줘!"

칼로 무를 자르는 것만큼이나 깔끔하고 단호하다.

"네! ~ 뭐라고요! 아버지, 수탁이 수지 용돈 자른 것도 저희로서는 타격인데 이제 생활비에 보태시는 그 돈까지 끊겠다고요? 아버지, 그 돈으로 지금까지 우리 집 4대 공과금이 나갔다고요 전기, 가스, 아파트 관리비, 그리고 통신 요금해서 자동납부 시켜놓고 있었는데 끊으면 어떡해요?" 영희는 절박했다.

"그리고 그 많은 연금을 타서 혼자서 다 쓰시겠다는 거예요?"

영희는 아버지의 변화를 이해하기 어려웠다. 재범의 연금은 영희의 남편 월급과 비교해도 결코 적지 않은 돈이었다.

"이젠 없어! 나도 이젠 양순 씨랑 같이 쓰려면, 너희들 한

푼도 줄 수 없어, 너희 집 4대 공과금, 내가 알 바 아니다."

　재범은 이제 돈 쓸 대상이 양순이라는 걸 선포하듯 했다. 거기다 재차 쐐기까지 박고 나섰다. 다시는 안 볼 사람처럼,

　"아니, 그 할머니가 이제 살림까지 차리자고 해요?"

　영희는 눈물을 글썽이며 물었다. 재범은 영희의 묻는 말에 대꾸를 할 수 없었다. 도망치듯 집을 빠져나왔다. 속마음을 들킨 것 같았다. 사실 살림을 차리고 싶은 건 재범 자신이었기 때문이었다.

　재범이 약속 장소에 도착했다. 양순이 먼저 와 있었다. 그들이 늘 만나는 스타벅스 커피숍이었다.

　"배앓이는 좀 어떠세요?"

　양순이 재범을 보자 그것부터 물었다.

　"멀쩡해요 다 나았어요. 설사를 하고 나니 오히려 몸이 거뜬해졌어요."

　재범은 양순을 보자 관심받고 싶어 하는 어린애마냥 떠들어 댔다.

　"호랑이님은 차가운 것 드시면 안 되나 봐요"

　양순은 커피숍에서 재범에게 우선 따뜻한 커피를 주문해 주었다. 그리고 그들은 삼계탕집으로 자리를 옮겼다 양순의 재범에 대한 배려였다.

"아유, 속이 다 시~ 원하다."

삼계탕 한 그릇을 다 비우고 나서 재범이 지르는 환호성이었다. 재범은 온몸이 확 풀어지는 것 같았다. 그의 얼굴 주름 사이사이엔 땀이 흥건히 배어 나와 방울방울 맺혀 있었다.

"거, 봐요. 호랑이님처럼 속이 차가운 분들은 여름에도 따끈한 국물을 드셔야 한다고요, 왜 이열치열이래잖아요"

양순이 물수건으로 재범의 얼굴을 토닥토닥 닦아주며 말했다. 재범은 땀이 송송 밴 얼굴을 디밀고 있었다. 말을 할 때마다 양순의 가지런한 치아는 오늘따라 더 정돈돼 보였다

팔월의 마지막 휴일, 날씨는 여전히 후텁지근했다. 나뭇잎들도 어느새 퇴색의 빛을 안고 바람결 따라 나부낀다. 재범은 자신의 마지막 근무지였던 양평의 시골 초등학교를 양순과 함께 찾아왔다. 둘은 커다란 느티나무 아래 벤치에 나란히 자리를 잡고 앉았다. 시골 초등학교의 운동장은 고즈넉했다. 방학이 끝나가고 있지만 아직은 방학 기간이었다 '며칠 있으면 이 운동장에도 어린 학생들로 활기가 넘치겠지' 누렁 개 한 마리가 운동장을 가로질러 엉덩이를 실룩거리며 뛰어가고 있었다. 재범과 벤치 옆에서 그늘을 드리워 주고 서 있는 느티나무의 나이는 비슷해 보였다. 나무의 우듬지 어딘 가에서는 매미의 노래소리가 허공을 찢을 듯, 매엠맴~ 스르르~. 매엠맴~ 스르

르…. 늦여름 오후의 나른함을 조롱하고 있었다. 비스듬히 누운 햇살은 두 내생 부부의 등성이에서 서서히 색을 바꾸고 있었다. 운동장 주변의 아름드리나무들이 학교의 역사를 이야기해 주고 있는 듯 연륜을 자랑하고 있었다. 그 양옆에는 그만그만한 집들이 이마를 맞대고 앉아 있고 그 뒤편에는 재범이 혼자서 살았던 교장 사택이 고색창연하게 버티고 서 있었다.

"저 집이 교장 사택이었어요."

재범이 기억을 떠올리듯 담장을 넘겨다보며 말했다.

"내가 살고 있을 적엔 저러지 않았는데."

잡풀이 웃자라 마루 위를 올려다보고 있는 마당을 보며 재범이 말했다. 그땐 마당이 온통 꽃밭이었는데, 지금은 몇 안 되는 꽃나무들만이 잡풀 속에 남아 있었다.

"쯧쯧." 재범이 마른 혀를 차며 안타깝게 말했다 재범은 언젠가 죽기 전에 꼭 양순에게 그 집을 보여주리라 마음먹었었다.

"그때 양순 씨를 만나 같이 살았더라면 행복한 시간이 되었을 텐데."

재범은 아쉬운 듯 눈을 들어 먼 하늘을 본다. 하늘엔 하얀 뭉게구름 몇 점이 떠 있었을 뿐, 시간이 정지된 듯 했다. 그곳에서의 기억은 재범에겐 온통 외로움이었다. 그러자 양순도

"그래요, 시처럼 영화처럼 살았을 거예요. 호랑이님과 저 단

둘이서." 그녀도 역시 자신의 감정을 숨기지 않았다.

"우리 다음 생에서는 꼭 부부로 태어나요, 암, 그래야지요."

그들은 이구동성으로 외쳤다. 황혼의 두 남녀는 석양 속에 앉아 있었다. 서쪽 하늘엔 주황빛 낙조가 하늘을 장엄하게 물들이고 있었다. 재범과 양순은 두 손을 꼬~옥 잡은 채. 말없이 바라보고 있었다. 두 노인의 얼굴도 석양빛에 물들어 주황색이었다. '띠리리링….' 양순의 핸드폰이 울린다. 양순이 잠시 망설이다 머느리네요. 전화를 받는다.

"응, 다음 주 월요일부터 출근한다고? 나더러 일요일 오후에 짐 챙겨 갖고 오라고?"

양순은 전화기를 귀에 댄 채 곁눈질로 재범을 흘끔거렸고 재범의 얼굴이 점차 일그러시며 안타까움의 그림자가 서서히 드리우기 시작한다. "가지 말아요." 재범은 웅얼거리며 양순의 얼굴을 망연히 바라본다.

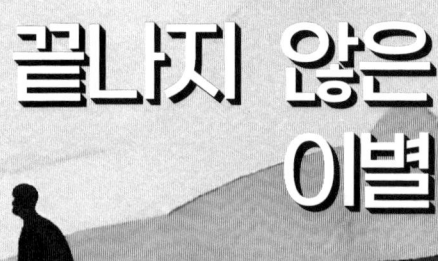

끝나지 않은 이별

끝나지 않은 이별

 "은지야! 은지." 소리를 질렀다. 그러나 목소리가 잠겨 목 안에서만 맴돌 뿐, 입 밖으로 튕겨 나오지 못했다. "오빠아~! 나 좀 잡아 줘!" 은지도 몸을 틀어 두 팔을 뻗치며 버둥거렸다. 피범벅이 된 얼굴, 애절한 눈빛, 분명 절박한 상황이었다. 민우는 팔을 힘껏 내둘렀다. 몸부림을 친 것 같았다. 그러나 은지를 태운 흰 상여는 인파 속으로 사라져버렸다. 사람들의 웅성거림만 윙윙거렸다.
 '아악~!' 눈을 뜨자 꿈은 파편으로 흩어지고, 민우의 두 손은 어둠을 움켜쥐고 있었다. 또 꿈이다. 꿈, 그것도 악몽을…. 민우는 자리를 털고 일어나려 했지만, 몸은 천근만근 침대 밑으로 가라앉고 있었다. 민우는 아직도 자신이 악몽의 동굴 속에 들어있음을 느꼈다.
 방안을 둘러보았다. 무섬증이 들게 휑하게 빈방에 창 틈새로 스며든 빛 한 줄기가 어둠을 가르고 있었다. 분명 은지였는데 상여 안에 피 묻은 미색 패딩점퍼를 입은 은지가 앉아 있었는데. 은지를 에워싼 무리들은 설핏 검은 정복 차림의 경찰들처럼 보이기도 했는데 희미했다.
 미색 패딩점퍼는 그날 밤 은지가 입었던 이승에서의 마지막 옷이다. 꿈은 매번 그렇게 이승에서의 그 잔혹했던 마지막 밤의 상황을 재현시켜 보여준다. 민우는 물론, 그날 밤 그 현장에 없었다. 은지네 아파트 앞까지 동행하지도 않았다. 왜? 그랬을까, 그래서 이렇게 고통의 대가를 가혹하게 치르고 있는지, 하기야 은지는 죽었다. 익명의 살인마에게 살해되었다. 그리고 민우의 삶은 헤어 나올 수 없는 악몽 속에 갇혀 있다.

 민우는 이마 위에 진득하게 배어있는 땀방울을 손바닥으로 훔쳤다. 관자놀이가 지끈거렸다. 양손으로 감싸 쥐고 지그시 눌렀다. 빛줄기는 저세상과 이어진 영혼의 끈처럼 느껴졌다. 은지의 영혼이 놓지 못하고 있는 인연의 끈….
 민우는 커튼을 당겨 가운데가 깊숙이 겹치도록 여미었다. 빛은 조금 희미해졌다. '아! 나는 언제쯤 은지에게서 벗어날 수 있을까?' 은지가 가까이 다가와 있다는 느낌을 지울 수가 없었다. 날숨을 내뱉자 가슴 속의 뜨거운 기운들이 뿜어 나오고, 갈증이 느껴졌다. 주방으로 걸어가 냉장고에서 생수병을 꺼내 벌컥벌컥 들이켰다. 목구멍으로 물 흘러 들어가는 소리가 어둠을 흔들었다.

꿈을 꾸는 날이면 어김없이 민우에게 편두통이 찾아왔다. 출근길에 두통약을 사기 위해 동네 약국에 들렀다. 약사가 종종 두통약을 사러 오는 민우에게 말했다. "머리가 자주 아프면 병원에 가서 검사를 받아 볼 필요가 있어요. 원인이 여러 가지가 있을 수 있으니까요." 오십 대 중반 약사의 다소 걱정스런 말투였다. "원인요, 글쎄요. 원인이 뭘까요?" 민우의 대답에 약사의 두 눈이 휘둥그레졌다. 마치 자신이 원인을 알고 있다는 듯이 하는 말에, 약사는 민우의 얼굴을 빤히 쳐다보았다. 민우는 말없이 약을 입에 털어 넣고 약국을 나와 전철역으로 향했다.

은지를 만난 건 5년 전이었다. 그 무렵 민우는 취업준비에 온통 정신을 쏟고 있었다. 이력서 쓰랴, 거기다 자기소개서 첨부해서 제출해 놓고 기다리고, 그래도 면접 보러 오라는 곳은 가뭄에 콩 나듯 하고 설사 면접을 치르더라도 쉽게 입사로 연결되지는 않았다. 점차 초조해지고 불안해져 가고 있을 때였다. 책상 위에 놓아둔 전화기가 수신을 알렸다. 액정에 '골목대장'이 떴다. 고향 친구 준혁이었다. "어 달포야! 요즘 잘돼 가나?" 전화기 너머에서 들려오는 목소리는 까닭 모르게 달떠 있었다. "잘돼 가긴? 힘들지." "달포야, 며칠 있으면 네 생일인데 그때 생일기념으로 소개팅시켜 줄까?" 민우는 뜻밖이었다. 준혁이 내 생일까지 기억하고 있다니… .

"그래, 좋지! 짜식 철들었네. 이 달포 형님 챙길 줄도 알고." 생일을 기억해 주는 것만도 고마운데, 여자까지 소개시켜 준다니, 민우는 준혁이 그렇게 고마울 수가 없었다. 취직 전에는 여자 만나지 않겠다던 평소 생각이 순식간에 무너지면서 가슴이 빠르게 뛰기 시작했다. 여자를 먼저 만나면 그 상승기류로 인해 취업에도 성공할지 모른다는 근거 없는 주술적 의미까지 끼어든다. 그런 민우의 마음을 꿰뚫어 보기기라도 한 듯 "좋아하긴? 넌 여자에, 아예 신경 끈 줄 알았더니, 달포야. 너, 그동안 여자를 안 만나는 게 아니라 못 만나는 거였구나. 넌 평생 제 머리 못 깎을 거야, 그냥 홀로 살다 죽을망정." 준혁이 여지없이 공치사를 한다.

"그래, 알았어. 저녁 거하게 쏠게." 민우도 자신의 감정에 솔직했다. "눈치 하나 빠르긴? 그때 보자." 준혁은 전화를 끊었지만, 민우는 한동안 가벼운 흥분에 사로잡혀 있었다.

준혁은 지금 만나고 있는 여자가 몇 번째인지 모른다. 잘 만나고 잘 헤어진다. 제 말로는 여자의 마음을 사로잡아 당길 줄 아는 것도 사랑의 기술이니 사랑의 기교니 치켜세운다. 거기에 비해 민우는 여자에 대해서는 젬병이었다.

준혁은 민우의 집과 실개천 하나를 사이에 두고 이웃해 있는 고향 친구이다. 준혁이 민우보다 정확히 한 달 보름 뒤에 태어났다. 그런 준혁은 민우를 장난스럽게 달포 빠른 형님이라고 부르더니 어느 때부터가 슬그머니 형님 소리 잘라먹고 그냥 '달포야, 달포야.'라고 불렀다.

약속대로 식사 자리에 준혁과 함께 온 여자, 아! 내게 소개시켜 준다던 그 여자! 한눈에 봐도 앳돼 보이고 청순한 모습이었다. 긴 머리를 늘어뜨리고 반듯한 이마와 올곧게 솟아오른 콧날이 눈에 들어왔다. 민우는 순간 상큼한 바람이 온몸을 흔들어 깨우는 것 같은 신선한 기분에 휩싸였다. 이름이 민지라고 준혁이 소개했다. 민우는 지금도 그날의 벅찬 마음 그리고 그 상큼했던 첫 만남의 기억을 잊지 못한다.

은지는 그렇게 민우가 힘들 때, 구원투수처럼 다가왔다. 더구나 민우의 생일과 은지를 처음 만난 날은 평생 같은 날일 수밖에 없는 우연치고는 절묘한 우연이었다. 은지는 아버지가 야전부대 지휘관으로 재직한 덕에 어린 시절을 대부분 전방부대 영내에 있는 관사에서 보냈다고 했다.

은지는 가끔 유년기의 아침이슬같이 맑은 야전부대 영관관사 생활의 기억들을 끌어내 민우에게 들려주기도 했다. 은지와 오빠는 군인들의 우렁찬 새벽 구보 소리를 들으며, 잠에서 깨어났고, 여름밤이면 어머니와 함께 산등성이 너머로 흘러가는 까만 하늘에 가득 박힌 색색의 별을 헤다 깜박 잠이 들곤 했었다고 했다. 개똥벌레의 깜빡거리는 불빛과 풀숲에서 들려오는 베짱이의 청아한 소리를 기억했다. 산딸기의 담백한 단맛을 기억했고. 바람 부는 가을 들판 허수아비의 딸랑거리는 소리를 기억했다. 눈이 쌓여 미끄러운 비탈길에서 오빠와 함께 썰매 지쳤던 일도 함께 기억했다. 은지는….

은지와 만난 지 천 일이 지나고 마침 민우의 서른세 번째 생일이 다가오고 있을 무렵. 은지가 말했다. "이번 오빠 생일은 좀 이벤트적으로 치를까? 우리 천일 만남도 기념하고 오빠의 대기업에 취직한 것도 알리고 우리 행복한 모습 보여주고 싶어." 은지의 목소리는 자랑스러움과 행복감으로 촉촉이 젖어 있었다. 민우는 뭐 '그럴 것까지나' 하면서도 입가에서는 숨길 수없는 미소가 피어올랐다. 그것은 무구한 동의였다.

며칠 뒤 은지는 장소 섭외도 해놓고 초대할 친구와 회사 동료들에게 보낼 초청장 초안까지 보여주었다. 마치 공연 기획을 하듯 치밀하고 그 규모도 민우의 상상 이상으로 거창했다.

민우는 비용이 많이 들 것 같아 걱정이었지만, 은지는 걱정할 것 없다면서 친구들이 보내준 찬조금으로 충분히 해낼 수 있다고 자신감을 보였다. 그리고 그 정도의 품격 있는 파티를 하고 싶다고 했다 분명 은지는 스케일이 있는 커리우먼 같았다.

'은지는 분명 오늘 파티에서 여왕이었지. 초대받아온 많은 친구들 중에서 단연 돋보였어. 처음 만났을 때의 그 애송이가 이제 직장인으로서의 당당함까지 묻어나며 성숙한 여인으로 바뀌어있다니.' 민우는 자신의 입술을 가만히 더듬어 보았다. 은지 입술의 촉감이 스멀스멀 대뇌를 깨우며 되살아나고 있었다. 은근하던 눈빛과 함께, 촉촉이 젖은 은지의 입술이 눈앞에서 어른거리다 덮쳐왔을 때, 숨 막히게 조여 오던 그 황홀감, 가슴으로 전해지던 따스한 체온, 심장 뛰는 소리, 영원히 멈춰버렸어도 좋았을 그 순간…, 다시 사타구니가 묵직해지며 반응했다. 손으로 누르다 배시시 웃음이 나왔다.

신다원역에서 내리는 손님은 몇 되지 않았다. 역 구내는 한산했다. 양옆 에스컬레이터는 멈춰 있었다. 계단을 뛰다시피 출구를 빠져나오자 찬바람이 '쏴아' 얼굴로 몰려들었다. 정신이 조금 맑아진 것 같았다. 차를 두고 간 게 다행이었다. 여흥 때문인지 다리가 휘청거렸고 방향을 잡기도 어려웠다. 의식은 아직도 파티에서 벗어나지 못한 듯 달떠 있었다. 밴드의

리듬이 환청으로 들리며 몸도 들썩거렸다. 가로등 빛이 조울거린다. 숨을 내쉴 때마다 입김이 포말처럼 뿜어 나왔다. 한참 동안 서서 방향을 가늠해 보았다. 성냥갑만 한 전광판에 '빈 택시'라고 빨간 점멸등을 단 택시가 코앞까지 다가왔다. 기사가 흘끔거리고는 지나쳐 갔다. 민우는 은지가 건네준 선물을 움켜쥔 채, 오피스텔을 향해 걸었다. 밤이슬이 대기 속에 스며들어 공기가 눅진했다.

저만치 빌딩 틈에 오피스텔들이 촘촘히 서 있었다. 거대도시의 파수꾼 같았다. 도시는 잠들지 않는다던가. 출입구에서 카드키를 터치했다. 자동문이 스르르 열리고 경비가 쪽창을 열고 고개를 내밀었다. 게슴츠레 졸린 눈을 치뜨며 "오늘 좀 늦었네요." 인사를 건넸다. 민우는 발갛게 달떠서 불콰해진 얼굴을 보이기 민망해 잽싸게 안으로 들어섰다. 지난번 거주자와 주차 문제로 시비가 붙었을 때 말끝마다 '요즘 젊은 놈들!' 하며 씩씩거리던 경비의 모습이 떠올랐기 때문이었다. 엘리베이터는 이내 7층에 멈추었다.

층계참에서 익숙한 숫자 701을 확인했다. 디지털도어의 번호 1117을 눌렀다. 바로 오늘을 상징하고 있는 숫자다. 11월 17일은 민우에겐 분명 행운의 날짜였다. 어머니를 통해 세상과 만났고, 은지를 만나 장밋빛 미래를 함께하기로 한 날이었다. 문을 열자 갇혀 있던 따뜻한 공기가 민우를 맞았다. 안으로 들어서자 낯선 느낌과 함께 현관 거울에 한껏 달뜬 녀석이 나타났다. '훗훗' 거울을 향해 웃음을 날리자, 녀석도 '훗훗' 웃음을 되날린다. 뭘 믿고 저렇게 행복해할까.

 샤워를 마치고 막 욕실을 나오려는데 전화기가 울렸다. '어, 은지가 벌써 도착했나?' '도착하면 전화할게'했던 은지의 말이 떠올랐다. 그러나 액정에 뜬 번호는 뜬금없이 은지 아버지였다. "자네, 은지와 같이 있나?" 앞뒤 자르고, 몹시 다급한 어조였다. "아닙니다. 은지는 11시 45분쯤 까치공원역에서 내렸습니다." "그럼, 왜 아직 안 오는가?" 불안과 화를 참느라 헉헉거리는 게 전화기 너머에서 전해졌나 "네에~, 곧 도착하겠죠." 민우도 가슴이 '쿵~' 무너져 내렸지만, 태연을 가장하고 있었다. "알았네." 철커덕 전화 끊기는 소리가 굉음처럼 귓등을 때렸다. 시각은 날짜가 바뀌어 1시 5분이었다. 도착했을 시각인데…, 민우도 차츰 불안해지기 시작했다. 어쩐지 예감도 좋지 않았다. 불길한 생각이 불쑥불쑥 고개를 들었다. 은지에게 전화를 걸어보았다. 역시 받지 않았다. 기계음만 '뚜뚜'거리다 그쳤다. 불안은 증폭되기 시작했다. 일상의 소리가 사라진 시각, 빈 도로를 질주하는 차들이 내는 소리만이 창문 너머에서 위협으로 다가왔다. 가슴은 점점 거칠게 뛰고 "오빠, 사랑해. 아름다운 밤이야." 은지가 헤어질 때 귓가에 남겨놓은 음성만 밤새도록 머릿속을 둥둥 떠다녔다.

은지는 끝내 돌아오지 않았고, 다음날 세상을 떠들썩하게 만들며 살해된 채 처참한 모습을 드러냈다. 까치공원 세 번째 게이트, 은지가 집에 가기 위해서는 지나야 하는 길목이었다. 아파트단지와 마주하고 있지만 담장을 대신한 잡목들에 가려 사람들의 시야가 잘 닿지 않은 곳이다. 길 양옆으로 늘어선 가로등도 지나가는 차량들에만 쏘아지고 정작 인도 쪽 나무울타리 아래는 빛의 사각지대로 음침하고 어두울 수밖에 없는 곳이었다. 그 벤치 아래서 은지는 주검으로 발견되었다. 그녀의 아파트와는 불과 50미터도 되지 않은 거리에서.

아침 출근하여 사무실로 올라가는 엘리베이터 앞에서 김 팀장을 만났다. 민우를 보자 가까이 다가서며 "민우 씨, 연락받았어?" 그는 겁먹은 듯 입술이 바들거리고 있었다. "무슨 연락요?" "들어가 봐, 형사들이 와서 민우 씨 기다리고 있어." 말을 마친 팀장은 민우를 흘끔 비켜보며 지나갔다. 의미 있는 눈빛이었다. 간밤을 뜬눈으로 보내게 했던 불안이 현실이 되는 순간이었다. 사무실 입구에서 건장한 남자 둘이서 기다리고 있다가 민우를 보고 다가들었다. 형사신분증을 내밀었다.

"이민우 씨인가요? 참고인 자격입니다. 조사할 게 있으니 같이 좀 가셔야겠습니다." 형사 둘은 민우의 양옆에 바짝 붙어 서 있었다. 여차하면 겨드랑이 사이로 손을 찔러 넣으려는 포즈였다. 말이 임의 동행이지 구속력이 실려 있는 요구였다. 가슴이 철렁했다. 사안이 매우 중대하다는 걸 직감했다.

강력계 조사실, 어둡고 무거운 정적 속에 형사들의 고함 소리만 칼끝처럼 철문 사이로 새어 나오고 있었다. 조사실 입구에 '국민의 생명과 안녕을 위하여 헌신하는 경찰.'이라는 문구가 긴장감을 더했다.

민우를 연행했던 형사들은 민우만 조사실로 밀어 넣고는 나가버렸다. 다른 형사가 기다리고 있다가 일어나며 민우를 맞았다. 검은 얼굴에 키가 삭아 보였다. 눈이 충혈돼 있었고, 눈빛이 사냥감을 노려보는 매의 눈처럼 날카로웠다. 초동수사에서부터 빠른 시일 내에 사건을 종결짓겠다는 의지가 서린 듯 서늘했다. "어젯밤 서은지 씨가 집으로 가는 길에 살해됐습니다." 경찰의 사건 경위에 대한 설명이었다. 짧고 명료했다. 그러나 그 말은 둔기보다도 더 강렬하게 민우의 머리를 후려쳤다. '아! 은지가 살해….' 민우는 정신이 아득해졌다. 책상에 머리를 박았던 것 같았다. 앞의 형사가 일어나 민우를 일으켜 세웠다. 그리고는 사건의 실마리를 찾으려는 듯 민우의 눈을 쏘아보았다. 흉부에 압박감이 옥죄어왔고 이마에서는 식은땀이 배어 나왔다. 천장에 매달린 커다란 CCTV는 독수리의 검은 눈처럼 민우를 내려다보면서 표정 하나 놓치지 않고 찍고 있었고, 벽 너머에서는 진술 내용과 심장의 박동 소리까지 녹음되고 있는 듯했다. 그들은 여지없이 민우를 일단 용의선상에 올려놓은 것 같았다. 범인은 피살자의 주변 인물을 크게 벗어나지 않는다는 게 수사관들의 수사 원칙이다. 그 시각까지 어디에서 무엇을 했으며 그 늦은 시각에 여자 친구를 혼자 보내게 된 경위 등을 집중적으로 물었다. 숨이 목구멍까지 차오르고 무슨 말을 어떻게 해야 할지…. 질문은 반복되었고 말 한마디 표정 하나 일관되지 않고 흔들렸다간 바로 피의자로 몰아갈 기세였다. '다른 날은 늘 집 앞까지 바래다주곤 했는데 어제는 너무 취했고 또 여흥에 들떠 불행한 사태를 전혀 예상하지 못했다.'고 사안에 비해 궁색한 변명으로 들렸겠지만…. 그리고는 마른침을 삼키고 있었다. 형사는 말없이 타이핑을 했다. 민우의 말은 흰 종이 위에 글자가 되어 나오고 있었다. 그때 다른 형사가 나타나 민우를 심문하고 있던 형사 옆으로 다가가 귀에 대고 무슨 말인가를 했다.

다행히 오피스텔 입구에 설치된 CCTV의 화면분석 결과가, 그 시각 민우의 귀가를 증명해 주었고, 경비 아저씨의 증언 역시 은지가 살해됐던 그 시각과 민우의 귀가 시간이 일치했다. 은지가 살해되는 시각에 민우는 오피스텔 CCTV 앞을 지나고 있었던 것이다. 민우의 알리바이는 입증이 된 셈이었다. "일단 돌아가요. 조사가 더 필요하면 다시 부를 수도 있어요." 단서가 붙긴 했어도 민우는 참고인 조사로만 끝났고 귀가 조치됐다. "그리고 피살자의 사체는 B병원 지하 영안실 E27 번에 있어요." 일어서서 나오는 민우의 뒤통수에 대고 경찰이 확인하고 싶으면 가보라는 듯이 말을 날렸다. 사체…. 받아들일 수 없는 말이었다. '은지가 사체가 됐다고, 믿을 수 없어 모든 게 꿈일지도 몰라 이 순간이 지나면 예전처럼 은지가 전화를 걸어오고, 내 인생 가장 찬란한 순간이야 하며 해맑게 웃겠지. 이대로, 이대로 가면 돼….'

조사실 문을 막 나오자 한 젊은 남자가 기다리고 있었던 듯 씩씩거리며 달려들었다. 그리고는 다짜고짜 민우의 멱살을 거칠게 움켜잡았다. 그는 몹시 흥분한 상태였다. 민우는 본능적으로 빠져나오려고 했지만, 그의 주먹은 무쇠보다 완강했다. "이 새끼야. 그 시각까지 여자와 같이 있었으면 집까지 바래다주었어야지 혼자 보내!" 문 뒤에다 처박아 놓고 뺨이고, 머리통이고 닥치는 대로 주먹질을 해댔다. "넌, 내 손에 죽어!" 살의에 찬 눈빛이 민우의 코앞에서 번뜩거렸다. 민우는 목이 눌려 숨이 끊어질 듯 캑캑거렸다. 인상착의로 보아 은지에게서 들었던 대로, 그녀의 오빠인 것 같았다. 태권도 사범답게 건장한 체격에 스포츠형 머리를 하고 있었다. 옆에 있던 형사들 서너 명이 달려들어 거친 몸싸움 끝에 겨우 그의 손아귀에서 벗어났다. 그러나 남자의 커다란 두 눈에서는 분노의 불꽃이 이글거렸다. 형사들도 갑작스런 몸싸움에 거친 숨을 고르고, 민우는 코인지 입에서인지, 피가 스멀스멀 흘러 나와 입술 위를 적시고 있었다. 형사가 어디선가 두루마리 화장지를 가져와 건네주었다.

경찰서를 나와 회사를 향해 걸었다. 회사까지 그리 멀지 않았다. 지나가는 사람들이 민우를 흘끔거렸다. 얼굴 여기저기가 따끔거렸다. 가게 앞 유리에 비춰보았다. 눈두덩이며 양뺨 자리가 발갛게 부어올라 있었다. 걸음을 옮겨 걸을 때마다 바지 밑이 묵직하고 선뜩거리는 게 사타구니 살갗에서 느껴졌다. 강한 지린내가 얼핏얼핏 코에 스쳤다. 지린내는 바로 자신의 몸에서 뿜어지고 있었다. 오줌을 지렸구나.

전화가 걸려왔다. 은지는 죽었고 자신은 경찰서에 잡혀가 조사를 받았고. 누구의 전화도 받고 싶지 않았다. 전화는 그악스럽게 울려댔다…. 어머니의 전화였다. 그제도 어머니는 전화를 했었다. "야, 민우야. 낼이 니 생일인디, 떡국이라도 먹어야 할 텐디." 어머니는 그가 서울에 올라와 있는 동안에도 꼬박꼬박 생일을 챙겼다. "알고 있어요. 퇴근하고 친구들이랑 같이 밥 먹기로 했어요." "잉, 그랴. 은진가 하는 아가씨랑 그렇게 히야." 눈치 빠른 어머니는 말하지 않아도 은지를 끼어 넣었다. 글은 잘 몰라도 눈치는 번개다. 그런 어머니가 또 전화를 했다 "네, 어머니." 그리고는 어금니를 깨물었다. 눈물이 쏟아질 것 같았다. "애, 민우야 별일 없쟈? 잉." 민우는 차마 별일 없다고 말이 나오질 않았다. 어쩌면 뉴스를 봤을까? 설령 보았다고 해도 그 사건이 민우가 연루가 된 일이라고까지는 생각 못했을 수도 있지. "어쩨 꿈자리가 뒤숭숭 히야. 작년 봄에 구제역 땜에 묻어버린 다복이도 보이고. 네가 외양간 안에 들어가 앉아 있고." 침묵이 길어지자 어머니가 먼저 전화한 용건을 말했다. 민우는 말없이 울고만 있었다. 가슴속으로 공허함과 서러움이 함께 밀려들었다. "저 어머니 지금 근무 중이에요. 사무실이라고요." 가까스로 둘러댔다. 어머니의 전화를 빨리 끊게 하기엔 이만한 거짓말이 없었다. "잉, 그려. 사무실이라고 헝께 다행이다. 잉." 역시 어머니는 바로 전화를 끊었다.

  전에도 어머니는 늘 꿈을 꾼 다음날이면 이렇게 전화를 했다. 주로 흉몽일 때다. 지난봄 구제역이 온 나라의 네 발 달린 가축들을 덮쳤을 때 민우의 집도 예외일 수 없었다. 두 노인네가 자식처럼 애지중지 기르던 암소 다복이를 살처분해야 했다. 살아있는 짐승을 그대로 땅에 묻는 살 분은 합법적인 의미를 띠고는 있지만 정확히 말해 생매장인 것이다. 어머니는 물론 그 현장에 가지 않았다. 몸져눕다시피 했다. 그러나 눈으로 보는 그 이상의 끔찍한 상상을 했을 것이다. 감성적인 상실감과 현실적인 경제적 손실의 가치는 어느 쪽이 경하고 중할지 따져볼 필요도 없었다. 그 후로 다복이의 생매장은 어머니 흉몽의 소재가 되었다. 그리고 그 꿈의 결과는 민우에게 대입을 시켰다. 항상 꿈을 꾸고 나면 민우의 안위를 걱정했다. 어머니의 꿈은 맞기도, 안 맞기도 했지만 그렇다면 이번에는 적중한 셈이었다.

예상했던 것 이상으로 회사 분위기는 가라앉아 있었다. 아침부터 형사들의 출동은 사실상 태풍 급 뉴스일 수밖에. 게다가 간밤에 일어난 살인사건의 피해자가 이 회사 직원의 여자친구라는 사실만으로도 쇼킹, 그 자체였다. 모두들 충격에 휩싸인 듯했다. 그리고 민우는 참고인 조사로 끝나긴 했어도 이 사건의 중심에 있었다. 갖가지 추측들로 민우의 앞날을 예측하고 있는 듯해 보였다. 비상계엄이라도 선포된 듯 모두들 말조심 속에 일부러 시선을 피하는 직원도 있었고, 무슨 얘기인지 자기네들끼리만 귓속말로 주고받았다. 모두가 등을 돌리고 민우를 분명 세상 밖으로 밀어내고 있는 분위기였다. 운명은 민우에게 숨 쉴 틈마저도 허락하지 않은 걸까? 자신에게 남겨진 건 세상의 의혹과 차가운 시선뿐이라는 현실 앞에 민우는 눈앞이 뿌예졌다. 의식이 점점 패닉으로 빠져들고 있었다. 서울을 잠시 떠나야겠다고 생각했다. 이대로 있다가는 미쳐버릴 것만 같았다. 고향으로 내려가기로 했다. 고향은 자신을 품어주리라.

팀장에게 휴가를 신청했다. "그래요, 이럴 땐, 쉬는 것도 좋아요." 팀장은 형사나 기자들이 또 몰려오기라도 할까 봐, 겁을 먹은 것 같았다. 기다렸다는 듯이 휴가 신청을 처리해주었다.

시골 터미널은 한산했다. 대합실엔 아낙네들이 삼삼오오 앉아 버스를 기다리며 긴 의자에 앉아 있었다. 미리 모양새도 옷차림도 모두 약속이나 한 듯 비슷비슷했고. 나이들도 고만고만했다. "오메 민우 아네? 집에 내려오냐?" 대합실 의자에서 한 노파가 주름이 자글자글한 얼굴로 아는 체를 했다. "예" 대답을 먼저하고 돌아보니 똑다리(징검다리) 건너 사는 골목대장 준혁의 어머니였다. 준혁이 벌써 입도 싸게 자기 어머니에게 알린 것 같았다. "아이고야, 어쩐디야? 길혼까지 헐라고 헌 아가씨가 그렇게 되았으니."

시골 아주머니의 호들갑에 대합실 안에 무리 지어 앉아 있던 사람들이 눈을 홉뜨며 민우를 바라봤다. 일어나 가까이 다가오는 사람도 있었다. "오메, 아침 내도록 텔레비전에서 뉴스가 나와 싸터구만, 민우 아가씨래." 텔레비전에서 나왔던 뉴스거리의 주인공이 눈앞에 있는 게 더욱 실감 나게 느껴지는지 시골 아낙들의 호기심은 그칠 줄 몰랐다. 마치 자기가 더 많이 알고 있다고 자랑이라도 하듯 주저리주저리 말꼬리를 붙잡고 이어갔다. 그 사건은 벌써 민우 고향마을을 발칵 뒤집어 놓고 있었다.

"뭔 일이야? 오늘이 주말도 아닌디." 마당에 나와 있던 어머니가 민우를 보자 방으로 따라 들어오면서 물었다. 어머니는 아침뉴스를 보고도 긴가민가했는데 "그 일이 네 일이여…?" 민우는 말없이 고개만 끄덕였다. "아이구! 어쩐디야. 아이고 이 몹쓸 놈의 세상!" 어머니는 망연자실 쓰러질 듯 비틀거리며 방을 나갔다.

민우는 집을 나섰다. 멍해진 머리가 좀체 깨어나지 않는다. 성에 낀 유리창처럼 뿌옜다. 뭐가 뭔지 현실과 비현실이 한 덩어리로 엉켜버린 느낌이었다. 마을 앞 둑방길을 거닐었다. 눈발이 날리기 시작했다. 올겨울 들어 처음 내리는 눈이다, 추수가 끝난 황량한 들판이 둑방 너머 저 멀리 아득하게 펼쳐져 있었다. 버려둔 허수아비 위로 눈발이 내려앉는다.

작년엔 첫눈이 빨리 왔었지…. 노란 은행잎이 미처 다 지기 전에 첫눈이 내렸다. 첫눈답지 않게 펑펑 내렸다. 은지는 모자 끝에 털이 탐스럽게 달린 패딩점퍼를 머리까지 뒤집어썼고, 우리는 까치공원 호숫가를 거닐었다. 발밑에서 뽀드득 눈 밟히는 소리와 은행잎 바스러지는 소리를 동시에 들을 수 있었다. 상기된 볼을 서로 쓰다듬으면서…. "오빠, 눈을 넣어 말짓기 할까?" "음, 눈으로 눈을 보니 눈이 시리다." 혹은, "눈 위에 눈이 내려 눈 속으로 들어가 눈물이 되었다." 밤과 밤등, 은지는 말짓기 놀이를 좋아했다. 같은 글자가 영 다른 의미를 지닌 한글의 묘미를 신기해했다. 은지는 어쩌면 시인이 되거나 소설가가 되었을지 모를 일이었다.

그 까치공원에도 지금 눈이 내리고 있을까? 민우는 고개를 들어 하늘을 올려다보았다. 잿빛 구름 속에서 눈은 쉼 없이 내리고 있었다. '은지야, 넌 지금 어디에 있니?' 그 절박한 상황 속에서 날 얼마나 원망했니? 시간을 넘어 돌아갈 수만 있다면…. 지켜주지 못한 날 용서하지 마.' 점퍼 윗주머니에서 전화기가 울렸다. '골목대장'이었다. "달포야, 너 지금 어디야? 오늘 은지 장례식인 거 몰랐나? 은지 오늘 날려 보냈다." 골목대장은 목소리가 쩌렁쩌렁했다. 민우는 울컥 눈물이 솟구쳤다. "응. 나 지금 집에 내려와 있어 회사 휴가 냈어." "그랬구나, 난 갔다 왔어. 서대웅 부대장님은 지병이 악화돼 못 오시고 사모님도 병원에 입원하셨대. 은지 오빠만 유족대표로 참석했다. 참, 범인이 잡혔대. 글쎄, 일면식도 없는 놈. 그러니까 묻지 마 살인…." "아! 수고 했어, 준혁아. 서울 가면 연락할게." 민우는 준혁의 말을 잘랐다. 더 들을 수가 없었다. 온몸에 고슴도치처럼 털이 일어섰다. 일면식도 없는 범죄꾼의 묻지 마 살인에 하필이면 은지가…. 두 주먹에 불끈 힘이 들어갔다. 난 은지를 지켜주지 못했다. 그 어둔 밤 덤불로 덮인 까치공원 3번 게이트 앞을 혼자 가게 내버려 두었다. 다리가 후들거렸다. 어이없는 범죄에 은지는 짧은 생을 마치고 한 줌 재가 되어 날아갔다. 가슴이 아리다. 집을 향해 걸었다. 눈은 더 세게 내린다. 마을은 쥐 죽은 듯 고요하게 눈 속에 묻혀간다.

준혁은 지금도 은지 아버지를 부대장님이라 불렀다. 준혁은 어릴 적부터 군인 기질이 특출하게 강했다. 병정놀이를 좋아했고 항상 대장 자리는 제가 맡았다. 고교 시절 담임선생님은 '기질은 딱 육사 감인데 왜? 성적은 안 되는지 모르겠다.'며 안타까워하기도 했다. 그런 골목대장은 결국 하사관 입대를 자원했고, 군에서 훈련병 조교 등을 두루 섭렵했고 말년 상사에서 전역했다. 그가 하사관 시절 은지 아버지는 직속상관 대대장이었고 준혁은 대대장 당번병이었다. 그런 인연은 전역 후에도 준혁은 퇴역 장성들 보훈아파트에서 살고 있는 전 부대장 집을 자주 방문했었다.

　삽짝문을 들어서자 비어있는 줄 알았던 우사에서 송아지 두 마리가 눈에 들어왔다. 코뚜레도 꿰지 않은 어린 송아지였다, 입에서는 엷은 콧김이 피어올랐다. 어머니는 여물통 옆에 서 있었다. "어디 갔다 오능거?" 흘깃 민우를 쳐다본다. 손으로는 송아지의 등을 쓰다듬고 있었다. "외양간을 비어 놓응게 다복이가 어찌나 눈에 밟히고 허전허던지, 외양간이나 채워 놓으려고." 어머니는 바가지로 여물을 연신 퍼 담아 주고 있었다. 노부부가 자식처럼 키우던 다복이를, 방역 당국 직원들이 나와 구제역의 확산을 막기 위해서라고 했지만, 살아있는 짐승을 그대로 땅에 묻은 후로 한동안 소울음 소리가 들려 잠을 잘 수가 없었단다. 그러다가 송아지들이라도 사다가 정 붙이고 키우니까 좀 잊혀진다고 어머니는 말했다. 손은 여전히 송아지들의 등을 번갈아 쓰다듬고 있었다. 사람이 짐승에게 그렇게 못할 짓을 많이 했다고 덧붙였다. 어머니는 다복이의 생매장과 은지의 불운한 죽음이 무관하지 않다고 생각하는지…, 눈을 가늘게 뜨고 고개를 흔들었다.

민우는 말없이 방으로 들어갔다. 방이 정갈했다. 어머니는 민우의 소지품 하나까지 챙겨서 정리해 놓았다. 그대로 바닥에 드러누웠다. 눈앞이 어질어질했다. 천장 벽지의 사방 고리 무늬가 어지럽게 퍼져나간다. 민우는 서울로 가야겠다고 생각했다. 월요일부터 출근도 해야 하고, 일어나 옷걸이에서 윗옷을 걷어 걸치려는데 어머니가 방으로 들어왔다. 손에는 담홍색 홍시와 식혜 사발을 얹은 쟁반이 들려있었다. 홍시는 장독대 옆에 있는 대봉 감나무에서 따놓았던 것이다. 해마다 세 접 정도는 땄는데 올해는 별로 안 열었다고 어머니는 담담하게 일상의 얘기로 민우의 기분을 환기시키려는 듯 말했다. 그러면서도 "왜, 집안에 재앙이 꼬리를 무는지…. 어떡허겄냐? 민우야, 마음을 강하게 가져야제, 속이 비면 더 안 되는 겨. 이거라도 묵어라. 잉." 어머니는 또 눈시울을 훔쳤다.

서울로 돌아왔다. 월요일, 출근을 했다. 회사의 분위기는 싸늘했다. 사무실에서 마주친 팀장의 표정이 굳어 보였다. 민우가 먼저 목례를 하고 웃어 보였지만. 팀장은 건성으로 웃는 척하다 시선을 옆으로 돌렸다.

점심시간 민우는 구내식당 구석진 곳에 홀로 앉아 우적우적 밥을 쑤셔 넣고 있었다. 입안이 깔깔했다. 누구도 민우에게 말을 거는 사람은 없었다. 넓은 구내식당 안엔 몇 사람 남지 않았다. 다들 식사를 마치고 자리를 떴다. 민우도 따라 밖으로 나왔다.

밖엔 직원들이 화단 경계석에 걸쳐 앉은 채 담배를 빨거나 커피를 홀짝대고 있었다. 한 손엔 종이컵, 다른 손엔 담배, 꽤나 익숙하고 어울리는 모습들이다. 누구도 민우에게 말을 걸거나 눈길을 주는 사람은 없었다. 입사 삼 년 차, 팀장마저도 무표정했다. 민우가 먼저 다가가 말을 걸까 하다 그냥 두었다. 팀장 곁에 다른 직원이 다가가더니 귓속말을 한다. 무슨 말일까,

민우는 멋쩍어 담배 한 개비를 꺼내 피워 물었다. 차가운 겨울바람에 가슴이 시리다. 시린 가슴에서 울컥 눈물이 솟구친다. 옆 사람들이 민우를 흘끔흘끔 쳐다본다. "띠리링~" 민우의 주머니에서 전화기가 울린다. 골목대장이었다. 그의 전화는 여전히 은지를 떠올리게 했다. 민우는 전화기를 든 채 저쪽 벤치로 걸어갔다. "응 웬일이야?" 민우가 물었다. "달포야, 부대장님이 돌아가셨대. 야, 결국 가시는구나! 내일이 발인이래, 이번엔 와야지." 민우는 또 가슴이 철렁했다. "장례식장은 대원동 C병원 지하 1층 내일 오전 11시래!" 골목대장의 목소리는 여전했다.

은지의 대학 졸업식 날, 졸업식장에서 은지 아버지를 처음 만났다. "은지에게서 얘기 많이 들었네. 준혁 군의 고향 친구

라고 했던가? 그럼 더욱 믿음이 가구만 이렇게 찾아와 주어서 고맙네." 잊고 있었던 과거의 시간들이 의식 저 너머에서 수면 위로 물안개처럼 피어올랐다.

은지 아버지의 마지막 길을 배웅했다. 또 한 사람이 이승을 등지고 한 줌 재가 되어 사라졌다. 먼저 간, 은지는 바람에 날려주었고 은지 아버지는 옥항아리에 담겨져 국가유공자 묘역에 안치되었다. 모두 한 줌 재가 되어 날아갔다. 민우는 너무도 일찍 인생의 무상함을 알아가고 있었다.

이듬해 5월 눈이 부시게 화창한 날, 준혁은 결혼을 했다. 턱시도를 입은 골목대장은 떡 벌어진 어깨를 으쓱거렸고 흰 드레스 속의 신부는 눈이 부셨다. 은지의 얼굴이 겹쳐지며 눈물 속에서 어룽거렸다. 상상 속의 은지는 더 아름다웠다. 예식이 끝나고 신혼여행 떠나는 준혁을 위해 민우는 웨딩 카 운전을 자처하고 나섰다.
"준혁아. 여행 잘 다녀오고 내내 행복해." 민우는 공항주차장에서 캐리어 가방을 들어주며 말했다. "야, 네가 그렇게 정색하고 말하니 내가 왜 눈물이 나려고 하지? 야, 달포야…." 준혁은 잠시 머뭇거리더니 끝내 뒷말을 삼킨 채 신부의 손을 잡고 방콕행 비행기의 탑승구를 향해 도망치듯 뛰어갔다.

지난여름 휴가 날짜를 서로 맞추어 민우는 은지와 발리로 자유여행을 다녀왔다. 민우가 제안했고 은지가 동의해서 이루어졌다. 은지는 해외여행은 처음이라며 몹시 들떠있었다. 실은 민우도 처음인데다 여자와의 여행은 내내 가슴 뛰게 했다. 눈에 보이는 현상에 상상의 즐거움까지, 둘이라서 행복은 배가 되었고 시간은 짧게만 느껴졌었지. 울루와뚜 절벽 사원 앞에서의 맹세도 꾸따비치에서의 하얀 밤의 추억도 삼십오 년의 삶속에서 가장 행복한 시간이었는데, "오빠, 우리 다음 신혼여행도 이곳으로 올까? 지금이 밀월이야." 꾸따비치에서 일박 후 은지가 했던 말도 바람결 따라 떠돈다. 퇴색되지도 않고 살아서 꿈틀거린다.

 늘 어머니의 전화는 민우를 울컥하게 했다. "민우야, 별일 없는 겨, 술 너무 많이 마시지 말고" 어머니의 목소리는 쉰 듯 젖어있었다. 흉몽의 소재도 바뀌었다. 은지였다. '은지가 아직도 구천을 떠돌고 있는 것 같다'며 꿈을 꾸는 날엔 어김없이 전화를 걸어왔기 때문이다. 마침 내일 모레가 민우의 생일이자 은지의 제삿날이라는 것을, 민우가 끊었던 담배를 다시 피우기 시작하고 폭음을 하게 된 때도 바로 이 무렵이라는 것을 어머니가 모를 리 없었다. 그러나 술은 더 이상 민우에게 망각을 주지 못했다. 그저 은지를 지켜주지 못했다는 것에 대한 의도적인 자학이고, 자신에게 남겨진 시간의 무가치함만 확인시켜줄 뿐이었다.

 민우는 회사에 사표를 냈다. 김 팀장의 깐죽거림은 날이 갈수록 도를 더해갔고 그럴수록 민우는 지쳐갔다. '이민우 씨 이걸 계획서라고 제출하는 거야, 다시 해!'라든가 '이민우 씨 총무과에 제출할 서류를 아직까지 미루고 있으면 어떡해? 도대체 이 사람 정신을 어디다 두고 다니는 거야! 정신이 나갔구만' 그의 트집은 집요했다. 민우를 찍어내야 할 조직의 티이거나 뽑아내야 할 마음의 가시로 여기는 것 같았다.

 "민우, 그 자식 생각하면 끔찍한 사건만 떠오르지. 지난 여름휴가 때 해외여행까지 다녀온 걸로 아는데. 그 자식 닭대가리 아니야. 여자 친구 엄청 사랑하는 척하더니 그 늦은 밤에 '무소의 뿔처럼 혼자서 가라' 유기했다가… 그 꼴을 당하고, 그 범인이 바로 그냥 죽이기만 했을까? 늦은 밤 으슥한 곳에서 만난 여자를…, 민우 그 자식 이번에 휴가 마치고 오면 회사 그만두지 않을까? 자자, 그만들 하고 어서 술이나 마셔."

 팀장이 팀 내 분위기를 쇄신하기 위해서라고 했지만, 실은 내부 결속을 다지는 회식 모임이었다. 그 자리에서 저마다 한 마디씩 내뱉었던 말들이었다. 그날 모임은 민우를 철저히 배제시키는 결과로 나타났다. 다른 동료들 역시 민우를 피하기는 마찬가지였다. 민우는 회사를 그만두었다. 딱히 갈 곳도 함께 시간을 보낼 친구도 없다. 그 오피스텔에서 한 계절을 흘려보냈다.

 첫눈이 내린다. 이렇게 첫눈이 내리면 왠지 민우는 까치공원에 가봐야 할 것 같았다. 은지가 와서 벤치에 앉아 있을 것만 같다. 그 벤치에 눈이 얼마나 쌓였을까? 민우는 올해도 그 호숫가를 찾았다, 잿빛 하늘에서 눈발이 날린다. 을씨년스럽다. 눈 내리는 겨울 공원에는 황량한 바람만이 맴돌 뿐, 호수도 벤치도 눈에 덮여있었다. 적막했다. 한 쌍의 연인이 몸을 밀착시킨 채 상기된 볼을 비비며 걸어가고 있었고, 개를 끌고 나타난 노인이 민우를 흘깃 스쳐본다. 민우는 주머니에 손을 찔러 넣고 눈 위를 걸었다. 발자국이 말없이 따라왔다. 눈 위에 발자국을 새기며 걸었다. 한참을 걷다 눈을 들어보니 저만치에서 남자의 검은 실루엣이 서성거린다. 아! 그 3번 게이트 앞…, 한 사내가 주변을 배회하듯 어슬렁거리고 있었다. 가까이 다가가자 어디서 본 듯한 얼굴, '아! 그 사내!' 은지의 오빠였다. 은지 아버지의 장례식 때 상주와 문상객으로 마주했었는데 그는 민우를 알아보지 못한 것 같았다. 경찰서 조사실 문 앞에서 민우의 멱살을 움켜잡았던, 그 사람이라고는 믿기지 않을 만큼 무기력해져 있었다. '부대장님이 죽은 후로 사모님은 극심한 우울증에 시달리다 끝내 스스로 생을 놓고 말았다'던 준혁의 말이 떠올랐다. 사내는 덥수룩하게 자란 콧수염 밑으로 무슨 말인가? 중얼거리며 입술을 달싹거리고 있었다. 코밑엔 진득한 액체가 고여, 석양의 햇살에 유리 조각처럼 반짝였다. 민우는 콧등이 시큰거렸다. 검은 점퍼와 츄리닝 바지는 때에 찌들어 있었다. 몸에는 살들이 덕지덕지 붙었고 너덜너덜 늘어져 있었다. "여보세요? 혹시 서윤영 씬가요?" 말을 걸어봤다. 사내가 고개를 들어 흘끔 쳐다보았다. 초점 없이 흐릿한 눈빛이었다. 대답 대신 씨~익 웃었다. 그 웃음 뒤에 배어 나온 허무, 웃음이 아니라 실소였다. 상실감에서 튕겨 나온 실없는 웃음, 또 '씨~익' 웃었다. 그러다가 두어 번 더 흘끔거리더니 민우를 피해 어디론가 걸어갔다. 어디로 가는 것일까? 눈은 다시 내리기 시작하고. 사내의 등 뒤로 눈발이 성글게 날린다. 열기 없이 희끄무레한 겨울 해가 눈구름에 가리자 사위가 어둑해지기 시작했다. 태양 빛이 지면 아래로 사라지고 공원 둘레 길에 수은 빛 가로등이 하나둘 켜진다. 민우도 어디론가 가야 할 것 같다. 매서운 밤바람이 몰려들기 전에.

폭설

 사내는 눈을 뜨면서 자신이 어둠 속에 부유해 있다고 생각했다. 한 평 반 남짓 쪽방을 채우고 있는 어둠은 짙은 먹물 같았다. 벽 한쪽에 손바닥만 한 창문이 있지만 아직은 어둠에 잠겨있다. 사내는 손을 뻗어 머리맡을 더듬는다. 리모컨을 찾는 것 같았다. 팔을 뻗자 턱과 목을 하나로 아우르며 떳장처럼 붙어있는 흉터가 당겨지고 아픔이 느껴지는지 인상을 찌푸렸다. 방안에는 약봉지, 뜯어진 파스 갑 등 잡동사니들이 여기저기 널브러져 있었다. 검정 백팩에는 면장갑과 귀덮개가 달린 방한용 모자, 작업화 등이 욱여진 채 담겨 며칠째 사내의 어깨 대신 행어에 묵직하게 걸려 있었다.
 사내는 화기가 남은 몸이 욱신거릴 때면 파스를 붙이거나 진통제를 먹어 통증을 잊었다. 조각처럼 오뚝해서 아내가 무척이나 좋아했던 사내의 코는 뿜어 나온 열기에 녹아 형체를 잃었고. 뭉개진 콧구멍에서 새어 나온 숨소리만 피리 소리처럼 가늘고 처량했다

티브이를 켜자 까맣던 화면에서 천연색 빛이 쏟아져 나왔다. 간밤에 폭설이 내린 설경이 배경 화면으로 펼쳐지면서…, 눈을 흠뻑 뒤집어쓴 농촌 마을이며, 타이어에 체인을 감고도 주행을 포기한 채 산간 도로에 멈춰선 차량들, 쉼 없이 내려앉는 눈발, 나뭇가지들은 쌓이는 눈의 무게를 이기지 못해 휘어져 있었다.

'캬, 오늘도 또 공치고 갇혀 있어야겠구만' 사내는 중얼거리며 몸을 돌려 모로 눕는다. 폭설 경보는 주의보로 대체가 되고 낮부터는 눈이 산발적으로 내리겠다고 했다. 티브이에서 쏘아대는 빛이 색을 바꾸어가며 사내의 얼굴에 닿는다. 차라리 그때 죽지, 왜 살아남았는지, 자신의 삶은 신의 저주라고 생각했다. 이달 들어서는 사나흘 정도밖에 일을 하지 못했다.

사내는 늘 가슴을 채우고 있는, 그날 그 사고로 불귀의 객이 되어버린 첫째 아들과 아내, 그립다는 말도 이제는 사치다. 유일하게 살아남은 둘째 민이마저도 제대로 건사하지 못해 보육원에 맡겨 놓고 있으니…, 그런 민이가 보고 싶어진다. 민이를 보고 온 게 언제였더라, 아스라이 먼 기억 속에서

민이의 목소리가 들려온다. "아빠 왜 이제야 왔어. 나 언제 데려갈 거야? 응, 내 친구는 지네 엄마가 와서 데리고 갔단 말이야. 나도 아빠랑 같이 살고 싶어!"

지난번 갔을 때, 민이는 그렇게 투정을 부렸다. "민아, 조금만 기다려. 아빠가 돈 벌어서 방을 마련하면 꼭 데려갈게." "아빠 그럼 약속해." 손가락 하나를 꼬옥 쥐고 놓아주지 않던 민이를 가까스로 떼어놓고 돌아서 왔던 날이 떠올랐다.

사고 현장에서 살아남았을 때 갓 돌이 지난 아기였었는데, 이제는 여섯 살이 되었다. 그날 민이는 아내가 품에 안고 뒷좌석에 앉아 있었다. 충돌이 일어났을 때, 창문으로 튕겨 나가 도로변 풀밭으로 떨어졌다. 그 바람에 불길을 피할 수 있었고 무사히 살아남았다. 그런 민이가 이제는 사내를 세상과 이어주는 고리가 되었다. 사내는 조바심이 일었다. 잠깐만 맡겨 놓으리라 했던 게 벌써 몇 년이 지나갔다.

이 쪽방 값 낼 날짜도 며칠이 지났는지, 관리인 서 씨의 독촉 전화가 수시로 걸려 온다. 조금만 기다려 달라고 사정하기도 이제 지쳐간다. 하루 두 끼 먹는 이천 원짜리 콩나물 국밥 값도 바닥이 난 지 오래다. 컵라면으로 끼니를 때우기도 이젠 신물이 났다. 오늘은 점심때까지 기다렸다가 202호 황 씨랑 무료 급식소로 내려가 얻어먹을 수밖에 별 방법이 없다.

202호 황 씨는 장애인 공공근로자다. 그도 날이 추워지자

일거리가 끊겨 방안에 들어앉은 지 두 달이 넘었다. 황 씨는 사내보다도 더 자주 무료 급식소에 얼굴도장을 찍었다. 급식소에서 주는 밥이래야 김치로 끓인 국에 밥 한 주걱 말아주는 것이 고작이지만, 그것마저도 늦게 가면 동이 나기 십상이다. 그렇다고 미리 가서 줄 서 있기도 민숭민숭하고, 이래저래 공짜 밥 얻어먹기도 녹록지 않았다.

폭설은 세상을 하얗게 덮어 버리고 일상을 마비시켜버렸다. 민이와의 약속도 부질없게 되어가고 그의 절규 같은 목소리만 회오리바람처럼 맴돌았다.

사내가 일어나 앉는다. 담배를 찾아 물고 라이터로 불을 붙인다. 연기가 유령처럼 희미하게 피어올랐다. 밤새 사내의 콧구멍에서 뿜어 나온 텁텁한 방 안 공기와 뒤섞였다. '쿨럭쿨럭 캬악' 연기가 목구멍에서 가래를 끌어 올리는지 사내가 자지러질 듯 기침을 했다. 이불을 걷어내고 각다귀 같이 비칠거리는 다리로 일어서서 벽 한쪽에 붙어있는 창문을 열었다. 찬 공기가 흡입구처럼 쏟아져 들어왔다. 냉기류와 함께 간간이 날리는 눈발도 섞여 들어왔다. 이 작은 창이 사내에게는 바깥세상과 통하는 유일한 소통구인 셈이었다.

비가 오면 투두둑, 빗소리가 전해졌고, 햇빛이 드는 날은 어김없이 창문으로 스며든 빛줄기가 안전망의 그림자를 그대로 바닥에 그어놓기도 했다. 가끔은 창문을 두드리며 새어 들어온 살바람이 사내의 얼굴을 훑고 스쳐 가기도 했다. 그럴 땐 사내는 자연의 평등함이 감격스러웠다. 자연은 차별을 모르는 것 같았다. 세상을 등지고 갇혀버린 쪽방까지 찾아와 비춰주었다. 사내는 세상이 자신을 기억하고 있을 것 같은 착각에 빠지기도 했다.

 창이 희붐해졌다. 밖에서는 '드르륵, 드르륵' 눈 치우는 소리가 부산스럽다. 구청 청소부인지, 부지런한 서 영감인지 쌓여서 딱딱해진 눈을 플라스틱 삽으로 긁어대는 소리가 고막을 자극했다. 사내는 다시 이불 속으로 기어들었다. 눈을 감고 숨을 죽였다. 왠지 이 시각까지 방 안에 있는 게으른 놈 일어나라고 시위하는 소리처럼 들리기도 했고, 설상가상 방세까지 밀려있으니, 사내는 헐크 같은 서 영감이 막무가내 문을 열고 덜컥 나타날 것만 같았다. 그는 이 쪽방 주인이 고용한 관리인이다. 건물관리는 물론, 밀린 방세 독촉해서 받아내기, 수돗물 아껴 쓰라고 주의 주기 등 완장 두른 값을 톡톡히 한다. 사내는 생각만 해도 오금이 저려 왔다. 몸을 한 줌 부피로 웅크렸다. 이불을 끌어 올려 머리까지 뒤집어쓰고 자신만의 껍데기 속으로 몸을 숨겼다.
 이곳은 쪽방들이 벌집처럼 달라붙어 있는 쪽방촌이다. 골목길에 쌓인 눈이 얼어붙고 미끄러워지면 사람들은 차라리 출입을 삼가고 쪽방에 은둔했다. 그럴 때 이곳은 동토처럼 변해갔고 골목은 스산한 정적에 잠기곤 했다.

건물주인들 대부분은 여기에 살지 않는다. 그들은 얼굴 없는 갈퀴손이었다. 건물마다 관리인을 두고, 그가 방세를 받아서 주인에게 전달하는 체계로 운영되고 있었다. 입금 계좌도 타인 명의다. 철저하게 익명 뒤로 숨는다. 대신 관리인은 그 대가로 방을 무료로 살거나. 간혹 관리인의 건물관리 성과에 따라 다소간의 월급을 얹어 받기도 하는 게 이곳의 오래된 관행이었다.

이 건물 관리인 서 영감은 고집불통에다 등치는 황소 같았고 힘은 또 씨름판의 천하장사 감이었다. 거기다 부지런하기까지 해서 이른 새벽이면 어김없이 일어나 세면장과 화장실, 통로, 등을 휘젓고 다녔다. 그런 서 영감은 누가 시켜주지 않아도 이 건물관리뿐만 아니라 이 인근 쪽방촌의 규율 반장이 되었고. 그는 감투라도 쓴 양 더 어깨를 으쓱거렸다. 누구라도 술에 취해 주사라도 부렸다간 득달같이 달려온 서 영감에게 먹살잡이는 물론 패대기 당하기 일쑤였다.

백내장이 낀 한쪽 눈과 왼쪽 뺨에 가로로 그어져 흉터로 남은 칼자국은 그의 순탄치 않은 인생 여정을 말해주는 듯했다, 그는 얼굴 자체가 바로 무기였다. 누구도 그의 말끝에 토를 달려고 하지 않았고, 그의 말은 그대로 쪽방촌의 규율이 되었다. 서 영감이 관리인으로 있는 이 건물만큼은 방세를 미루거나 떼어먹고 도망가는 사람은 아직까지는 없었다. 가끔은 거주자 준수사항이라며 삐뚤삐뚤, 맞춤법이 제멋대로인 포스트잇을 출입문 옆에 붙여놓기도 했다.

그의 가족들은 미국에 있다고 떠들고 다니지만 믿는 사람은 별로 없었다. 주로 쪽방촌을 어슬렁거리며 아무 일에나 참견했다. 골목에 가래침이 뱉어져 있거나, 밤새 술꾼들이 저질러 놓은 토사물이 발견되기라도 하면 불특정 다수를 향해 온갖 협박과 윽박지르는 소리가 골목이 떠나갈 듯했다. 전봇대에 덕지덕지 붙은 전단지를 보고는 욕지거리를 해댔다. 그것이 그의 유일한 소일거리인 듯했다. 그를 누구도 내거리하러 하지 않았고 누가 시켜주지 않아도 그는 골목대장이었다.

사내는 밖에서 들려오는 소리들을 차단하고 나니 자신의 처지에 매몰된다. 왜 자신이 이 쪽방에 이렇게 있어야 하는지, 지금도 믿기지 않는다. 아내와 첫째 아이, 그리고 보육원에 있는 민이, 믿고 싶지 않지만, 분명 사고를 당했다고 인지를 하고 나면 사고 보상금은 어디로 사라졌을까,

추석 연휴 첫날, 고향으로 향하는 길은 언제나 그렇듯 들떠 있었다. 그러나 서해대교는 뿌연 해무에 잠겨있었다. 서해 갯

벌에서 불어오는 서늘한 바람과 여름내 달구어져 미처 식지 않은 지면의 기류가 대기 중에서 조우하면서 짙은 안개가 생성되었고. 안개는 서해대교를 에워싸고 있었다. 운전자의 가시거리는 전후방도 식별할 수 없을 정도로 시계 제로였다. 불과 몇 미터 앞에서는 이미 차들이 충돌한 후 뒤엉켜 연기와 화염이 구름 기둥처럼 피어오르고 있었지만. 사내는 발견하지 못했다. 차선만 지키며 달려갔던 차는 그대로 뒤엉켜 있는 차 무덤 속으로 돌진했다. 사내는 정신을 잃었고. 모든 것은 악령에 잠식당했다. 짧은 순간 사내의 삶은 돌이킬 수 없는 수렁으로 곤두박질쳐 들어갔다.

사내가 온몸이 조각조각 해체되는 듯한 극한의 고통에 눈을 떴을 때. 병원 응급실이었다. 그곳에는 사내뿐 아니라 피를 흘리는 부상자들과 새까맣게 타다 만 화상 환자들로 불지옥을 방불케 했고. 그때까지도 구급차는 '엥엥'거리며 부상자들을 실어 나르고 있었다. 부상자들이 고통을 견디다 못해 질러대는 비명으로 응급실은 아비규환을 이루었다. 사고 소식을 연락받고 달려온 가족들까지도 참혹하고 처참한 상황에 넋이 나가 있었다.

사내가 응급처치하고 있는 간호사에게 가족의 상황을 물었다. 간호사는 "형님이 보호자로 와 있으니 형님에게 물어보라.'"고 했다. 잠시 후 형님이 들어왔다. 사내는 반갑고 고마웠다.

 사내가 묻자, "민이는 무사하고 아내와 첫째 현이는 가벼운 부상으로 인근 병원에서 치료받고 있다."고 형님이 말했다. 사내는 그런 줄로만 알고 가슴을 쓸어내렸다. 무엇보다 민이가 멀쩡하다는 말에 안심이 되는 듯했다. 그러나 곧 알게 되었다. 휴게실에 설치된 TV에서 사고 소식을 보도하고 있었다. 청천벽력같이 아내와 현이는 사망자 명단에 끼어 있었다.

 사내는 지금도 모든 것이 꿈만 같다. 깨어나면 되돌려질 꿈일지도 모른다고 생각하다 번쩍 눈을 뜨면 '흐릿한 형광등 아래 누워있는 자신을 발견하고 현실을 깨닫곤 하는 게' 그의 버릇이 되었다. "여보시오 김 씨! 밥 먹으러 갑시다." 옆방 202호 황이 문을 두드리는 소리에 눈을 떴다. 창문 유리를 투과한 햇살이 희끄무레하게 방을 밝히고 있었다. 앞 통로에서 발자국 소리가 간간이 들려올 뿐, 밖은 조용했다. "어, 알았소, 잠깐만." 사내가 급히 일어서려다 뚜두둑, 정강이에서 전해지는 통증에 얼굴을 찡그렸다. 윗옷을 입으려고 한쪽 팔을 뻗자 천장의 형광등이 손끝에 걸렸다. 형광등 안전판 위에서, 쌓여있던 먼지의 입자들이 부스스 날렸다. 베개에 눌린 머리카락을 손가락으로 빗어 세웠다. 그리고 문을 열었다. "아니, 여태

잤소?" 문밖에 서 있던 황은 조금 짜증스러운 표정이었다. 왼손을 여전히 윗옷 주머니에 찌른 채, 노리끼리한 얼굴로 어깨를 늘어뜨리고 서 있었다. 그는 외로움에 찌들고 니코틴에 찌들어 푸석해 보였다. "으음, 진즉 일어났는데, 눈을 감고 있으니 설핏 잠이 들었고만." 사내가 눈을 끔벅거리며 잠을 쫓는다. 두 사람은 앞서거니 뒤서거니 하며 무료 급식소를 향해 내려가고 있었다.

눈발은 성글게 두 남자의 머리 위로 내려앉았다 "그나저나 이놈의 눈은 언제까지 쏟아질 거야. 이제 지겹기도 하잖소?" 외팔이 황이 고개를 들어 하늘을 올려다보며 애먼 눈 탓을 했다. "지겨운들, 어쩌겠소? 눈이 오면 쉬고 비가 오면 또 쉬고, 하늘의 뜻대로 살아야지." 사내의 말에는 깊은 자조가 배어있었다. 황이 갑자기 무슨 생각이 떠오른 듯, "아, 참. 출입문에 붙어있는 안내문인가 알림 문인가 봤소?" 황이 무슨 긴급 속보라도 알고 있는 양 사내의 얼굴에 눈을 꽂는다. "못 봤는데 무슨 안내 말?" 사내는 뜨악한 표정으로 묻는다. "방값을 올리겠다는 거야. 개자식들, 이 혹한에 지랄들하고 자빠졌제." 황의 입에서 침이 튀었다. "서 영감이 지 맘대로 올린다고?" 사내는 얼른 짚이는 게 서 영감인 듯했다. "아니지, 집주인 놈이 올린대. 그놈 이름으로 붙여놨더라고 김일만이라고." "뭐욧!" 사내는 소스라치게 놀랐다. 머리가 하얗게 탈색이 되고 있었다. 너무도 익숙한 이름…, 김일만, 두 다리는 휘청거리기 시작했다. '설마? 같은 이름을 가진 다른 사람이겠지…. 스스로 가슴을 진정시키고 태연하려 했다. "아니, 김 씨 왜 그래? 김일만이라는 놈, 아는 놈이요?" 황이 초점 없이 말간 눈을 홉뜨고 사내를 쳐다보았다. "아니, 몰라, 내가 그런 놈들을 어떻게 알겠소! 황은 이 건물주 이름을 어떻게 알고 있소." 그리고는 사내는 고개를 돌려 황의 시선을 피했다. 자신의 당황하는 모습을 알아채기라도 할까 봐, 앞서서 빨리 걸었다. 황도 빠른 걸음으로 따라왔다. "아, 아. 이제 눈이 그쳤어!" 사내는 아까의 분위기를 바꾸려 고개를 돌려 먼 곳을 바라보며 소리쳤다. 말없이 따라오던 외손잡이 황도 하늘을 올려다보았다.

젊은 시절 피혁공장에서 일했다는 황 씨는 손가갈 네 개를 잃고 장애라는 멍에를 안고 나왔다고 했다. 황은 왼손을 면장갑으로 씌워 잠바 주머니에 쑤셔 넣고 다녔다. 황이 주로 사용하는 손은 오른손뿐이었다. 젊음을 바쳐 일했던 직장에서 손가락 네 개가 절단되는 사고를 당했고 변변한 보상도 못 받고 나올 수밖에 없었다고 했다.

이곳 사람들은 대부분 운명의 테러를 당한 사람들이다. 한순간에 전 재산을 다 잃거나 황 씨처럼 사고를 당해 장애인이 되거나, 사내 김이만처럼 가족도 돈도 다 잃고, 감당하기 힘든

상실을 경험한 사람들이 마지막 은신하는 곳이다. 손가락이 없어진 황의 왼손은 별 쓸모가 없어져 버렸고. 손가락이 없는 손등이나 팔뚝이 그렇게 무용할 줄 몰랐단다. 그뿐만 아니라, 삶 자체가…. 장애인이라는 족쇄가 그렇게 무가치할 줄도 몰랐고 신체장애는 곧 삶마저 장애로 이어지더라고 외손쟁이 황은 세상을 비웃듯 일그러진 웃음을 날렸다. 그나마 장애 연금을 받지만, 방값 내고 약값 쓰고 담배 사 피우고 나면 턱없이 모자란다고 볼멘소리를 냈다.

급식소의 줄은 배식구에서 꽤 멀리까지 늘어서 있었다. 무료 급식소에 모여든 사람들은 그 형색으로 보아도 두 부류로 나누어졌다. 노숙파와 쪽방파, 이곳에서 쪽방파는 그나마 부르주아지다. 노숙파는 길거리의 벤치나 공중화장실에서 불법으로 기거한다. 요즘과 같은 혹한기엔 지하철역 통로에서 박스를 깔고, 덮고 그 사이에 끼어서 잠을 자기 때문에, 이 바닥에서는 그들을 샌드위치맨이라 부르기도 했다. 그들의 몰골은 사실 사람의 경계 밖이다. 지저분한데다 악취까지 흘렸다. 사내는 그 틈바구니에 끼어 공짜 밥 얻어먹으러 기다려야 할 때가 가장 곤혹스러웠다. 사내는 아내가 차려주었던 밥상이 그림처럼 떠오른다.

"현이 아빠! 어서 일어나 봐. 밖에 눈이 많이 왔어." 커튼을 활짝 열어 투명한 아침햇살이 거실 가득 쏟아져 들어오게 해 놓고, 아내는 그악스럽게 사내를 깨우곤 했다. 아내는 유난히 눈을 좋아했다. 산촌에서 태어나고 자란 아내에게 눈은 설경으로 변한 고향을 떠올리게 했을 것이다. 오늘처럼 이렇게 폭설이 내리는 날은, 신이 난 듯, 주방과 안방을 들락거렸고. 활기찬 아내의 목소리로 집안에는 생기가 넘쳐났다.

"자기 좋아하는 동태탕 끓이고 있어. 얼른 씻고 이리 와 앉아. 자기야! 청양고추도 좀 썰어 넣을까? 고추를 썰어 넣으면 맛이 더 칼칼하거든." 아내는 주방 가스렌지 앞에서 보글보글 끓고 있는 동태찌개에서 거품을 걷어내고 있었다. 건강하고 부지런했던 아내는 주말이면 어김없이 술을 마시고 잠에 빠져 일어나지 못하는 사내를, 육개장이나 동태탕 같은 따끈한 국물 요리를 맛깔스럽게 끓여 식탁 앞으로 불러 앉혔다. 지금처럼 이렇게 춥고 폭설에 갇힌 날에는 혀끝에서 그 맛이 몽글몽글 피어올라 침이 한가득 고였다. 떨쳐버리려 머리를 흔들어 댔다. 아내의 발자국 소리, 활기찬 목소리, 모두 운명의 소용돌이 속으로 사라져버리고, 남겨진 환청일 뿐이었다.

사내는 시선을 들어 하늘을 올려다보며 길게 날숨을 내뱉었다. 하늘은 잿빛이었다. 성글게 날리던 눈발도 그쳐 있었다. "거기! 앞으로 줄 좀 붙이시오, 저 사람이 정신이 나갔나!" 누군가 뒤에서 험악하게 내지르는 소리에 흠칫 놀라 주위를 살펴보니 앞에 섰던 황이 저만치 가 있었다. 어느새 사내의 차례가 배식구 앞까지 와 있었다.

 사내는 때에 찌들어 우중충한 사발에 퍼담아 준 김치국밥을 받아들고 빈자리를 찾았다. 천막 안은 노숙자들의 살피듬 냄새와 뜨거운 국밥에서 올라온 김이 서려 퀴퀴하고 눅눅한 습기가 방울방울 맺혀 천막의 벽을 타고 지렁이처럼 꿈틀거리고 있었다.
 황이 저쪽에서 자리를 잡고 앉아 오라고 턱짓을 했다. 정오가 조금 기운 시간이었지만 천막 안은 발 들여 놓을 틈도 없이 꽉 들어차 있었다. 사내는 황의 옆자리로 가서 나란히 앉았다. 국밥 그릇에 고개를 처박자 뜨거운 김이 훅 얼굴에 끼쳤다. 오랜만에 맡아본 밥 냄새였다. 수저질을 시작했다. 긴 시간 동안 두더지처럼 어두운 침묵 속에서 살아 온 사람들의 얼굴에서는 감정도 표정도 박제되어 버린 듯 화석처럼 굳어있었다, 눈빛은 숙취에 찌들어 발갛고, 얼이 빠진 듯 몽롱한 얼굴들이었다. 어느덧 천막 안은 후르륵, 국물 들이키는 소리와 쩝쩝거리는 동물적인 소리들만이 불협화를 이루며 떠다니고 있었다. 잠깐 사이 사람들은 언 몸을 뜨거운 국밥 한 그릇으로 녹이고 하나씩 하나씩 천막을 빠져나간다.

쪽방촌에도 낮과 밤은 어김없이 교차하며 찾아들었다. 거대한 도시의 한 가운데 섬처럼 떠 있는 쪽방촌은 무겁게 내려앉은 어둠에 묻혀 느리게 새벽을 향해 가고 있었다. 베니어판 칸막이 너머에서는 신음 섞인 숨소리들과 잔기침 소리들이 쉴 새 없이 흘러나왔다. 얼굴 없는 소리들뿐이다. 소리들은 밤의 정적을 방해하며 대기 속에 떠다녔다. 쪽방촌의 밤은 분명 낮보다 시끄러웠다. 사내는 뒤척거리며 잠들지 못했다.

옆방, 202호에 사는 황은 잠꼬대가 심했다. 잠결에 기억 속의 일들을 재현이라도 하는 듯 온갖 소리들을 중얼거렸다. 가끔은 누구와 격렬하게 다투는지 버럭버럭 소리를 질러 대기도 했다. 손가락 네 개가 잘리는 사고를 당하고 받은 보상금은 천오백이었다고 했다. 소송을 할까도 했지만, 더 받아내 봐야 소송비 빼면 달라질 것은 없을 것 같아 그만두었다고 했던 황의 말이 생각났다.

또 다른 옆방 204호에 기거하는 사람은 팔순이 훨씬 넘은 노인네였다. 젊었을 때 마사지방을 운영했었다고 했다. 한창 호황일 때는 돈을 자루에 담아 벽을 헐어서 만든 비밀공간에 보관할 만큼 흥청거렸는데, 느닷없이 들이닥친 형사들에게 돈 다 압수당하고 성매매 금지법 위반으로 교도소 생활 8년 하고 돌아와 보니 모든 것이 사라져버렸고 그 바닥에서 만난 마누라도 종적을 감춰버렸다고 했다. 묻지 않아도 틈만 나면 그의 넋두리는 무한 반복되었다. 노인의 사고회로는 그 시점에서 망가져 버린 것 같았다. 교도소 생활에서 얻은 천식에다 낡은 콧구멍으로 들락거리는 공기의 파장이 일으키는 '크르릉 큭, 크르릉 큭, 큭 큭' 소리는 생존을 위한 처절한 몸부림 같았다. 끊길 듯 이어지고 이어졌다 또 끊기고를 반복하면서 좀처럼 그칠 것 같지 않았다.

사내는 어둠이 싫었다. 어둠은 절망이었다 나아가야 할 방향마저 삼켜버렸다. 더구나 지금처럼 잠을 잊은 밤은, 더할 수 없는 고문이었다. 어둠은 그 먼 공포의 기억을 불러들였고, 도무지 갈피를 잡을 수 없는 의문투성이의 지나간 상황을 더 헝클어뜨리며 의식만 명징해진다. 낮에 황 씨에게서 들었던 이 건물주인 김일만, 내 형도 김일만인데. 이인 동명. 설마….

갖은 생각으로 엎치락뒤치락 잠들지 못하는 밤, 그의 의식은 쪽방 밖으로 나간다. 집시의 영혼이 되어 어디든 자유로이 떠돌아다닌다. 아내와 현이가 있는 영미원에도 가보고 민이를 만나러 보육원에도 가고. 형님 집에도 찾아가 돈을 내놓으라고 현실에서는 해보지도 못하고 가슴앓이만 하고 있는 소리를 맘껏 질러보기도 했지만, 가슴에 박혀있는 삭정이 같은 옹이는 그대로였다.

아내와 현이의 유골은 납골당 영미원에 안치되어 있었다. 삶과 죽음의 문턱을 넘나들기를 수십 번 끝에, 괴물처럼 변해버린 몰골로 퇴원하던 날, 맨 먼저 형님을 따라 찾아간 곳이 영미원이었다. 대부분 교통사고로 목숨을 잃은 영혼들이 잠들어 있는 곳이었다. 사내는 아내와 아들 현이를 무덤으로 만나야하는 현실 앞에 또 한 번 절규했다. 시간을 삼켜버린 고인돌 같은 납골 묘들, 문패처럼 서 있는 영정들이 죽은 자를 대신하고 있었다. 사위는 적막했다. 발밑에서 바스락거리며 풀숲 밟히는 소리에도 가슴이 저려 왔다. 차라리 같이 갔더라면, 뉴스로 듣고 형님을 통해 들었을 때보다 눈앞에 드러난 현실은 더 처절했다. "여보, 현아! 왜 여기 있는 거야! 으으흑 으윽!" 적막을 깨고 사내가 울음을 터뜨리고 말았다. 사내의 울음소리가 바람을 타고 날아갔다. 까마귀 서너 마리가 납골묘 주위를 '까악'거리며 하릴없이 맴돌았다. 분명 이것이 자신의 삶이라고 부정할 수도 없는 현실 앞에선 몸부림도 한낱 허망한 몸짓에 불과했다. "여보, 해무 때문이었지. 당신 너무 미안해하지 마. 자책하지도 마. 그리고 우리 민이는?" 아내는 영정 속에서 웃고 있었고, 음성은 귓가에서 들리는 듯했다. 사진 속의 현이는 천사 어린이집 모자를 쓰고 있었고. 너무도 천진무구한 모습은 차마 바라볼 수조차 없었다. 함께 가지 못했다는 자책감이 사내를 더 짓눌렀다.

"어쩌겠나, 너도 이제 받아들여야지. 다 팔자소관인 게야." 옆에서 뻐끔뻐끔 담배만 빨고 앉아있던 형님이 낮달 같은 실눈을 뜨고 사내를 보며 퉁명스럽게 내뱉었다. 그리고는 '훅' 담배를 입에서 뱉어냈다. 새삼스러울 것도 없는 일이라는 듯이, 위로인지, 체념하라는 말인지 형님의 말은 비수처럼 사내의 마음을 찔렀다. '팔자소관이라고.' "여기 있는 유골들 모두 사고로 불귀의 객이 된 영혼들이다. 대부분이 교통사고야, 그 가족들도 다 너 같은 심정이겠지, 그만 내려가자. 죽은 사람에게 집착하는 건 어리석은 짓이야." 형님이 사내의 울음을 가로막았고, 형님에게 이끌다시피 아내와 현이를 뒤로하고 영미원을 나왔다.

사내는 들어온 돈과 쓰인 돈의 내역을 이해할 수가 없었다. 유족보상금, 장례비, 그리고 보험금에다 회사에서 들어온 퇴직금까지. 그런데 그것만으로도 모자라 사내와 아내가 어렵게 장만했던 아파트까지 팔아버렸다. 아파트를 사서 이사 갔던 날, 아내는 피로도 잊은 채 밤이 늦도록 주방과 거실을 오가며 쓸고 닦고 정리하고 그토록 좋아했었는데, 그 집에서 오래 살아보지도 못하고 사고를 당했고, 아파트는 사내가 병원에 있을 때 형님이 처분을 해버렸다.

형님을 법적대리인으로 인정한다는 조항에 사인해준 게 화근이었을까? 형과 함께 병원에 찾아온 그 남자, 그는 자신을 변호사라고 소개하면서 명함까지 주었다. 그리고 깨알 같은 글씨가 가득 인쇄된 서류를 내밀면서 사인을 요구했다. 형님에게 모든 법적 권한을 위임한다는 내용이었다. 조금 께름칙하긴 했지만 어쩔 수 없었다. 가정이 풍비박산 난 상황에서 법적인 권리를 대신할 사람이 필요했었을 것이고 직계가족이 없을 시에는 친족 중에서 형님이 제일 우선순위에 있었으니까.

  들어온 돈만으로는 모든 경비를 감당하기에 턱도 없이 모자라 어쩔 수 없었다고 했다. 그래도 형님의 처사는 수긍이 되지 않았다. 아파트마저 팔아야 했을까? 사용 내역을 물어보면 자신도 경황이 없어서 기억나지 않는다는 게 형님의 한결 같은 대답이었다. 병원에서 퇴원하고 나왔을 때, 병원비 정산한 영수증만 가득 담긴 서류 가방을 건네주면서 말했다. "나나 형수, 그동안 많이 힘들었다. 저 핏덩이 같은 민이를 형수가 저만큼 키웠잖아. 이제 민이도 네가 데려가거라." 형님은 그동안 자신들이 힘들었다는 얘기만을 유난히 되풀이했다. 자신들의 고생에 고마워해야지. 형님을 의심하는 거야! 그까짓 돈에 대해 따지는 것은 아우의 도리가 아니다. 형님은 사내의 입을 막았다. '물에 빠진 놈 건져놓으니 보따리부터 챙긴다.'며 길길이 뛸 것 같은 기세였다.

민이를 데리고 형님 집을 나설 때, 형수가 선심 쓰듯이 쥐어준 돈은 석 달도 못 버티고 없어져 버렸다. 그날 이후 형님은 연락이 되지 않았고 타인처럼 멀어졌다. 그렇게 모든 것이 사내를 떠나갔다. 과거의 삶도 미래의 희망도 그리고 유일한 혈육인 형님마저도 등을 돌리고 떠나가 버렸다. 민이를 보육원에 맡기고 일자리를 구하려 뛰어다녔지만 허사였다. 그의 얼굴을 흘끔 쳐다보고는 모두들 고개를 가로저었다. 마지막 벼랑 끝에서 만난 게 '새벽을 여는 사람들'이라는 인력사무소였다.

　사내가 자리에서 일어났다. 벽을 더듬어 스위치를 찾아 불을 켰다. 방안이 환해지자 시간을 넘어 과거 속을 헤매던 의식이 머릿속으로 복귀했다.
　몇 시쯤일까? 사내는 방안을 둘러봤다. 바짝 말라 있는 입안을 적시려는 듯 마른 혀를 굴려본다. 그러나 목구멍에서 구릿한 구취만 솔솔 올라왔다. 습관적으로 담배를 찾아 두리번거렸다. 널브러진 잡동사니 속에서 담뱃갑을 찾아들었다. 빈 갑같이 우그러져 있었다. 사내가 집어 들고 안을 들여다보며 손가락으로 헤집자 귀퉁이에서 한 개비가 손가락 끝에 걸렸다. 담배 개비를 입으로 가져가 라이터로 불을 댕겼다. '쿨럭, 쿨럭, 쿨럭.' 담배 한 모금을 빨자, 입 안으로 들어간 연기가 목구멍에서 받쳤다. 불기운에 댄 기관지가 늘 말썽이었다. 자지러질 듯 기침을 해댔다. 담배 연기는 좁은 방안을 맴돌다 흩어졌다.

시간도 지우지 못하는 사내의 기억, 기억은 가족과의 단란했던 시간과 악몽 같은 사고의 순간, 그리고 형님의 대한 의문점, 사이를 넘나들었다. 사내는 기억으로만 형님을 만났고 상상으로 민이를 만났다. 불현듯 폭설 속에 묻혀있을 아내가 그립다. 벽 위에 붙어있는 조그만 창이 희끄무레해져 있었다. 아무런 변화도, 기대도 없건만 새벽은 또 오고 있었다.

방치되듯 방바닥에 놓아둔 전화기의 점멸등이 깜빡거렸다. 사내는 흠칫 놀랐다. 오랜만에 '새벽을 여는 사람들' 인력사무소의 번호가 나타났다. 순간 사내는 기대감에 휩싸이고, 손이 가볍게 떨렸다. 전화기를 조심스럽게 귀에 댔다. "김이만 씨! 나, 박 소장이요." 성미 급한 사무소 소장이 재빠르게 자신을 밝혔다. 그의 목소리는 쩌렁쩌렁 울렸다. 전화기 너머에서 인력사무소의 부산스러운 소리들이 들려왔다. 활기찬 새벽 기운이 전해졌다.

"예, 자리 났습니까?" 사내는 '간만에 일을 나가게 됐구나,' 대뜸 일자리부터 확인했다.

"아! 그런 게 아니고 청풍건설 현장사무실 경비 자리가 들어왔어요. 상근이래요. 어때요?"

 청풍건설이라면 사내가 사고 나기 전 근무했던 회사였다. "거기서도 김이만 씨를 알더라고 전에 설계팀에서 근무했었다면서?" 박 소장의 목소리가 새벽공기를 타고 신선하게 들려왔다. 사내는 근무했던 회사에서 자신을 잊지 않고 있더라는 말에 감정이 북받쳐 오르는지 "으흐윽." 울음을 터뜨렸다. "김이만 씨, 진정하고 낮에 일단 사무소에 나와 보세요." 사내의 감격스러워 하는 반응에 박 소장은 다소 겸연쩍은 듯 나직하게 목소리를 바꾸어 말했다. 박 소장도 사내의 모든 사정을 이미 알고 있는 터였다.

 "예, 예. 알겠습니다. 그렇게 하겠습니다." 사내는 전화기에 대고 연신 고개를 주억거렸다. 손등으로 양 볼에 힘없이 흐르는 눈물을 훔쳤다. 그때 사내의 사고 소식은 회사에서도 쇼킹한 뉴스거리였다. 모두들 혀를 내두르며 안타까워했었다. 패기 있고 장래성 있는 설계팀의 중견이었던 사내를 끝 모를 추락으로 몰아넣은 사고는 모든 동료들이 타산지석으로 삼았을 만큼 뼈아픈 교훈을 남긴 사고였다.

 사내는 전화를 끊었다. 흥분으로 들떴다. 조그만 쪽방이 답답하게 느껴졌다. 빨리 밖으로 나가고 싶었다. 사내는 조바심이 난 듯 자리에서 일어나 조그만 창문을 열고 밖을 내다보았다. 사람들의 발자국 소리가 새벽의 정적을 깨고 들려왔다.

어둠을 걷어내고 아내에게로 달려가고 싶었다.

 낮에 용역 사무소에 들려 박 소장을 만났다. 사무소는 한가했다. 소장과 총무만 자리를 지키고 있었다. 새벽에 북적거렸던 사람들은 보이지 않았다. 누구는 일을 만나 일터로 갔을 테고 또 누군가는 허탕을 치고 쓴 담배를 빨며 돌아갔을 것이다. 폭설 속에서 전해진 사내의 희망 메시지는 틀리지 않았다. 전화 내용 그대로가 사실이었다. "김이만 씨, 정규직 상근이래요. 좋은 꿈이라도 꾸었나 봐요" 박 소장도 의미 있는 웃음을 지으며 사내를 바라봤다. 그만큼 일용직들에게 기업체 상근 경비는 부러워하는 자리다. "보수와 근무 조건에 대해서는 그쪽에서 추후 연락이 올 거예요." 박 소장의 목소리가 조근거렸다. "예, 예." 사내는 환하게 웃었다. 웃는다는 게 입가 근육이 굳어있어 입술만 실룩거리고 만 꼴이 되었지만 분명 마음으로는 환하게 웃었다. 사내는 아내에게 알리고 싶어졌다. 눈을 무척이나 좋아했던 아내, 눈이 펑펑 쏟아지면, 산골마을의 강아지는 하얀 솜버선을 신었다고 좋아한다는데, 그런 강아지를 닮은 아내도 무척이나 신나 했었지, 어쩌면 아내가 하늘나라에서 보내준 선물일까? 곧바로 영미원 방향으로 가는 버스에 몸을 실었다.

 "여보, 오랜만에 와서 미안해. 올겨울은 유난히 춥고 눈도 많이 왔지?" "응, 민이는? 우리 민이 지금 어디 있어?" "민이는 아직 보육원에 있어, 이제 곧 데려올 거야. 내년이면 그 녀석 초등학생이 되거든, 내가 잘 키울게." '그래, 현이 아빠, 힘들지? 조금만 참고 기다려 우리의 봄이 오고 있어, 가만히 귀 기울려 봐, 들리지? 희망의 소리들.' "그럼, 우리의 봄이 벌써 왔어. 이 폭설을 헤집고…. 나 이제 회사경비 나가게 됐어. 내가 다녔던 청풍건설 알지? 그 회사가 나를 잊지 않고 있었어, 나를 찾았다는구만. 비가 와도 폭설이 내려도 근무할 수 있고 월급도 꼬박꼬박 나올 거야."

사내는 말없이 볼 위를 흐르는 눈물을 닦았다. 납골묘 주위를 둘러보았다. 희끗희끗한 잔설 속에서 제비꽃, 민들레, 자운영 등의 어린싹이 쏘옥 머리를 내밀고 바람이 스칠 때마다 파르르 떨고 있었다. 폭설을 이겨내고 소생하는 생명력이 경이로웠다. 먼 산등성이 잔설 사이사이에도 푸른빛이 감돌았다. 고개를 들고 하늘을 올려다보았다. 저만치에서 종달새의 울음소리가 들리는 듯했고, 어디선가 성급하게 버들피리 소리도 들리는 것만 같았다.

사내는 어스름하게 땅거미가 내려앉은 개울가 둑길을 저벅저벅 걸음을 재촉했다. 물가에 홀로 서 있는 버드나무 가지마다 잎망울이 봉긋 부풀어 올라 있었다. 사내의 두 볼을 훑고 지나가는 바람이 온기를 머금고 부드럽게 감겨들었다. 버스정류장까지 걸어 내려와 쪽방촌 방향으로 오는 버스에 올랐다.

쪽방촌 근처 버스정류장에서 내려 사내가 잰걸음으로 골목 어귀에 들어서려는데, 저만치에서 건장한 남자 실루엣이 나타났다. 사내는 흠칫 놀랐다. 서 영감 같았다. 발걸음을 쭈뼛거렸다. 밀린 방세가 또 떠올랐다. 요즘 서 영감은 사내에게는 맞닥뜨리고 싶지 않은 공포의 대상이었다. "어디 갔다 오우? 이 시간에." 먼저 알아보고 말을 건넨 건, 서 영감이었다. 좀체 외출을 안 하던 서 영감인데 웬일로…. 거기다 검정 양복에 부조화스럽거나 말거나. 귀덮개가 달린 털모자까지 챙겨 쓴 모양새가 한눈에 봐도 상갓집에 다녀오는 차림새였다. "영감님은 어디 갔다 오시오?" 사내도 서 영감의 눈치를 살피면서 내키지는 않지만, 의례적으로 인사를 건넸다. "김일만이 죽었어! 그놈 장례식장 댕겨오는 거여, 지독한 놈이었지! 그 추운 겨울에 보일러가 터져도 고쳐주지를 않아! 그 통에 가스비를 애껴보겠다는 심보지, 그리고 이번 안내문 봤지? 방값 올린다는 거 말이야, 저승 가서나 올려라! 짜식아." 서 영감이 쌤통이라는 듯, 하늘을 올려다보며 큰소리를 질러댔다. 김일만, 김일만, 사내는 입속으로 읊조리고만 있었다. 입이 굳어 아무 말도 할 수가 없었다. 사내에게서 아무런 반응이 없자, 서 영감이 이상하다는 듯 흘끔 쳐다보았다. 이 건물주인이 죽었다는 데도 일언반구 대꾸가 없는 사내가 이상하다는 듯 다시 큰소리를 질렀다. "아! 이 건물주인 김일만이 몰라?" 서 영감은 또박또박 한 자씩 끊어 발음해 주었다. "그 인간이 죽었어!, 그래서 문상 댕겨 오는 거라구. 간암이래. 난 또 그렇게 문상객도 없이 썰렁한 장례식장은 첨 봤어! 마누라는 진즉 죽었거든, 상주랍시고 즈그 자식 하나가 달랑 서 있고, 친목계에서 왔다는 몇 놈들이 모여앉아 수군수군 대더군. 뭐 동생이 하나 있었는데 몇 년 전 서해안고속도로 연쇄추돌 사고로 동생네 온 가족이 몽땅 죽었대나 어쨌다나. 아마 그때 받은 보상금에다 동생 아파트까지 처분해서 뭉뚱그려가지고 이 집을 샀대더라고. 그런데 이 집도 곧 경매에 붙여질 거래! 술로 탕진한데다 병원비에 약값에 빚이 산더미래." 서 영감의 쩌렁쩌렁한 목소리는 어둠을 타고 실핏줄 같은 골목의 벽에 부딪히며 사방으로 확장되어 나갔다. '동생 가족이 몽땅 죽었다고?' 사내가 병원에서 사경을 헤매고 있을 때 형님은 '동생이 이미 죽었다고 소문을 퍼뜨렸구나.' 내면에서는 배신감과 연민, 두 마음이 소리 없이 충돌하면서 심장이 터질 것만 같았다. 형님이, 어떻게 그럴 수가! 분노와 서러움이 목구멍까지 차올랐다.

어릴 적부터 사내는 새 옷 한 번 입어보지 못했다. 옷은 물론이고 책이며 학용품 등 형님이 먼저 순번이었다. 한 번도 형님을 먼저 거치지 않은 게 없었다. 늘 낡고 작아지고 헤진 것만 사내 차지였었던 어렸을 적 일들이 더 확장되고 증식되어 의식으로 밀려들었다. 뭐, 술로 탕진했다고, 술은 왜 마셨을까? 이제 모든 것은 분명해졌다. 모든 의혹들이 실타래처럼 풀리기 시작했다. 퇴원하던 날 멀뚱히 바라보던 그 눈빛, 뜨악한 듯 멍한 표정, 이해하기 어려웠던 형님 내외의 행동들이 뇌리에 스쳤다. 그렇다. 나는 죽었어야 했다. 형님의 예상대로, 형님의 뜻대로 나는 죽었어야 했는데…. 우린 그날 다 죽은 거야. 그리고 그 형님은 지금 죽었다.

보신탕집 앞 애견센터

 소희는 여느 때와 마찬가지로 일찍 집을 나섰다. 버스정류장을 향해 걸었다. 걸음을 옮겨 걸을 때마다 청바지에 욱여넣어진 엉덩이의 살들이 요동을 쳤다. 헐렁한 박스 티를 엉덩이까지 내려오게 입었는데도 살집 좋은 엉덩이가 실룩대는 모양새는 그대로 드러났다. 조성호 수의사가 게으른 아침잠에 빠져 있을 시각이다. 저만치 소희의 일터 '또와또와' 간판이 보인다. 소희가 돌보아야 할 애견들의 앙증스러운 모습이 떠오른다.
 4차선 도로를 사이에 두고 양옆으로 가게들이 넘쳐 났다. 한쪽은 커피 전문점이나 모바일 대리점, 파리바게트, 안경점 등 깔끔한 첨단 업종이 자리 잡았고 그 맞은편으로는, 뒤쪽에 오래된 아파트단지가 있어서인지 식품마트, 정육점, 떡집, 한복집 등 생필품 가게들이 그 편리성을 좇아 들어서 있었다. 그리고 남원추어탕이라는 제법 규모가 큰 대중식당이 성호네 애견센터 '또와또와'와 눈을 맞추듯 마주 보이는 곳에 앉아 있었다. 애견센터 '또와또와'는 커피 전문점과 파리바게트 사이에 줄을 맞추듯 앉아 있었다. 조성호 센터장은 자신의 숍도 그런 주변 분위기와 조화를 이루도록 최첨단 인테리어로 모던하게 꾸며 놓았다.

각종 놀이기구와 장난감이 갖춰진 개들랜드(강아지 놀이동산)를 길가 쪽으로 배치했고, 앞면 전체를 통유리로 끼워 개들이 뛰어노는 모습을 누구나 볼 수 있게 했다. 그리고 안쪽으로 수면실, 뒤편으로는 CT와 복강경실, 영상의학실, 재활클리닉이 있었다. 수면실은 쾌적하게 조도까지 꼼꼼히 신경을 썼다. 센터장 조성호 수의사의 개 사랑과 치밀한 성격이 그대로 드러나 있는 부분이다.

손님 대기실 한쪽 벽면에는 어린 조성호가 검은 늑대처럼 카리스마 넘치는 그로넨날(벨기에 산)을 안고 잔디밭에 앉아 있는 대형 스크린 사진이 걸려있다. 그 주변으로 통통하고 갈색과 흰색으로 매치가 잘된 털을 가진 시추와 눈이 크고 초롱초롱한 빠삐용의 사진이 호위하듯 걸려있었다. 사진 속의 소년 조성호는 퍽 부유해 보였다. 값진 블루진에 나이키 신발을 신고 맑은 얼굴로 활짝 웃는 모습이 그렇게 보였다. 소희는 별 관심은 없었다. 늘 그 자리에 걸려 있었으니까, 그러나 고객들은 개를 수술실에 들여보내 놓고 좀 지루해지면 고개를 들어 유심히 들여다보곤 했다. 나름대로 벽면을 차지한 값은 하고 있는 셈이었다. 굳이 뜯어낼 필요까지는 없다고 가끔 먼지를 털어 내고 닦고 하는 번거로움을 견디면서 소희는 생각했다.

센터에 오면 소희는 일에 매몰되기 일쑤이다. 개들 하나하나를 돌보는 일은 물론 외래 진료에도 보조를 해야 하기 때문이다. 직원이래야 달랑 소희 하나뿐인 이곳에서 소희는 그야말로 멀티 직원인 셈이었다. 가끔 센터장에게 "혼자서 해 내기에는 일이 너무 많다."며 "보조역으로 아르바이트생이라도 하나 구해야 되지 않겠느냐?"고 건의해보지만 그럴 때마다 그 체격에 그 일이면 못 할 게 뭐가 있느냐며, 덩치로는 소도 잡겠다. 엄살 부리지 말라고 일축을 해 버렸다. 소희의 살은 센터장의 보호 본능을 자극하는데 엄청나게 방해가 된 셈이었다.

아침에 출근하면 그녀를 반갑게 맞아 주는 건 개들이었다. 안으로 들어서자 늘 그렇듯이 개들은 힐링장 팬스에다 앞발을 올려놓고, 소희를 향해 귀를 쫑긋 세우고 꼬리를 흔들며 눈을 말똥거렸다. 인간을 향한 개들의 구애인 셈이다. 소희는 먼저 개들의 상태부터 살핀다. 개들은 푸들, 포메라니안, 시추, 비숑, 장모치와와, 빠삐용, 말티즈, 비글 등 외래종들이 많았고 몸값이 수십만 원에서 수백만 원까지 호가했다. 주로 독신자들의 반려견으로 팔려 나가기 위해 대기하고 있는 중이다. 요즘 독신 여자들은 고집불통이고 제멋대로인 애인보다 길만 잘 들이면 충성스럽고 복종심 강한 강아지를 룸메이트로 더 선호했다. 특히 프랑스산인 푸들은 우아함과 귀여움 거기다 명석한 두뇌까지 갖추고 있어 반려견으로 인기가 좋았다. 풍성한 털을 부풀려 스타일 리스하기에도 안성맞춤이었다.

개들의 피모에서는 윤기가 흘렀고. 운동성은 매우 활발했다. 구르는 공을 쫓아 짧은 다리로 발발거리고, 미니 미끄럼틀에 올라가 뒹굴다 굴러떨어지기도 하고, 갖은 재주를 다 부리며 사람들의 시선을 끌었다. 소희가 사료를 들고 다가가면 발발거리며 몰려들었다. 간밤에 저질러 놓은 배설물을 그대로 밟는 녀석도 있었다. 배설물은 치우기 전에 세심하게 관찰부터 해야 한다. 그것은 건강과 질병의 감염 상태를 알아내는데 중요한 척도가 되기 때문이다.

마지막으로 수면실과 힐링장, 고객 대기실 청소까지 마치고 나면, 이맘때쯤이 조성호가 출근할 시각이다. 소희의 얼굴에서는 비지땀이 흐르고 등에는 배어 나온 땀으로 티셔츠가 얼룩져 있었다. 고개를 돌려 벽걸이 시계를 쳐다보았다. 9시가 40

분이 지나가고 있었다.

한숨 돌리고 보니 뱃속이 출출해져 있었다. '꼬르륵' 소리가 그 두꺼운 뱃살을 뚫고 귀에까지 올라왔다. 맞은편 추어탕 집에서 날아온 칼칼하고 구수한 냄새가 예민해져 있는 허기를 더욱 자극했다. 점심때에 맞추어 끓이는지 이 시각이면 어김없이 이 냄새가 날아들었다.

할머니가 끓여 주었던 그 국 냄새, 젊은 시절 대학촌에서 하숙을 쳤던 할머니는 음식 솜씨가 좋았고 그 양도 늘 푸짐했다. 할머니는 하숙을 그만둔 후에도 가을 보양식으로 추어탕을 자주 끓여 주었다. 소희의 입맛은 할머니 손맛에 길들여져 있었다. 여느 또래 아이들과 다르게 패스트푸드보다 집에서 만든 나물이나 국 종류를 자주 먹었다. 이제는 추억의 음식이 되었지만 추어탕의 진한 맛은 의식에 새겨져 바람에 실려 온 엷은 향에도 후각은 빠르게 반응했다.

김밥 가게로 달려가 김밥 세 줄을 사 왔다. 두 줄이 1인분이라지만 그것은 일반적인 기준일 뿐, 소희에게는 해당되지 않았다.

허겁지겁 먹기 시작했다. 조성호 센터장이 나타나기 전에 먹어야 한다는 강박중이 소희를 불안하게 했다. 입으로는 우적우적 씹으면서 눈으로는 밖을 살폈다. 조성호가 보이면 잽싸게 탁자 밑으로 감추기 위해서였다. 창 너머 거리가 한산해져 있었다. 팬벨트에 엮여 돌아가는 것 같던 차들의 행렬이 조금 느슨해져 있었다. 인도를 걸어가는 사람들의 숫자도 줄어든 것 같다. 맞은편 아파트단지에서 한 여자가 걸어 나와 횡단보도 앞에서 신호가 바뀌기를 기다리고 서 있었다. 어깨에는 커다란 케이지가 매달려있었다. 여자의 체구에 비해 무거워 보이는 이동용 백이었다. 녹색 신호가 나타나자 이쪽 방향으로 황급히 뛰어오고 있었다. 노란색 긴 머리가 바람에 휘날리고 체크 반바지에 검은색 슈트 차림이었다.

6월의 햇살이 강렬해지는 오전 나절, 조성호는 청바지에 분홍색 티셔츠 차림으로 출근했다. 짧은 스포츠형 머리, 근육질의 체구에 퍽 어울리는 패션이었다. 머리에서 옷차림까지 스마트했다. 조성호는 가게 문을 열고 들어서면서 안을 훑는다. 깐깐한 그의 성격대로 청소 상태를 눈으로 점검하는 것이다. 자신은 게으르면서도 지저분한 건 못 견디고 상대의 약점을 잡아 괴롭히는 나르시스트적인 성격이다. 사실 그런 성격은 누구라도 피하고 싶은 유형이다. 다른 간호사들 모두를 석 달도 못 버티고 그만두게 한 이유였을 것이다. 그런 사실을 아는지 모르는지 그는 가게 안을 보고는 만족한 듯 넉넉한 표정이 된다. 조성호 센터장과의 힘겨운 하루가 또 시작되는 시각이다.

"안녕하세요?" 소희는 습관적으로 인사를 했고. 조성호는 습관적으로 무대응했다. 그리고 그는 말없이 센터장실로 들어가. 티셔츠를 홀러덩 벗어 옷걸이에 걸고, 걸려 있던 흰 가운을 걷어 걸쳐 입고 의자에 비스듬히 앉아 신문을 펼쳐 든다. 그러다 고개를 들고 소희를 싱긋 바라본다. 이럴 때는 표정이 꽤 부드럽다. '구색으로라도 커피가 놓여야 되지 않겠냐?'는 듯이, 의자를 좌우로 흔들면서…, 소희는 말없이 나와 커피를 타다 탁자 위에 놓아주었다.

잠시 후, 횡단보도를 건너던 여자가 문을 몸으로 밀고 들어 섰다. 땀에 젖은 머리가 얼굴을 반이나 덮어 한쪽 눈만 치켜 떴다. "저기요 새벽녘부터 우리 혜리가 이상해서요." 여자는 케이지에서 개를 꺼내며 당황한 듯 말을 더듬거렸다. 그리고 땀에 엉켜붙은 머리를 손으로 쓸어 넘겼다. 여자의 콧날이 먼저 드러났다. 부자연스럽게 높았다. 너무 높이 치켜들려 입술까지 당겨 올라가 있었다. 개는 크림색 털이 부드럽게 곡선을 이루는 '포메라니안' 종으로 배가 터질 듯했다. 성호도 급히 개를 받아 들고 살폈다. 그러다가 여자를 바라보며 "분만 시간이 임박했네요. 열이 조금 감지되긴 하는데 문제가 될 정도는 아니고" 낮게 중얼거리며 개를 안고 수술실로 들어갔다. 소희와 여자도 따라 들어갔다. 연신 강아지의 사타구니에서는 미끈한 점액질이 바닥으로 뚝뚝 떨어졌다. 개를 수술대 위에

눕혔다. 탱탱하게 부풀어 있는 생식기가 미끈한 액체를 뒤집어쓴 채 번들거리며 불빛에 드러났다. "하마터면 개가 위험한 상태에 빠질 뻔했네요. 양수가 이미 많이 빠진 상태라 수술을 해야 할 것 같은데, 새끼는 두 마리이고 자연 분만하려면 시간이 많이 걸려요. 그 사이에 어미가 탈진할 수도 있으니까요." 여자에게 고지하듯 말했다. 여자는 고개만 끄덕이는 것으로 동의를 나타냈다.

여자의 개는 마취 주사 '졸레틸' 한 방을 맞고 죽음보다 더 깊은 잠으로 빠져들었다. 잠시 뒤 배를 절개하고 새끼들을 꺼내기 시작했다. 새끼 두 마리가 하나처럼 엉켜서 꿈틀거렸다. 한 마리씩 분리해서 조심스럽게 들어냈다. 어미 개는 뱃속을 유린당한 채 미동도 없었다. 여자도 보호자용 의자에 앉아 눈을 고정시켜 놓고 마른침을 삼키며 지켜보고 있었다.

강아지들은 털색이 까맣고 몸집도 소희의 주먹쯤 되게 제법 컸다. 크림색인 어미와 너무 다른 새끼들이 태어나고 있었다. "아, 순종이 아닌 것 같은데." 성호의 말이 마스크 안에서 새어 나왔다. 여자가 잠시 성호의 얼굴을 빤히 쳐다보았다. "네, 믹스견이에요. 하이브리드죠. 시베리안허스키 종과 교배를 시켰어요. 평소에 썰매 개의 혈통인 허스키종이 몸값도 비싸고, 특히 파란 눈동자가 매혹적인 미국의 여배우 브릿지드 발도우 눈색을 닮아 너무 키우고 싶었지만, 덩치 때문에 망설였거든요" 여자는 태연스럽게 말했다. 여자의 얼굴이 수술실의 불빛을 빨아들여 옅은 살구색을 띠었고, 말을 할 때마다 목소리에는 비음이 끼어들어 맛깔스럽게 귀에 감겨들었다. 여자의 들린 입술과 비음은 분명 무관하지 않은 듯 보였다.

여자의 그 혈통이라는 말이 소희는 마치 자신의 얘기처럼 들렸다. 부모에 대한 자긍심을 불러일으켰다. 소희에게 유전자를 물려준 생물학적 부모는 모두 명문대생들이었다고 할머니가 가끔 얘기해주었던 게 떠올랐다. 할머니 집에 들어와 있는 하숙들이었고, 둘은 사랑에 빠졌다고 했다. 소희는 그런 이십 대의 불꽃 같은 순수한 사랑이 자신의 생명을 발아시킨 원천이었다는 사실이, 분명 축복받은 출생이었다고 믿고 싶었고 자신의 출생에 대해 추호의 흔들림은 없었다.

이 강아지들은 얼굴은 허스키를 닮고 몸은 작고 예쁜 포메라니안 어미를 닮은 채 살아갈 것이다. 인간의 편리성이 만들어 낸 새로운 종, 허스키와 포메라이안의 혼혈인 '폼스키'로 태어난 새끼들이었다. 여자는 새끼들을 보자 매우 만족해하며 2주간의 산후 몸조리를 위해 입원시키기로 했다.

소희는 할머니가 스치듯 그립다. 피 한 방울 섞이지 않은 하숙생의 아이를 거두어 스물다섯 해를 길러 준 할머니였기에, 그 할머니는 지금 생의 끝자락에서 치매로 희미해져 가는 기억과 싸우며 요양원에 가 있다. 소희는 자주 가 뵈리라 생각했는데 자신도 모르게 차츰 그 방문 빈도가 뜸해지고 있었음을 깨달았다. 할머니는 또 어떤 모습으로 달라져 있을까.

요양원은 버스정류장에서 내려 산으로 이어지는 굽은 길을 따라 조금 오르면, 숲속의 성처럼 자리 잡고 있었다. 단절된 정적이 주위를 감싸고, 그 위로 펼쳐진 빈 하늘에 솜털 구름이 느리게 흘러가고 있었다. 요양원은 돔 모양의 지붕이, 우거진 잡목들에 가려 한쪽 끝만 조각달처럼 하늘에 떠 있었다. 소희는 왠지 눈물이 울컥 솟구쳤다. 할머니는 이 길을 살아서 내려올 수 있을까? 할머니의 넋이 구름이 되어 떠나가고 있는 것은 아닐까? 바람결에도 불려 갈 것만 같은 그들의 노체였기에 조급함이 일었다.

길은 요양원 마당으로 이어져 있었다. 마당에는 노인들이 보였다. 노인들은 그 자리에 붙박인 듯 움직임이 없었다. 가까이 다가가자 초점 없이 휑뎅그렁한 눈으로 흘끔거렸으나 눈에는 빛이 없었고 생기도 찾아볼 수 없었다. 휠체어에 앉은 노인이나, 몸을 웅크린 채 걸어가는 노인이나 땅에 바짝 붙어 있는 것처럼 보였다. 이곳에서는 어느 누구 할 것 없이 박박 깎은 머리에 노리끼리한 환자복을 입고 있어 남자인지 여자인지 알아보기조차 어려웠다. 하나 같이 느린 걸음에 구부정한 등, 무표정한 얼굴들, 기능을 다 한 성은 구분할 필요도 없는 듯해 보였다. 성의 정체성 따위가 필요할 리도 없겠지만, 그들의 몸은 바람만 스쳐도 날아갈 검불에 불과했으니까. 소희는 건물 입구 카운터에서 302호실 김정숙 할머니 면회자 명단에 이름을 적다가, 며칠 전 할아버지가 다녀간 기록을 보았다. 아! 할아버지가 다녀갔구나, 왜? 할아버지가 요즘 부쩍 말수가 적어지고 우울해했는지 이제야 소희는 알 것 같았다. 두 분이서 팬더 곰 한 쌍처럼 평생을 의지하고 부비며 살아왔는데, 할머니를 요양원으로 보낸 후 할아버지의 삶도 무력해져 있었다.

3층 망각의 길에서 할머니를 만났다. 할머니 몇몇이 끝이 없이 맞닿아 있는 원형의 길을 걷고 있었다. 이 길은 어디론가 마구 걷고 싶어 하는 치매 환자들을 위해 만들어졌단다. 그래서 '망각의 길'이라고 이름 붙여진 곳이다. 그들은 희미해져 가는 의식으로 하염없이 걷고 있었다. 어디를 가고 있는 것일까, 생이 원을 그리며 영원히 반복된다는 영겁회귀, 니체의 관념 철학을 증명이라도 하듯 할머니들은 쉼 없이 걷고 있었다.

할머니는 지난번 왔을 때보다 더 망가져 있었다. "할머니 저 왔어요. 소희예요." "…." 할머니의 표정엔 아무런 반응이 나타나지 않았다. 머리는 쭈뼛쭈뼛 자라 묵혀 둔 잔디밭 같았다. "할머니, 여기 있는 게 좋아? 싫어? 집에 갈까? 할머니, 말해 봐." 소희는 안타깝게 여러 가지로 물어도 할머니는 굳은 표정으로 눈만 말뚱거렸다. 동공엔 초점마저 사라지고 없었다. 그저 검고 휑할 따름이었다. 한참 후에 "그 자식 하숙비 떼어먹고 도망을 갔어." 할머니가 눈을 휘둥글리며 하는 말이었다. 묻는 말에 대한 대답이 아니라 할머니의 기억에 새겨진 말 같았다. 그 일은 할머니에게는 큰 사건이었고 그의 의식에 깊게 자리하고 있는 듯했다.

소희는 눈시울이 붉어졌다. 할머니의 콧등에 송골송골 배어 있는 땀방울을 손수건으로 닦아주었다. 쭈뼛쭈뼛 아무렇게나 뻗어 있는 머리새에도 땀 한 줄기가 맥없이 흘러내렸다. 할머니는 그저 살아 있는 생물체에 불과했다. 할머니와의 대화는 불가능했다. 할머니의 의식 세계로의 접속은 되지 않았다.

인간은 모든 유한성 속에서 시간을 소비하고 있는 것일까. 우리가 삶이라 말하는 것이 실은 주어진 유한성을 벗어나, 태어나기 이전의 망각으로 가는 과정에 불과하다고 어느 책에서 읽었던 글귀가 소희는 뇌리에 떠올랐다. 그것을 우리는 삶이라 말한다. 할머니와 긴 이별도 피해 갈 수 없는 지경에 이르렀고 어쩌면 코앞에 다가와 있는지도 모를 일이었다. 울컥 솟구치는 눈물을 보이지 않으려 눈을 깜박거렸다. 소희는 할머니 곁에 오래오래 머물고 싶었고. 할머니를 집으로 다시 데려가고 싶기도 했다. "김정숙 할머니, 식사 시간이에요." 담당 요양 보호사가 면회 시간이 다 됐음을 알렸다. "할머니 또 올게요." 소희는 요양 보호사에 이끌리어 저만치 안으로 들어가는 할머니의 뒷모습을 물끄러미 바라보다 자리에서 일어섰다.

할머니를 뒤로하고 떨어지지 않는 걸음으로 석양의 햇살을 등으로 받으며 산을 내려오고 있었다. 한 줄기 시원한 바람이 나뭇잎 사이에서 일렁였다. '푸드득' 산 꿩 한 쌍이 소희 발소리에 놀라 날아오른다. 주위의 풀들이 가볍게 일렁거렸다. 인간의 무례를 탓하지는 않았다,

소희는 애견센터에 나와 그물망 셔터를 들어 올렸다. 아침마다 해야 하는 일상이 가끔은 지겹다고 느껴질 때도 있었다. 스테인리스 셔터는 가벼워서 말려지는 소리가 가볍고 경쾌했다. 그 소리에 방금 느꼈던 감정마저도 매몰되어지고 지겨움도 사라진다. 안으로 들어서다 소희는 깜짝 놀랐다. 힐링장 울타리 팬스 아래 애견 한 마리가 뻗어 있는 게 아닌가, 아직까지 한 번도 없었던 일이 일어났다. 보고도 믿기 어려운 상황이었다. 가까이 다가가 보니 '장모치와와'였다. 소희는 등골이 오싹했다. 청설모처럼 체구가 워낙 작아 가냘프고, 눈이 흑진주 알처럼 까맣고 무척 귀여워서 여성 독신자들이 선호하

는 좋이었는데…, 앞발과 뒷발을 가지런히 앞으로 모으고 굳어있는 모습이 마치 살려 달라고 애원이라도 하는 듯했다. 소희는 코끝이 찡했다. 사체가 이미 굳어있는 걸로 봐서 죽은 지 꽤 시간이 지난 것 같았다. 왜 죽었을까, 어제 퇴근할 때까지 멀쩡했었는데, 소희는 심장이 빠르게 뛰기 시작했다. 환풍기 창을 쳐다보았다. 환풍기는 잘 돌고 있었고 실내 공기의 질도 크게 나쁘지 않았다. 제습기도 세팅해 놓은 대로 '쾌적'에 맞춰져 있었다. 다른 케이지 안을 살펴보았다. 모두 입만 케이지 그물망에다 대놓고 웅크리고 있었다. 숨을 쉬고 있었지만 무기력했다. 케이지 문을 모두 열어젖혔다. 소희를 보고도 눈만 껌벅거렸다. 간밤에 개들에게 무슨 일이 있었을까?

 조성호에게 전화를 걸었다. 받지 않았다. 이 시간에 깨어있을 인간이 아니긴 했다. 계속 울렸다. 받을 때까지…, 전화벨이 열댓 번 정도 울리는가 싶더니 "뭐야! 센터야, 출근했으면 일이나 할 것이지 웬 전화질이야!" 성호는 볼같이 성을 냈다. 누구든 자기의 아침잠을 방해하는 자는 용서할 수 없다던 성호였다. 그는 잠에 취해있었다. "저 센터장님 아침에 출근해 보니 개가 죽어 있습니다. '장모'입니다." 나머지 말은 잘랐다. "뭐라고!" 그제야 성호는 눈을 번쩍 뜨는 것 같았다. "에잇, 이 머저리 같은 것, 뭐 잘못 먹였지! 그게 얼마짜린데!" 단번에 소희의 잘못으로 단정지어 버렸다. 그리고 제 할 말만 하고 전화를 끊어 버렸다. 소희는 전화기를 덮어 탁자 위에 올려놓고 다시 개들을 살펴보았다. 어느 종 할 것 없이 기진맥진해 눈만 문밖으로 내놓고 끔뻑거릴 뿐 케이지에 그대로 웅크리고 있었다. 스트레스를 받은 게 분명해 보였다. 정확한 거는 수의사인 조성호가 와봐야 판명 날 일이었지만.

저녁에 사료 옆에 놓아준 간식도 입도 대지 않은 채 그대로 꾸들꾸들 말라 있었다. 매직 펜스에 걸어 둔 물병의 물도 줄어들지 않았다. 무슨 집단 괴질에 감염된 걸까, 그렇다면 소희로서는 최악의 상황을 맞게 될 터였다. 소희는 이마에서 식은땀이 흘렀다. 그러다 문득 어제 낮부터, 개들이 자지러질 듯 눈에 푸른 광채를 띠며 짖어댔던 게 떠올랐다. 그날은 길 건너 추어탕 전문 자리에 만복보신탕 식당이 개업하는 날이었다.

소희는 일단 배설물을 카메라로 찍었다. 카메라에 담은 영상을 모니터에 올려 확대시켜 관찰해봐야 하니까 조성호가 오기 전에 자신이 할 일부터 챙겼다.

조성호가 도착했다. 문을 밀고 들어서자 냉기류가 함께 '쌩' 일었다. 급하게 뛰어온 모양이었다. 선잠을 깼는지 눈알이 충혈돼 있었고. 뒤통수의 머리카락은 뒤엉켜 새둥지 같았다. 개들을 한 마리씩 안고 꼼꼼히 살폈다. 그의 끔찍한 개 사랑은 어느 사람에게도 보인 적이 없었다. 눈곱, 입안, 피부 상태, 열, 그러다가 성호가 고개를 갸웃거렸다. 별다른 이상을 발견할 수 없다는 몸짓이었다. 이번에는 CT영상실로 들어갔다. 그는 허둥대고 있었다. 아까와 다르게 자신감이 많이 떨어져 보였다. 영상실 모니터에는 배설물이 올려져 있었다. 소희가 해 놓았던 것이다. 성호는 자리에 앉자 빨려 들어갈 듯 모니터를 응시했다. 충혈된 눈알이 튀어나올 것 같았다. 박테리아 바이러스 검사에서도 별다른 징후는 발견되지 않았다. 그는 난감한 모양이었다. 점점 당황한 빛이 역력해지기 시작했다. 수의사로서 그의 실력을 시험당하고 있다고 생각한 듯했다 그는 영상실을 나와 소파에 털썩 엉덩이를 던지듯 주저앉았다. "야! 커피나 한잔 타라." 성호는 짜증의 화살을 소희에게로 날렸다. 소희 앞에서 자신의 실력이 차츰 한계를 드러내자 자존심이 구겨진 모양이었다. 소희가 자신을 실력 있는 수의사라고 여기고 있을 거라는 검증 안 된 그 믿음이 흔들리고 있었다.

　소희는 포트에 물을 부어 스위치를 올려놓고 곰곰이 생각에 잠겼다. 개들이 스트레스를 받을 때라면, 생명에 위협을 느꼈을 때만큼 강렬할 때가 있을까, 동물의 두 가지 본능에 착안했다. 그러자 소희의 머리를 번개같이 스치는 생각…, 며칠 전 분만한 '포메라니안'은 새끼를 품에 안은 채 평화롭게 잠들어 있던 것이 떠올랐다. '포메라니안'은 모성 본능에 빠져 스트레스를 느끼지 못했을 수도 있다. 사료도 주는 대로 싹싹 먹어 치웠다. 그렇다면 다른 개들은, '포메라니안'이 모르는 생명의 위협을 심하게 받았다는 것이다.

물이 끓고 있었다. 커피포트 귀에서 하얀 증기가 힘차게 뿜어 나왔다. 소희는 커피를 타서 들고 성호 앞으로 갔다. "센터장님, '포메라니안'만 정상 컨디션을 유지하고 있는데 그게 무슨 이유일 것 같습니까." 소희가 잔을 내려놓으면서 말을 걸었다. 순간 성호의 인상이 확 일그러졌다. "그게 왜! 말도 안 되는 추측을 해서 내 판단을 흐리게 할래?" 성호는 소희의 끼어듦을 극도로 경계하고 있었다. 소희가 자신을 앞질러 정확한 진단을 할까 봐 입을 봉쇄하고 싶은 것 같았다. 성호는 커피를 마시면서 부검을 준비하라고 지시했다. 소희의 의견 따윈 귓등에서 삭제시켰다. "네에~. 벌써 준비해놨습니다." 소희는 말을 더듬거렸다. 성호는 말없이 수술 가운부터 걸쳤다. 그리고 살색 스킨 장갑을 끼고 수술실로 들어갔다. 소희도 뒤따랐다. 한 과정 한 과정이 지나갈 때마다 소희는 피가 마르는 기분이었다. 수술 기구를 들고 있는 손이 떨렸다.

소희는 장모치와와의 주검을 수술대 위에 올려놓고 네 발은 벌려 고정해 놓은 상태였다. 치와와의 사체는 사지를 벌리고 뼈만 앙상하게 드러내고 있었다. "왜 이렇게 말랐지." 성호는 말을 하면서 눈으로는 턱 벌어지고 탐스러운 소희의 가슴 부위를 훑었다. 불온한 눈빛 같았다.

　수술실에는 숨죽이는 긴장감이 흘렀다. 소희는 숨쉬기조차 부담스러웠다. 치와와의 사체는 발기발기 찢겨져 처참한 모습을 드러냈다. "이게 비장이고 이게 췌장, 이거는 쓸개." 빨갛게 핏물에 젖어있는 내장들을 핀셋으로 이리저리 뒤적거리며 성호는 소희에게 설명했다. 그것은 자신만이 알고 있는 영역이었다. 개의 내장에서 종양이나 암세포 하나 발견되지 않았다. 결국 부검도 성과 없이 끝났다. 원인을 알 수 없게 되자 더 불안하고 공포스러웠다. 소희는 수술실에서 뒷정리를 하고 있었다. 성호는 가운을 벗고 세면대 앞으로 가 스킨 장갑을 벗으려는 순간, 홀에서 또 개들의 발작이 시작됐다. 소희는 수술실에서, 성호는 세면대 앞에서 급히 홀로 뛰쳐나왔다. 개들은 길 건너를 향해 맹렬히 짖고 있었다. "껭! 껭! 껭껭! 겅!" 가히 개들의 반란이고 폭동이었다. 푸들은 짖다가 쓰러졌다. 개들의 푸른 광채를 띤 두 눈은 일제히 길 건너를 향해 있었다. "사람 눈에 보이지 않은 귀신도 개 눈에는 보인단다." 소희는 할머니에게 들었던 말이 떠올랐다. 이 대낮에 귀신이라도 보이는 걸까? 소희는 그 원인을 알아내지 못하자 주술적인 생각까지 들었다. 그렇지만 자신의 그런 생각을 성호에게는 개진할 수는 없었다. 놀라서 뛰쳐나온 성호도, 소희도 개의 눈길을 따라 길 건너를 바라보았다.

남원 추어탕 간판이 있던 자리에 '만복보신탕' 간판이 커다 랗게 붙어있었다. 가게 앞에는 개업식 때 들어왔음직한 화분들이 빨간 축하 리본 띠를 두른 채 줄지어 늘어서 있었다. 이쑤시개를 입에 물고 나오다 '훅' 바닥에 내뱉는 사람, 냅킨 뭉치로 얼굴을 닦거나 '으윽 으윽.' 트림을 하는 사람, '흐흥~.' 냅킨 뭉치를 코에 대고 푸는 사람 등, 하나 같이 비대한 몸집에 비지땀을 닦으며 보신탕집에서 나오고 있었다. 몸보신이 필요할 것 같은 사람은 눈에 띄지 않았다. 그들의 입술은 혀로 여러 번 핥아 번들거렸고, 선명한 담홍색이었다. 이 근처 사무실에서 나온 것 같은 중년의 남자들이었지만. 그 틈에 끼인 몇몇 여자들도 눈에 띄었다. 사무실 여자들 같았다. 그들은 강렬한 햇빛을 거부하듯 손으로 차양을 만들어 얼굴을 가리고 남자들의 뒤를 따르고 있었다. 바람이 이쪽으로 불어올 때마다 개탕 냄새가 실려 왔다. 소희는 너무 놀라 입을 다물지 못했다. 그 옆의 조성호도 질려 얼굴이 사색이 되어있었다. "이 새끼들 이거 고발을 해 버려야지!" 성호의 뛰어 들어가는 발소리가 쿵쿵 홀을 울렸다. 소희는 순간 빨리 '개고기식용금지법이 통과가 돼야 할 텐데.' 말했고 성호가 전화기를 거칠게 집어 드는 소리가 들렸다.

잠시 후 독수리 몸체같이 새까맣고 커다란 사진기를 든 기자들과 경찰들이 '또와또와' 센터 앞에 구름처럼 몰려들었다. 개들의 이상행동을 직접 눈으로 확인하겠다며 기자들은 진지를 만들고 잠복근무에 들어갔다. 맞은편 '만복 보신탕' 집은 여전히 사람들의 발길이 이어졌다. 애견들도 조금씩 지쳐 갔다. 기진맥진 쓰러지기 시작했다. 사료를 외면하고 탈진 상태가 되었다. 당황한 조성호는 개들 모두에게 링거액을 주사해 주었다. 기자들은 만복 보신탕과 '또와또와' 센터를 번갈아 찍어 댔다. 어떤 카메라 기자는 애견센터에 렌즈를 맞춰 놓고 담배를 피우고 커피를 마시고 식사를 하러 가기도 했다. 매우 흥미로운 현상이라며 의학 사이언스 저널지에 게재될 만한 기사거리라고 했다. 개들의 반응을 꼭 포착하겠다면서 기자들이 센터 앞에서 하루 내내 진을 쳤다. 가게 앞에는 어느 새 종이 컵과 담배꽁초들이 널브러져 바람에 나부꼈다. 영양주사를 맞은 개들은 다시 짖기 시작했다. 개들의 입에서는 비누 거품 같은 침이 흘러나왔다. 사력을 다해 짖어 대는 개들의 하울링에 지나가던 사람들은 의아한 표정이거나 신기하다는 듯 걸음을 멈추어 섰다. 센터 앞은 구경꾼까지 가세해 장터로 변했고 차들은 장사진을 이루다 '빵빵' 소리를 내며 사람들 사이를 곡예 하듯 빠져나갔다. 기자들의 카메라 플래시가 야광탄이 터지듯 여기저기서 번득거렸다.

"보신탕집 앞 애견센터 애견들이 집단스트레스증후군에 시달리다"라는 제목으로 다음 날 신문에 기사가 나왔다. 왕년의 할리우드 스타였다가, 지금은 동물 애호가로 활동하는 "브릿지드 바르도가 한국은 개고기를 먹는 미개한 나라, 한국에 가면 개탕 잘하는 맛집을 알고 있다."며 조롱하는 글도 덧붙였다.

만복보신탕 주인은 신문을 들고 인상을 쓰며 애견센터로 헐레벌떡 달려왔다. 그는 올 때부터 매우 흥분한 상태였고 기세등등했다. 자기들도 "영업허가를 내고 하는 장산데, 뭐 이따위 고발이 가당키나 하냐?"며 복날에 맞춰 개업했는데, 자기네는 "주로 고객의 입맛에 맞춰 맛 좋은 토종개 황구를 쓴다."고 고래고래 소리를 질렀다. 그리고 "이미 확보해 놓은 물량이 얼만데…, 장사 완전 결단나겠다."며 "갈 데까지 가 보자."며. "맞고발을 하겠다."고 으름장을 놓고 눈알을 희번덕거렸다. 기진맥진 드러누워 있던 개들은 남자를 보자 다시 일어나 더 사납게 짖어댔다. 야윈 체구에 쉰 듯한 하울링은 생존을 위한 처절한 몸부림 같았다. 남자는 짖고 있는 개들을 험악한 눈길로 노려보았다. 이마 위에 가로로 그어진 세 가닥의 주름이 더 깊게 접혔다. 불독의 이마를 떠올리게 했다. 키가 작은데다 배가 볼록 튀어나왔다.

소희는 그 남자의 물량 확보를 해놨다던 말이 자꾸만 귀에서 떠나질 않았다. 보신탕집에서 확보해 놓은 물량이란 결국 개인데….

"센터장님 요즈음도 보신탕용으로 사육되는 개가 있을까요?" 소희가 고개를 돌려 성호 쪽을 돌아보았다. 성호는 보신탕집 주인과 한바탕 맞고함을 지르고 숨을 헐떡거리면서 소파에 앉아 있었다. 남자가 '그저 엄포를 놓느라.'하는 말일 거라는 생각에, 사실 소희는 그렇게 생각하고 싶었다. 성호는 고개를 들어 소희를 한참 째려보더니 "많지, 외딴곳에서 은밀히 사육되고 있어, 대부분 살이 '뒤룩뒤룩' 쪄서 보신탕 애호가들의 식감을 자극하지. 너처럼 말이야." 성호의 눈알이 튀어나올 듯 힘이 들어가 있었다. "엑! 뭐라고요" 성호는 여전히 소희의 아킬레스건을 공격했다. 한편이 되어 개들의 처절한 절규에 대응하고 성토해도 모자랄 판에, 그의 말은 왜? 소희를 향해 날이 서 있는지, 소희가 뚱뚱한 것이 왜 그리도 못마땅한지, 성호의 말에서는 비정함마저 흘렀다. '뒤룩뒤룩' 소희의 심장에다 칼끝으로 새기는 말이었다. 성호는 소파에서 천천히 몸을 일으키면서 "미니어처처럼 작고 깜찍하면 사랑받는 애견이 되고, 살이 덕지덕지 붙어 있으면 보신탕 감이지," 재차 확인 사살까지 했다. 그리고는 아무렇지도 않은 듯 센터장실로 들어갔다.

소희는 머릿속이 하얘졌다. 살찐 개와 살찐 자신을 동일 시 여기는 성호의 의식이 제어장치가 풀린 협궤열차 같았다. 이

건 인신공격을 넘어 언어폭력이고 인격 살인이었다. 가슴이 쿵쾅거렸다. 저 오만하고, 안하무인이고, 못된 인간…. 저 정도면 성호는 심리장애나르시시스트임에 틀림 없다. 사이코패스보다도 더 경계해야 할 나르시시스트. 소희도 더는 견딜 수 없었다. 공감 능력 결여, 배려심 없음, 사람을 괴롭히는 전략만 나날이 늘어가는 것 같다.

소희는 센터장실 문을 거칠게 밀쳤다. 성호가 화들짝 놀라며 소희를 쳐다보았다. 그는 담배를 빨고 있었다. "센터장님 방금 한 말 나 문제 삼을 거예요. 그냥 넘어가지 않을 거라구요. 법적 대응도 불사하겠습니다." 소희도 마지막 카드를 꺼내 들었다. 눈에는 자신도 느끼지 못하는 물기가 고이고 있었. "이하, 농담이야, 애가 심각하네. 그러니까 살을 빼! 빼면 되잖아." 성호는 '별거 아닌 거 가지고 민감하게 군다.'며 너스레를 떨었다. 이런 상황을 심각하게 느끼지 못하는 성호의 감성지수는 얼마일까? 너무 낯선 모습이었다. 설익은 인성은 뒤집힌 배처럼 바닥을 보이고 누워있었다. 소희는 문을 닫고 센터장실을 나왔다.

소희는 가슴이 답답해 숨쉬기마저 힘들었다. 심장박동 소리가 귀에까지 들릴 듯 쿵쿵거렸다. 머리도 지끈거렸다. 소개해 준 김 강사님을 생각해서 지금까지 버텼는데, 소희의 인내심도 이제 한계점에 다다랐다. 쉬고 싶었다.

소희는 음식을 먹을 수가 없었다. 조성호가 내뱉어 놓은 '뒤룩뒤룩'만 머릿속을 어지럽히며 떠다녔다. 음식을 보면 후각이 먼저 반응하며 토악질이 올라왔다. 틀림없는 거식증이었다.

소희가 조성호와 함께 일하게 된 데는 김 강사의 간곡한 권유가 있었다. 졸업도 하기 전, 김 강사가 추천해 주었다. 김 강사는 특히 소희의 가정환경에 주목하고 있는 터였다. 부모 없이 조부모와 함께 살면서 편견에 주눅 들지 않고 묵묵히 해야 할 일은 찾아서 할 정도로 부지런한데다 성격이나 교우관계까지 원만했다. 그런 점을 높이 평가해, 늘 게으르고 까칠하기로 악명 높았던 조성호에게 추천해 주었다. 사실 소희가 이곳에 오기 전까지 이 '또와또와' 센터를 거처간 간호사는 부지기수였고. 길어도 3개월을 버티지 못했다. 간호사를 구하지 못해 조성호 홀로 진료하는 날도 많았고 소희가 올 무렵에도 그런 상황이었다. 절친 관계인 조성호의 처지가 딱해, 소희라면 참을성 있게 잘 해낼 거라고 김 강사는 판단한 모양이었다.

소희는 개들을 살피고 아직도 축 늘어져 있는 녀석들에게 유기농 사료를 놓아주었다. 마지막 순간까지 최선을 다하리라. 그러나 개들은 소희의 정성에도 불구하고 아직 안정을 찾지 못한 듯했다. 사료를 먹자마자 토해냈다. 눈에는 눈곱이 끼고

털 안의 피부에는 발갛게 반점이 나타났다. 스트레스성 소화 불량이었다. 사실 자신의 컨디션도 개들의 증상과 별반 다르지 않았다. 식욕이 실종되고 눈앞이 어질어질했다. 헛것이 나타났다. 사라지기를 반복하고 그날부터 물만 마신 탓인지. 빈 뱃속에서 '꼬르륵 꼬르륵' 물 흐르는 소리만 들렸다. 물 사태라도 일어나고 있는 것일까, 손에서는 힘이 빠져 바들바들 떨렸다. 소희도 개들도 모두 제초제 맞은 들풀처럼 시들거렸다.

 오전 이른 시간인데 검은색 에쿠스 한 대가 센터 앞에 나타났다. 차가 멈추더니 안에서 여자가 나왔다. 어미 개 '포메라니안'과 그의 새끼들을 퇴원시키러 왔다. 새끼들은 제법 자라 저희들끼리 비비고 장난치는 모습이 앙증스럽다. 어미 역시 새끼들을 수면실 안에 놔둔 채 힐링장 안을 마구 뛰어 다녔다. 그 작은 배 양쪽으로 더블 단추처럼 젖꼭지 여섯 개가 도드라진 채 출렁거려 새끼를 낳고 먹여 키운 흔적은 숨길 수 없었지만, 건강은 출산 이전 상태로 회복된 듯했다.

 소희는 어미 개는 케이지에 넣었고, 새끼들은 한 마리씩 정성껏 작은 그물 공 같은 케이스에 넣어 주었다. 서로 부딪치지 않게 하려는 세심한 조치였다. 여자는 결코 적지 않은 입원비를 결제하고 고맙다는 인사를 남긴 뒤, 차를 움직여 센터를 떠났다. 소희는 여기 개들과도 헤어져야 한다고 생각하니 마음이 '싸~'했다. 남은 개들을 하나하나 눈에 담듯 둘러보았

다. 얼마간은 이 개들이 눈앞에서 아른거릴 거야,

성호가 출근하자 소희는 가방에서 사직서를 꺼내 성호 앞에 내밀었다. "이게 뭐야?" 성호는 눈이 커지며 물었다. "사직서입니다. 저, 그만두겠습니다." 조성호는 어리둥절한 표정으로 가장하고 있었지만 당황한 듯했다. "얘가 충동적이네, 박 간호사! 꼭 이래야 되겠어?" "저 오래전부터 생각하고 있었습니다. 할머니도 돌봐드려야 하고요." 소희는 단호하면서도 냉철했다. 조성호는 말없이 담배를 한 개비를 피워 물었다. 깊게 한 모금 빨다 무슨 생각이 들었는지 담배필터를 앞니로 질겅질겅 씹어댔다. 일이 맘대로 되지 않을 때의 조성호의 버릇이었다. "훅! 그래 가!" 악을 쓰듯 버럭 소리를 질렀다. 그것은 위협을 하거나 기를 누를 때 쓰는 조성호만의 심리적 전략이라는 걸 이미 알아버린 뒤라 소희는 상관하지 않았다.

"삐리리~. 삐리리~" 성호의 휴대전화가 끼어들었다. 낯선 번호인지 성호가 잠시 머뭇거리다 "네에, 조성홉니다!"라며 전화를 받았다. 성호의 목소리가 불안정했다. "여기 구청인데요. 애견센터와 보신탕은 같은 구역에 있을 수 없다는 것이 증명됐고, 어느 한쪽이 다른 곳으로 이전해야 하는데, 보신탕집에서는 거액의 권리금을 포기할 수 없다고 완강하게 버티고." 구청직원의 말이었다. 조성호로서는 엎친 데 덮친 꼴이 되었다. "뭐라고요! 그럼 날더러 떠나라는 겁니까? 전 절대 못 떠

납니다. 애견숍이 보신탕집에 밀리다니요? 지금은 애견시대입니다. 개새끼들!" "아아, 흥분하지 마시고요. 그건 당사자들끼리 합의를 볼 일 이긴 한데. 피해를 보는 쪽이 그쪽이라 그럼 피해를 감수하면서…." 말끝을 흐렸지만 은근한 압력 같은 게 느껴졌다. "저 개 같은 개탕 집하고는 더 이상 상종하고 싶지 않단 말이에요!" "아~, 무슨 말씀을 그렇게 험하게…." "내가 지금까지 받은 피해가 얼만데!" "그러면 피해보상 청구를 변호인을 통해 하세요!" 구청직원도 물러서지 않았다. 성호와 같은 톤으로 맞받아쳤다. 이어서 철커덕 전화기 내려놓는 소리가 저쪽에서 들려왔다. "에이 씨발!" 성호는 입을 앙다물고 양미간에 주름을 잡았다. 성깔을 참지 못해 입술은 파르르 떨리고 얼굴색은 붉으락푸르락했다. 다시 고개를 돌려 소희를 바라보며. "소희야 나 좀 도와 줘." 그는 애원 모드로 매달리기 시작했다. "월급이 적으면 더 올려 줄 수 있어. 응." 센터가 존폐의 기로에 서게 되자 그는 점점 다급해지고 있었다. 지푸라기라도 붙잡아야 하는 절박한 상황으로 내몰렸다. "여자들이란 하나 같이 믿을 인간들이 못 돼! 이런 순간에 너마저 내 숨통을 끊어놓겠다 이거지." 조성호는 독백처럼 내뱉으며 자리에서 일어섰다.

　소희는 어떠한 회유에도 무너질 수 없었다. 잽싸게 밖으로 나왔다. "소희야! 소희야!" 성호가 따라 나오며 부르는 목소리가 뒷덜미를 낚아채듯 꽂혔다. 초여름의 햇살이 여전히 열기를 토해 내고 있었다. 소희는 곧바로 용산역으로 향했다. 사랑의 요양원이 있는 가평 행 막차 시간이 임박해 있었다.

공가(孔家)네

공가(孔家)네

    기찬은 전철 4호선 사당역 3번 출구를 빠져나오고 있었다. 에스컬레이터를 타고 올라오는데 출구가 좁아 몹시 혼잡했다. 지상으로 막 올라오자 먼지를 품은 바람이 훅 이마를 훑는다. 기찬은 버스를 타기위해 정류장 쪽으로 급히 걸어갔다. 오늘은 유달리 발걸음이 가볍다. 마충식과는 전철 안에서 헤어졌다. 그는 기찬보다 대여섯 정거장을 더 가야 한다고 했다. "충식 씨, 나는 여기서 내리오." 기찬이 충식의 어깨를 툭 치며 말했다. 충식은 그때까지도 경마장 분위기에서 벗어나지 못하고 있었던 듯 움찔 놀라며 "응, 알았어."하고 여느 때처럼 응수지만, 얼굴에 드리운 패배의 우울은 그대로 남아있었다.

기찬은 초록버스 5530을 기다리며 정류장에 서 있었다. 버스가 도착했다가 떠날 때마다 앞문으로 빨려들고 뒷문으로는 쏟아져 나오며 정류장이 북새통을 이루었다.

저만치에서 늙은 거북처럼 느리고 안전하게 502 파랑버스가 모습을 드러내자, 기다리고 있던 사람들이 경계석 쪽으로 몰리고. 그사이 차선을 넘어 끼어든 초록버스 5530이 앞을 막아서고 502는 다시 뒤로 모습을 감추었다.

결국 5530이 먼저 도착해 차문을 열어주었다. 사람들은 서로를 밀쳐내고 차에 올랐다. 기찬도 빨려들 듯 차 안으로 들어섰다. 차 안은 발 디딜 틈도 없이 들어차, 서 있기에도 숨이 찼다. 다른 사람에 비해 키가 머리통 하나만큼 작은 기찬은 앞사람의 등에 코를 박고 서 있었다. 스멀거리며 올라오는 임자 없는 체취에 속이 울렁거렸다. 기찬의 키는 중2때부터 성장을 멈추더니 지금의 키가 되었다. 그 후부터의 시간은 주로 피하지방에 축적되었다. 특히 제자리에서 키를 떠받쳐야 할 엉덩이가 뒤로 돌출되면서 학창시절 그는 '오리궁뎅이'라는 놀림에 퍽도 시달렸다. 그런 유전자는 아버지로부터 물려받은 게 분명했다. 기찬은 맨 뒤로 가서 서 있기로 했다.

뒤창으로 파랑버스 502가 보였다. 기찬은 반사적으로 몸을 틀어 앞쪽을 응시했다. 비스듬히 기운 늦가을 햇살 사이로 운전석에 앉은 기사가 얼핏 스쳐 보였다. 회갈색의 머리에 볼록

하게 늘어진 볼, 겹겹의 쌍꺼풀, 송송 난 땀구멍이 도드라져 보이는 딸기코, 분명 아버지 공대봉이었다.

의식은 아직도 경마장 분위기에 사로잡혀 있었다. 기찬은 점퍼 안주머니를 손으로 만지작거렸다. 지폐의 부스럭거리는 소리가 기분 좋게 들렸다. 어림계산으로도 7~8십만 원은 족히 될 거다. 이곳에 발 들여놓은 이후 가장 큰 승리다. 경마장은 모든 게 현금거래다. 입장권부터 마권 구입, 거기에 배당금까지 바로 현금으로 돌려준다. 오만 원권 붉은 지폐 한 묶음을 건네받을 때. 손끝에서 느껴지던 그 짜릿한 손맛에 명중시켰다는 성취감은 대뇌에 깊이 새겨져 오래도록 기억될 것만 같았다. 두 번째 경기 때 토네이도와 기수 백승선이 기승한 팀에서 잃지만 않았더라면. 토네이도에게 배팅한 건 순전히 마충식 때문이었다. 그 자식 그 비루먹은 늙은 수말 토네이도에게 자신까지 끌어들여 헛물을 켜게 하다니…. 아까 충식의 멍청하게 우울했던 얼굴이 뇌리에 스쳤다. 뭐, 토네이도가 로시난테를 닮았다고…. 멍청한 자식! 토네이도가 로시난테를 닮은 게 아니라 마충식, 제 놈이 돈키호테를 닮은 게지…. 기찬은 마충식 때문에 토네이도에 배팅해 돈을 잃은 게 몹시 억울한 듯 중얼거리다, 주위를 돌아본다.

마충식은 '폭풍질주'와 '토네이도'에게 복연승식으로 배팅했다가 모조리 꽝 처리되었다. 폭풍 질주는 승률이 꽤 높은 놈인데 오늘 성적은 매우 저조했다. 기수와의 호흡이 맞지 않은 탓일 수도 있었을 것이다. 기수가 애송인 데다 이제 갓 경마장에 이름을 올린 신출내기였으니까.

 현관문을 열고 들어서자 집안 곳곳에 웅크리고 있던 어둠과 침묵이 흑곰처럼 고개를 쳐들고 기찬을 맞는다. 기찬은 현관 신발장 위 벽에 딱정벌레처럼 붙어있는 스위치를 찾아 눌렀다. 주위가 밝아지면서 작은 거실이 눈앞에 드러났다. 인스턴트 식품 봉지들이 제자리를 떠나 아무렇게나 나뒹굴고 미처 비우지 못한 휴지통은 넘쳐 주위에까지 널브러져 있었다.

 기찬은 아버지 방의 문을 열었다. 어둠 속에서 방안을 채우고 있던 찌든 담배 냄새와 퀴퀴한 살피듬 냄새가 기찬의 콧속으로 '훅' 몰려들었다. 불을 켰다. 어둠이 사라지자 시간을 고스란히 간직한 아버지의 세간들이 흐릿한 빛 속에서 궁핍해 보였다. 이 집으로 이사 올 때 문틀에 받쳐 한쪽 귀퉁이가 뜯겨져 나간 티크 장롱은, 속살을 드러낸 채 그 자리에 있었고. 같은 무늬의 문갑 등, 이제는 버려도 될 만큼 낡은, 실은 아버지의 세간이라기보다 어머니의 유품이라고 말하는 게 맞을 것이다. 그중에서 티크 장은 지금은 틈새마다 먼지로 덮여 있지만, 어머니의 손길이 가장 많이 닿은 세간이었다. 방 한구석엔 대봉의 낡은 근무복으로 겹겹이 덮인 옷걸이가 시든 칡덤불처럼 서 있었다.

기찬은 우선 주머니 속 돈부터 확인해 보았다. 빳빳한 오만 원 지폐의 감촉이 손끝에 닿자 히죽 입에서 웃음이 샌다. 암말 몽골초원과 기수 조미령이 기승한 팀에 배팅한 결과다. 몽골초원은 풍성한 갈기와 말총을 가진 아홉 살짜리 흑마다. 새까만 벨벳 같은 털에서는 윤기가 흐르고 균등에 실패한 기다란 얼굴이긴 해도 순진하게 맑은 흰 수정체에 박힌 흑진주 같은 동공은 신비감을 주었다. 사람으로 치면 중년이지만 아직도 기량이나 스테미너에서는 여느 말보다 뒤지지 않았다. 특히 청각의 기능이 발달돼 있어 출발신호에 가장 먼저 반응하며 힘차게 뒷발길로 땅을 밀쳐내고 먼지구름을 일으키며 달려나가는 폼이 단연 압권이었다. 많은 사람들이 그녀에게로 몰리는 데는 그럴만한 이유가 있는 것이었다.

마충식은 특히 토네이도에게 편집적으로 매달렸다. 그놈은 17년생으로 수말인데, 열일곱 살이면 경주마로서는 물간 퇴물에 속했다. 그 늙은 말은 광대등걸처럼 병약해 보이긴 했지만 나름대로 연륜이 쌓인 만큼 노련하기는 했다. 일단 질주가 시작되면 닳고 빠져서 빈약해진 갈기를 나부끼며 흰 거품 같은 침을 입에 물고 사력을 다하는 모습에서 새디즘적인 연민을 느끼게 하기에 충분했다. 충식은 그놈을 소설 속 주인공 '돈키호테'가 타고 나타난 '로시난테'를 닮았다며 아직 배팅할 만하다고 나름의 집착하는 이유를 들어 기찬에게도 자주 권했다. 가끔은 그놈도 노익장을 발휘해서 배팅을 건 사람들에게 뜻밖의 행운을 안겨 주기도 했다. 당연히 승률이 낮은 만큼 우승하면 배당금이 컸다. 그것이 요행을 꿈꾸는 치들이 미련을 버리지 못하는 일종의 마력이었다.

 기찬은 돈을 확인하고 나니, 돈은 어림셈대로 75만 원이었다. 여기저기 잡동사니가 널려있는 방바닥 위로 벌러덩 눕는다. 하루의 피로가 젖은 솜처럼 몰려든다. 눈을 감는다. 감은 눈꺼풀 위로 말들이 질주한다. 중계 아나운서의 침 튀기며 쏟아내는 해설, 관중석에서 함성이 터진다.

 기찬의 의식은 아직 경마장에 있다.

 열기도 없이 희끄무레해진 아침햇살이 싱크대 위에 걸쳐있다. 대봉은 화장실에서 나와 문갑 거울에 자신의 얼굴을 비춰본다. 검버섯이 요즘 얼굴을 점령해가는 것 같다. 쭈뼛쭈뼛 돋아나는 흰 새치도 신경 쓰인다. 대봉은 운전대를 놓고 나와야하는 시간이 오고 있음을 떠올린다.

 굳은 얼굴로 주방으로 들어가 식탁 위에 수저 두 개와 젓가락 두 짝을 가지런히 놓는다. 조금 늦은 아침이다. 대봉의 비번 날이다. 거실의 공기는 썰렁했다. 맑은 콧물이 이슬방울처럼 대봉의 코끝에 매달려있다. 손등으로 쓰윽 문지르자. 한쪽으로 들러붙었다.

　냉장고 문을 연다. 주황색 조명 아래 드러난 냉장고 안이 단출했다. 위 칸에는 상처투성이 양은냄비, 아래 칸에는 검정 비닐봉지들이 안에서 흘러나오는 냉기에 파르르 떨면서 앉아 있다. 대봉은 냄비를 꺼내 뚜껑을 열어 본다. 불그죽죽하게 졸여진 무 조각 사이로 고등어 토막 몇 개가 숨어 있다. 며칠 전 퇴근하면서 재래시장에서 사다 먹고 남은 것을 아까워서 냉장고에 넣어둔 것이다. 다시 뚜껑을 덮고 가스레인지 위에 조심스럽게 올리고 버튼을 누른다. 냄비 밑바닥으로 빨간 불줄기가 힘차게 퍼지면서 솟아오른다.

　대봉은 냉장고 문을 다시 열고 찬그릇을 상 위에 올려놓고 배추김치 한 쪼가리를 굼뜨게 꺼내 도마 위에 늘어놓고 칼로 썰기 시작한다. 칼날이 무딘지 힘껏 손목에 힘을 주어 문지른다. 빨간 김칫국물이 도마를 넘어 조리대 바닥으로 흘러넘친다. 그 사이 가스레인지 위의 냄비에서 검은 연기가 힘차게 뿜어 나온다. 대봉이 '움찔' 놀라 코를 큼큼거린다. 고등어가 타면서 내뿜는 검은 연기에 목이 따갑다. 냄비 뚜껑을 열자 검은 수증기가 천장에까지 들러붙는다. "아이쿠 이거 못 먹겠네. 그사이 이렇게 타 버리나, 불이 너무 쎘나." 대봉이 아까운 듯 툴툴거린다. "야, 어서 일어나 밥 먹자." 대봉은 기찬의 방을 향해 큰소리친다. 조금 화가 나 있는 목소리다. 기찬이

가 나와서 같이 아침 준비를 했더라면 타지 않을 고등어찌개, 이제는 어쩔 수 없이 버려야 한다. "아, 예~. 알았어~." 대답하는 기찬의 목소리가 게으르다. "어서 나와 밥 먹어." 대봉이 재차 채근해놓고 돌아와 식탁에 앉는다.

재작년 어머니가 세상을 떠난 뒤로 집은 더 적막해졌다. 쌍둥이 아이를 유모차에 태우고 뻔질나게 드나들던 수영도 어머니가 돌아가신 뒤로는 거의 친정집에 오지 않는다.
"오늘은 뭐 할 겨?" 대봉이 부스스한 몰골로 밥상머리에 앉는 기찬을 쳐다보며 묻는다. 억지로 성을 삭히는 대봉의 표정은 건조했다. 수컷 가시고기의 부정도 감상주의적인 연민도 이제는 찾아볼 수가 없었다. "도서관 갈 거예요." 기찬이 고개를 숙인 채 말만 아버지에게 보낸다. "만날 도서관은? 무슨 목적이 있어야재." 그리고는 침묵이 흐른다. 간간이 숟가락 부딪치는 소리와 우적우적 입질 소리만 침묵 속에서 불안하게 들릴 뿐. 그들에게 더 이상 대화는 없었다. 아버지의 훈계 앞에서 기찬은 여전히 반항적인 아들이었다.

기찬은 집을 나섰다. 아버지의 비번 날은 그는 도서관으로 갔다. 대봉이 쉬는 날은 거의 집에서 하루를 보내기 때문이다. 가끔 버스회사 동료들의 경조사가 요행스럽게 겹치면 잠간 외출했다 돌아오는 정도였다. 간혹 기찬보다 나이가 적은 아들을 결혼시킨다는 동료기사의 청첩장을 받을 때면 대봉은 마음이 편치 않았다.

  기찬은 도서관을 가도 딱히 할 공부는 없었다. 가끔 경마경기에 배팅하는 방법이나 우승 가능성이 큰 경주마에 대해 쓴 전문잡지 같은 것을 찾아 읽기도 하고 재테크에 관련된 책을 읽는 정도지만 아버지와 같이 있는 것보다 훨씬 편했다. 같이 있을 때에도, 멀뚱히 할 말도 없었고 육각의 틀 안에 혼자서만 갇혀 지내는 말벌들처럼 각자 제방에 틀어박혀 있기에도 멋쩍었다. 그럴 때면 기찬은 주로 컴퓨터를 켜놓고 여기저기 사이트들을 돌아다녔다. 필요해서라기보다 시간 죽이기였다. 느닷없이 끼어드는 야동은 덤이었다. 대봉 역시 거실의 TV 앞에 앉아 채널만 이리저리 돌리다 무료해지면 담배를 피우고 소주병을 들고나와 안주 없는 깡 소주를 마신다. 서로의 움직임이나 일으키는 소리에 신경을 곤두세우고 있을 뿐이었다. 그들은 주로 침묵과 무관심이 익숙하고 편했다. 늘 대화를 이끌어내고 밖에 나가 화젯거리를 물어 날랐던 어머니, 이웃의 이야기며 수영이 쌍둥이 아이들의 재롱떠는 이야기 등, 가정의 화목을 담당했던 건 어머니였다. 그런 어머니의 죽음은 집안을 침묵 속에 가라앉혔다. 대봉과 기찬은 일상적인 말 외에 대화는 없었다. 서로 북극곰들만큼이나 과묵해져 갔다.

대봉은 트림을 꺽꺽거리며 욕실로 들어갔다. 그동안 미뤄두었던 새치머리 염색이 생각난 모양이었다. 욕실 사물함을 뒤져 지난번에 쓰고 남겨 두었던 염모제와 산화제를 꺼내 들고 다른 손에는 면도기와 앉은뱅이 거울을 들고 거실로 나왔다. 거울을 창틀에 앉혀놓고 빛의 방향을 따라 이리저리 빛과 거울의 각도를 맞춘다. 면도하고 염색할 때면 어둡고 침침한 욕실보다 햇살이 너울거리는 이 창 앞이 밝아서 좋았다.

  대봉은 거의 매일 면도를 한다. 그렇지 않으면 칙칙한 얼굴 바탕에 희끗희끗 보풀처럼 하얗게 센 수염뿌리가 유난히 도드라져 보였다. 흰 수염 그리고 흰머리는 대봉의 밥줄인 운전대를 빨리 놓게 만드는 적이다. 그렇지 않아도 호적등본 나이와 실제 모습과는 노화 정도가 상이하다며 자신의 나이가 확실하냐고 의심하는 사무실 반장의 눈초리가 여간 신경 쓰이는 중인데,

  대봉은 유독 신경 쓰이게 하는 수염뿌리를 밀어내고 여러 번 말끔히 헹구어 낸다. 이번에는 플라스틱 컵에 염모제와 산화제를 번갈아 가면서 적당히 짜서 잘 치댄다. 그리고는 내장된 가는 빗으로 문질러 발랐다. 숱이 적은 탓에 머릿속 피부까지 새까맣게 물이 들었다. 주름진 얼굴에 까만 머리가 조금 억지스러워 보이기도 했지만 정작 대봉 자신은 만족한 듯했다. 조금이라도 젊어 보이고자 하는 간절함이 담긴 자기 관리

다. 아마 5년 정도의 시간은 되돌려 받은 듯한 기분이었다.

도서관 식당에서 간단하게 점심을 해결한 기찬은 수영에게 전화를 걸었다. 자금이 간당간당해 불안했다. 돈을 좀 얻어내 볼 참이다. 수영이 전화번호를 눌러놓고 한참을 기다렸다. 지금이 분명 점심시간인데, "응, 왜?" 수영은 마지못해 전화를 받으면서 미리부터 시큰둥이다. 기찬의 전화가 달가울 리 없는 수영이다. "수영아, 나야, 곁에 아무도 없지?" "왜~, 여기 교무실이야 잠시만." 수영은 자리를 이동하는 것 같았다. 수영은 초등학교 교사다. 기찬에게는 한 살 적은 연년생 누이동생이다. "나, 돈 좀 해줄래." "또! 오빠 내가 무슨 돈이 있다고 번번이 돈 얘기야, 도대체 왜 이래? 오빠 정신 좀 차려!" 수영의 앙탈 섞인 저항은 예상대로다.

기찬은 별로 개의치 않았다. 가족이 살던 아파트를 판 것도 수영 때문이고, 수영이 자기 아파트를 분양받으면서 엄마를 꼬드겨 제 몫이라며 부모가 살던 아파트를 담보로 대출받아주었다. 결국 그 대출을 갚지 못해 아파트를 팔고 빌라로 내려앉았다. 그때부터 시작된 빌라살이다. 어머니가 그렇게 갑자기 뇌출혈로 쓰러진 것도 수영의 쌍둥이 아이를 키우느라 과로한 탓이라고 여긴 기찬은, 친정집을 빈곤층으로 몰아넣은 건 수영이고 당연히 받아내야 할 보상이라고 생각하는 것 같았다. 두 오누이의 의견 차이는 극명했다. 그런 이유를 붙여

기찬은 이미 여러 차례 수영에게서 돈을 받아냈다. "꼭 좀 해 줘 알았지. 삼백, 삼백만 부탁한다. 너희는 둘이 맞벌이하잖아!" 기찬이 말하는 중에 전화기는 벌써 꺼져버렸다. 개의치 않기로는 수영도 마찬가지였다. 어머니가 아파트를 담보로 대출받아 준 돈은 부모로부터 당연히 챙길 자신의 몫이라고 생각했지, 기찬에게 게워 낼 돈이라고는 수영은 전혀 생각을 하지 않았다. "오빠, 네가 뭔데?" 부모 재산이 제 것이라고 여기는 기찬이 가소로울 뿐이다.

  기찬은 다시 자리로 돌아와 책을 펼쳐 들었다. 단돈 십만 원으로 1억을 벌었다는 주식투자 성공담이 시선을 붙잡았다. 꼼꼼히 읽어 보아도 과정보다는 결말 부분이 더 끌렸다. 자신은 경마로 십억 번 사람으로 성공담을 전할 수 있었으면 좋겠다고 생각하면서 책을 덮었다.

  지난번 자신에게 돈을 안겨준 '몽골초원'이 떠올랐다. 엉덩이의 근육이 울근불근거리고 까만 동공이 박힌 신비스런 두 눈을 희번덕거리며 온 힘을 다하는 모습이 기특함을 넘어 대견스럽기까지 했다. 몽골초원은 악바리라는 별명이 어울리게 경기마다 출전했다. 승부욕도 무척이나 강했다. 그녀에게 배팅하면 어김없이 돈을 땄다. 곰곰이 분석해보면 암말에 베팅

했을 때 돈을 땄다. 그런 징크스는 기찬에게 스스로 여복(女福)이 있다고 믿게 했고 거액의 상속(相續)녀가 나타나기를 기다리는 터무니없는 꿈으로 비약을 시키기까지 했다.

마충식은 목표한 액수의 돈이 모이면 우즈베키스탄이나 키르기스스탄으로 여자를 사러 갈 거라는 꿈을 키우고 있었다. 베트남이나 필리핀, 방글라데시 등 서남아시아권 여자들은 숏다리에 붕어눈 같은 겹겹의 쌍꺼풀이 정나미 떨어지게 싫다고 했다. 붕어처럼 밤에 자면서도 눈을 뜨고 잘 것 같다고 했다. 그리고는 머쓱해진 얼굴로 기찬의 시선을 피하며 헤벌쭉 웃었다. 기찬은 자신의 굵은 쌍꺼풀을 두고 하는 말인 것 같아 다소 불쾌하게 들렸지만, 그냥 참을성 있게 넘어갔다.

기찬은 머리를 흔들었다. 말발굽 소리가 아스라이 이명처럼 들렸다. 뻑뻑한 눈을 부릅떠 보았다. 스타트라인에서 출발신호를 기다리는 말과 기수의 귀족 분위기를 풍기며 중세의 기사들처럼 위풍당당했던 모습이 눈앞에 펼쳐졌다. 책 속의 글자들이 공중으로 솟구치며 뛰어다녔다. 아담한 체격에 서글서글한 눈매, 이국적인 코의 기수 조미령, 관중석에서 들리는 말로는 여유 있는 집안의 장녀로 한국체대 승마과를 졸업했다고 했다. 자신이 배팅한 말과 기수는 자신과 동일시되면서 상처

받은 그들의 자신감은 그곳에서 화려하게 부활했다. 역동적인 말들의 질주는 그들에게 카타르시스를 느끼게 하기에 충분했고 그렇기에 빠르게 빠져들 수밖에 없었다. 기찬은 도서관을 나와 집으로 향했다. 바람에 불려온 낙엽들이 발길로 몰려들었다.

기찬이 현관 앞에서 디지털도어록에 숫자를 입력했다. 첨단 디지털잠금장치는 이 건물에 생뚱맞아 보였다. 어머니가 세상을 떠나자 살던 아파트를 급매로 팔고 이 빌라로 들어오면서 구형 자물통을 뜯어내고 새로 달았던 것이다. 살던 아파트를 담보로 해서 빌린 대출금이 있었고 설상가상 이자를 제때 내지 못해 연체까지 되어있어 경매 들어가기 바로 전에 대봉과 기찬이 의논해서 취한 조치였다. 대봉의 말에 의하면 수영이 집 사면서 어머니를 졸라 대출을 빼갔다고 했다. 물론 대봉도 동의해줄 수밖에 없었고, 기찬은 낡고 허름한 빌라지만 잠금장치만이라도, 수시로 들락거려야 하는 현관문인데 하며, 전에 살던 아파트와 같은 디지털도어록으로 바꾸고 싶었다. 번호도 그 번호로 저장했다.

안에서는 '크르륵 크윽, 크르륵 크윽' 대봉의 코고는 소리가 문틈으로 새어 나왔다. 낡고 헐렁해진 모터가 힘겹게 돌아가는 소리처럼 불안정하고 불규칙했다. 문을 열자 대봉은 거실

TV 앞에서 목이 모로 꺾인 채 잠들어 있었다. 면도를 마친 얼굴이 말끔했다. 머리는 부조화스럽게 까맸다. 가발을 쓰고 있는 것 같았다. 눈 밑의 왕 주름과 갈색의 저승꽃이 핀 볼은 그대로였다. 늙은 사자의 목덜미처럼 축 늘어진 목 아래 숨통은 숨을 내쉬고 들이마실 때마다 개구리의 울음주머니처럼 '부풀었다, 쪼그라들었다.'를 반복하고 있었다. 입은 반쯤 열린 채였고 잇새에서는 비릿한 생선 상한 냄새 같은 게 흘러나와 좁은 공간의 공기를 오염시키고 있었다.

기찬은 안방 장롱에서 베개를 꺼내 들고 대봉에게 가까이 다가서다 문갑 위에 걸려 있는 빛바랜 사진 속의 젊은 대봉과 눈이 마주쳤다. 모래사막을 배경으로, 중장비가 어지럽게 움직이고 '안전제일'이라는 한글로 쓴 안전모를 쓴 다른 근로자들도 사진 속에 많이 들어와 있었다. 그 앞에 클로즈업되어 있어도 작고 뚱뚱한 대봉은 안전모를 쓴 채, 떡 벌어진 어깨에 바오밥나무처럼 하체가 튼실한 체격이었고 짙은 쌍꺼풀진 눈매에서는 젊음의 패기가 번득였다. 아마 삼십 대 중반 무렵이었을 것이다. 그의 아내가 유난히 자랑스러워하던 사진이었다.

기찬은 시선을 내려 발아래 아버지를 내려다보았다. 굳은살이 켜켜이 박인 발바닥이 뒤집혀져 낡은 감청색 바짓단 밑으로 나와 있었다. 그는 집에 있을 때면 늘 그 바지를 입었다. 벌써 몇 년째인지 모른다. 저, 캄차카반도에 서식하는 불곰 같았다. 곰은 발바닥에 새겨진 굳은살로 나이를 안다던데, 이 정도의 굳은살이면 곰의 나이로는 몇 살쯤 될까, 생각이 엉뚱한 데로 흘러간다. 머리를 털어 쓰레기 같은 생각을 날려버렸다.

꺾인 목덜미를 들어 올리고 베개를 받쳐 주었다. 그러다가 문득 이 볼품없는 몸뚱이가 3억짜리라니? 기찬은 말도 안 된다는 생각이 몰려들었다. 아무리 봐도 중고 자동차값 만큼도 안 쳐 줄 것 같은데…, 그러나 명징한 사실이었다. 안방 문갑 서랍 속에 들어있는 각종 보험증서가 그걸 보증해주고 있었다. 운수회사에서 의무적으로 가입해 준 사망, 후유, 장애보험, 특약 보험, 권유사항이었던 개인 운전자보험 등 얼추 그 금액이 틀림없었다. 대봉이 최근에 연금보험까지 가입한 걸로 알고 있었다. 거기다 이 빌라도 대봉의 명의였다. 그러다 기찬은 자신이 상속자라는 사실에 조금은 안도했다. 아버지의 노후대책이 자신의 유휴 생활자금, 즉 놀고도 먹고살 자금이 되어있었다. 아버지는 어차피 죽는 날까지 손에서 일을 놓지 못할 것이다. 놀면 뭣 허냐가 주제가가 되어버린 아버지. 버스회사 그만두고 나오면 개인택시를 받을 거라는 계획을 기찬에게 여러 차례 말했다. 문제는 시간이었다. 기찬은 시간을 앞당기고 싶은 악마의 검은 유혹이 희미하게 덮쳐오는 것이 느껴졌다. 화들짝 정신을 가다듬고 고개를 흔들었다. 그리고 황급히 대봉에게서 눈을 돌려 제 방으로 들어갔다.

대봉이 인기척을 느꼈는지 부스럭대며 눈을 떴다. "기찬이 이제 온 겨?" 말을 하면서도 고개를 두리번거리며 눈길로 시계를 찾는 것 같았다. 대봉은 근무 시간을 강박적으로 지킨다. 아직 자정이다. 기찬은 대답을 하는 둥 마는 둥 대봉 방을 나왔다. 대봉은 새벽이 되면 머리맡에 걸려 있는 버스 기사 근무복을 꿰어 입고 또 화신운수 차고지로 나가야 한다. 그리고 새벽 서리가 채 걷히지 않은 도로를 느리고 안전하게 누빌 것이다. 대봉은 늘 배차시간에 쫓겨 막간의 휴식도 주어지지 않았다. 사무실에 들어오면 바투 배차가 되어 있었다.

기찬이 자리에서 일어나 거실로 나갔다. 창문으로 스며든 햇볕이 거실 바닥으로 내려앉아 있었다. 집이 휑했다. 빈 밥그릇과 달랑 수저 한 개가 개수통에 담겨있었다. 아버지가 아침밥을 먹은 흔적이었다.

며칠 전 수영에게 돈 좀 보내달라고 부탁했던 생각이 났다. '수영이 요게 지금쯤 보냈을까?' 며칠이 지났는데, 기찬은 유선전화기 앞에 앉았다. 입금을 확인해 볼 참이다. 수화기를 들고 쿡쿡 은행 번호를 눌렀다. 그러자 기계음의 지시가 흘러나왔다. 분실 사고 신고는 2번, 잔액조회는 3번, 송금은 4번….

기찬은 3을 콕, 눌렀다. 잠시 후 또박또박 정확한 발음으로 멘트가 나왔다. '의뢰하신 계좌의 현재 잔액은 3백 8십 7.' '캬아….' 기찬은 말이 채 끝나기도 전에 수화기를 내려놓고 일어나 세레머니를 쳤다. 돈은 마약보다도 빠르게 기찬의 온몸 구석구석까지 에너지를 공급했다.

"역시, 난 여자 복이 있어. 수영이 자금줄까지 되어 주고 말이야. 그러면 그렇지." 전화기 속에서 들려오는 기계음은 또박또박 발음이 정확했다. 통장에 잔액이 87만 원이 들어 있었고, 수영이 3백을 넣었다…. "야호! 돈이 들어왔다!" 어느새 머릿속으로 돈, 미인클럽, 카트리나. 연관된 단어들이 밀려 들어오고 사타구니가 탱탱해지면서 먼저 반응을 나타냈다. 기찬의 후줄근하게 낡은 추리닝 바지 앞섶이 폴대로 들어 올린 텐트처럼 솟아올랐다.

카트리나는 우즈베키스탄에서 온 은발의 여자였다. 미인클럽에서 가장 비싼 몸값을 요구하는 미팅 걸이다. 기찬은 두 번 만난 적이 있었다. 경마와 미인, 그들이 요구하는 건 같은 맥락이었다. 분명 돈과 여자는 함수관계가 성립되었다. "야, 인마. 넌 용불용설도 모르냐. 안 쓰면 영 못쓰게 된다던데." 기찬은 손가락으로 자신의 남근을 탁탁 장난스럽게 내리쳤다.

그리고는 욕실로 들어갔다. 거울에 자신의 얼굴을 비춰봤다.

달뜬 모습이 나타났다. 뒤에는 카트리나가 배경처럼 웃고 있었다. 수영이 그게 그래도 인정은 알지. 이 돈이면 얼마간은 끄떡없이 지낼 수 있다. 이걸 밑천 삼아 배팅을 크게 걸면 크게 따겠지. 기찬은 갖은 상상을 하다 옷을 주섬주섬 챙겨 입고. 은행으로 달려갔다.

유리문을 힘차게 밀고 들어서자 '어서 오십시오.' 늙은 청원경찰이 모자를 쓴 채 머리를 조아리며 맞았다.

기찬은 듣는 둥 마는 둥 입출금기 앞에 줄을 서서 차례를 기다렸다. 줄 앞에 서 있는 사람은 할머니였다. 할머니는 굼뜨게 액정화면 선택 단추를 누르고 서 있었다. 기찬은 인쇄할 면을 바르게 펴서 통장 삽입구에 투입할 준비를 갖추고 조급함을 견디며 기다렸다.

차례가 왔다. 바로 통장을 집어넣고 통장정리 버튼을 눌렀다. '칙지직~. 칙지직~. 칙~.' 인쇄되는 소리가 기분 좋게 들렸다. 경마장 말들의 그 아찔한 질주, 아나운서의 침 튀는 상황중계는 바투바투 뇌를 흥분시켰다. 그리고 훤칠하게 쭉 뻗은 다리, 백마의 휘날리는 갈기 같은 은발의 카트리나가 눈앞에서 어룽거렸다. 피의 순환이 빨라지고 있었다.

뒤에서 등을 가볍게 두들겼다. 돌아보니 순서를 기다리며 기찬 뒤에 서 있던 젊은 학생이었다. 고개를 돌려 앞을 보니 입출금기가 통장을 뱉어내다 물고 있었다. 얼른 통장을 집어 숫자를 확인했다. 현재 잔액은 *** ***387원이었다. "아니! 이게!" 기찬은 머릿속이 하얘지며 모든 생각이 날아가 버렸다. 3, 8, 7. 숫자들이 일그러지며 혀를 날름거렸다. 자세히 들여다보니 들어있던 돈마저 스마트폰 요금으로, 카드 대금으로 다 빠져나갔고 잔액은 틀림없이 387원이었다. 이게 나를 이렇게 놀리다니 낯빛이 창백해졌다. 줄 밖으로 나와서 보라며 뒤에 서 있던 학생이 거칠게 기찬을 밀쳤다. "고객님 통장에 무슨 문제가 생겼습니까?" 저만치에서 기찬에게 시선을 꽂고 주시하고 있던 늙은 청원 경찰이 가까이 다가와서 친절하게 물었다. "아, 아, 아무것도 아닙니다." 기찬은 재빠르게 은행 문을 밀고 뛰쳐나왔다. 뒤에 서 있었던 학생이 출금기 앞에서 이상한 사람이라는 듯 기찬을 흘끔 쳐다보았다. 강약과 고저가 배제된 기계음은 발음마저 정확해 착각을 불러일으키게 했다. 기찬은 넋 나간 사람처럼 터덜터덜 집을 향해 걸어갔다. 정말 난 되는 거라고는 경마밖에 없구나, 지난번 딴 그 돈이 새삼 소중하게 여겨졌다. 암말 몽골초원 덕이었지….

경기가 열리는 주말 오전, 경기장 입구 여기저기에 세워진 커다란 조형 말 동상이 먼저 일상의 긴장감을 풀게 했다. 디즈니랜드에서나 볼 수 있을 것 같이 비현실적으로 귀여운 캐릭터의 모형 말들이었다. 원색의 애드벌룬은 여백으로 펼쳐진 푸른 하늘 높이 떠올라 살랑살랑 흔들거리며 여유를 부렸다. 사람들은 속속 들어와 자리를 메우고 있었다. 관중은 대부분이 젊은 청장년들이거나, 간혹 커플들도 눈에 띄었다. 데이트 겸 경기를 즐기러 온 모양이었다. 관중석은 4층까지 그 규모가 어마어마하게 컸지만, 사람들이 입추의 여지 없이 꽉꽉 들어찼다. 기다리는 내내 바글거리는 소리가 그치지 않았다. 앞으로 펼쳐질 경기의 기대와 설렘이 느껴졌다. 공기찬과 마충식은 객석 1층에 나란히 자리를 잡고 앉았다. 관중석 앞 양쪽으로 대형 전광판에는 지난번 녹화된 경기 장면이 재현되고 있었다.

오늘따라 마충식은 감청색 면바지에 노란색 티셔츠, 그 위에다 체크무늬의 사파리 점퍼를 걸쳐 입고 나타났다. 다른 때와 달리 옷차림에 신경을 쓴 흔적이 보였다. 행운을 안겨 줄 여신의 시선이 잠깐 스치기라도 했으면 하는 갈망인지. 왜 행운은 여신이 관리하는지….

잠시 뒤, 배당 판이 뜨고, 오른쪽 게이트에서 기수를 태운 선두 말이 나타났다. 뒤에서는 말의 이름과 나이 말의 체중, 출전 경력 등이 발표되고 있었다. 사람들이 모두 일어나 환호성을 질러대고 관중석이 떠나갈 듯 우레 같은 박수소리가 터져 나왔다. 다음 2번 말, 3번 말, 연이어 다른 말들이 차례대로 걸어 나오고 있었다.

경기 시작 전, 말의 건강 상태, 걸음걸이, 집중력, 우승 가능성을 보여주는 것으로, 이때 말들을 관찰하면서 배팅할 말을 찜하는 시간이다.

기수를 등에 태운 말들은 서서히 트랙을 걸으면서 관중석 앞을 지나 환호하는 관중을 향해 기수들은 손 키스를 보내고 갖은 세레머니로 인사를 했다. 선택받기 위한 절차인 셈이다. 말들의 행렬이 끝나 갈 즈음 맨 마지막으로 트랙에 모습을 드러낸 말이 노스탈자였다. 그는 보기 드문 백마였다. 8살짜리 암말이었다. 그녀는 씨수말인 캐니와 어미 말 돈잇 사이에서 태어났고 몸값이 다른 경주마에 비해 월등히 높았다. 당연히 힘도 세고 기량 면에도 뛰어날 거라고 기찬은 관심을 가지고 있는 터였다. 단지 경기경력이 짧다는 것이 흠이긴 했지만, 그의 안장에 앉은 기수가 백전백승 조미령이고 보면 '그리 염려하지 않아도 되지 않을까?' 싶었다. 기찬은 노스탈자와 한라산중턱에 복연승식으로 배팅할 생각이었다. 모두 암말이었다.

"기찬 씨 결정했소?" 옆에서 마충식이 기찬의 어깨를 툭 치며 물었다. 기찬은 고개를 갸우뚱거리며 "지금 생각 중인데 노스탈자와 한라산중턱을 눈여겨보고 있어." "아니 그것들은 모두 암말이잖아. 참, 기찬 씨는 늘 암말을 선호하지 무슨 이유라도 있는 거요?" 충식은 대답을 듣고 싶은 듯 기찬을 바라보며 눈을 홉떴다. 동공이 커다래졌지만 빨갛게 핏발이 서 있어 총기는 찾아볼 수 없었다. 기찬은 선뜻 말을 못 하고 망설이다가 "이건 나만 아는 노하우인데."라며 잠시 뜸을 들였다. "노하우라니?" 충식은 속삭이듯 목소리를 깔고 얼굴을 가까이 들이밀었다. 그리고는 기찬의 입에 시선을 꽂았다. 얼굴은 기대로 가득 찼고 한마디도 놓치지 않으려는 듯 귀를 쫑긋 세웠다. 표정은 비장했다. 기찬은 충식의 얼굴을 한참 바라보다 "암말은 사타구니가 편편하잖소, 그러니 바람의 저항도 적게 받을 거고. 수말에 비해 가볍기도 하겠지." 기찬의 말에 "에잇 그게 뭐 얼마나 무겁다고?" 충식은 고개를 흔들다가 우습다는 듯 킥 웃었다.

"나 참, 말 물건만큼 큰 게 어디 있다고?" 머쓱해진 기찬이 눈을 흘긴다. "하긴 그렇지, '인간이냐 동물이냐'를 막론하고 말만큼 큰 물건을 가진 게 없지. 그걸 달고 달려야 하니 불리할 수도 있겠구만." 그제야 충식은 이해가 된다는 듯 기찬의 어깨를 툭툭 치며 키득키득 웃었다. 두 어깨가 맞닿을 듯 들썩거렸다. 기찬도 동조를 받은 것 같아 큰소리로 통쾌하게 웃었다. "기찬 씨는 참 머리가 좋은 것 같아. 작은 차이도 놓치지 않는 걸 보면." 충식이 기찬의 무릎을 가볍게 탁탁 치며 말했다. 기찬이 충식을 바라보며 둘은 또 웃었다. 생각이 통했다는 공감의 웃음이었다. 그리고 나가서 마권을 한 묶음씩 샀다. 모두 암말에 배팅했다.

경기는 벌써 시작되었다. 기대감에 들떠서 출발신호도 듣지 못했다. 아나운서의 3번 마. 7번 마. 숨넘어갈 듯 박진감 넘치는 중계가 분위기를 압도하고 저마다 자신이 배팅한 말이 우승하는 착각 속으로 빠져들어 갔다. 말들은 질주하고 있었고. 딸깍딸깍 네 개의 발들이, 한 치의 어긋남도 없이 만들어 내는 규칙적이고 그 역동적인 리듬감은 관중을 흥분의 도가니로 몰아넣었다. 흥분한 관중들은 '와! 와! 와!' 지축을 흔들 듯 함성을 질러댔다.

결승선으로 말이 한 마리씩 뛰어 들어오고 관중들의 시선이 한쪽으로 쏠리는가 할 때 경기는 끝이 났다. 아나운서의 숨 막히는 중계도, 관중들의 함성도 47초 9짜리였다. 터질 듯 부풀었던 기대와 설렘이 47초 9만에 현실이 되었다. 5% 안팎의 승자를 위해 95%의 들러리였음을 실감하는 순간이었다. 노스탈자는 4번으로 들어왔고 한라산중턱은 7번째로 결승선을 통과했다. 모두 우승권 안에 들지 못했다. 말의 입에서는 뜨거운 열기가 흰 연기처럼 뿜어져 나오고 기수들은 콧구멍이 깔때기처럼 퍼져 가쁜 숨을 몰아쉬면서 말을 끌고 퇴장하는 문 쪽으로 느리게 걸어갔다. 관중들의 기대와 긴장감은 순식간에 실망과 분노로 바뀌고 "에잇 씨발." "야! 너 뽕 먹었냐! 휘익~! 휘익~!" 소리가 여기저기서 쏟아졌고 과격한 배터들은 화를 이기지 못해 퇴장하는 말과 기수를 향해 야유와 욕설을 퍼부

으며 불붙은 담배 개비를 던지기도 했다. 관중석은 순식간에 무법천지가 되고 휴지 조각이 된 마권과 김샌 맥주 캔이 공중을 날다 땅으로 떨어지기도 했다. 기찬과 마충식은 또 다음 경기 마권을 구입했다. 역시 결과가 신통치 않았다. 또 다음 경기, 기찬과 충식은 마귀에 홀린 듯, 12회 마지막 경기까지 배팅을 걸었다. 모두 고위험과 고배당의 배팅이었다. 집중력도 바닥이 났고 승률에 대한 판단도 마비 상태가 되었다. 따기도 했고 잃기도 한 것 같은데 뭐가 뭔지 눈앞이 어질어질했다. 말발굽 소리와 관중들의 환호 소리만 고막에 새겨져 사라지지 않았다. 몹시 피곤했다. 물밀듯 쏟아져 나오는 사람들에 섞여 기찬과 충식도 경마장을 나왔다. 어둠은 서서히 도시를 삼키고 사람들은 파도처럼 출렁거리며 어디론가 흩어져갔다.

기찬이 현관문을 열자 어두워야 할 거실에 불이 켜져 있었다. 아버지가 근무하는 날인데 웬일로 안방도, 기찬이 방도 환했다. 아버지는 보이지 않았다. "기찬인 겨?" 아버지 목소리만 들려왔다. 소리 나는 쪽은 앞 베란다였다. 기찬이 걸음을 옮겨 내다보았다. 아버지는 엎드려 팔굽혀펴기에 열중이었다. 묵직하고 투박하게 녹이 슨 아령도 옆에 있었다. "아버지 뭐 해요?" "보면 몰러? 내 건강 검진 결과가 아주 엉망으로 나왔어. 당도 생겼고 콜레스테롤인가 뭔가도 많대나. 운동을 열심히 하래, 이런 결과로는 더 이상 근무 연장이 안 될 것 같아." 아버지의 얼굴은 어두웠다. 운동화와 트레이닝복도 챙겨서 빨래 건조대 위에 걸쳐놓았다. 본격적으로 운동에 매달려볼 작정인 모양이었다. "오늘 검진 땜에 오후 배차는 뺐어." 대봉은 몸을 일으켜 굽은 허리를 펴면서 기찬을 쳐다보았다. "밥 먹을 준비히야, 밥솥에 밥 있고 콩나물 사다 국도 끓여놨어. 이제는 담배도 끊고 쉬는 날 한 잔씩 마시던 소주도 안 마셔야 할까 봐." 대봉은 오늘따라 말들을 쏟아낸다. 미래에 대한 불안과 초조가 그렇게 말을 만들어내고 있는 것일까, 대봉의 말은, 환청처럼 남아있는 경마장의 함성 소리에 받쳐 기찬의 귓등 밖으로 굴러떨어지고 있었다. 기찬은 말없이 방으로 들어가고 대봉은 기찬의 뒷모습을 한참 쳐다보다 고개를 돌린다.

일자리를 그만두고 나와야 한다는 것, 손에서 일을 내려놓는다는 것이 일상을 잃어버리는 것만큼이나 위기감으로 다가오는 걸까, 그에게 휴식은 무료함일 뿐, 안식은 아닌 듯했다. "하나, 두울, 세엣…." 아령을 양손에 쥐고 교차로 들어 올리면서 세는 소리가 저녁 어스름 대기를 때렸다. 대봉의 이마에서는 땀이 진득하게 배어 나와 주름 사이에 방울방울 걸려 있었다.

어슴새벽 안개가 무겁게 대지에 내려앉은 시각, 대봉은 집을 나선다. 여느 때처럼 현관 앞에서 걸음을 멈추고 기찬의 방을 열어 본다. 방 한쪽 귀퉁이에 뒤집혀진 양말 짝, 두어 모금 빨다 비벼 끈 담배꽁초, 총천연색 스낵봉지들이 어지럽게 널려있고 국물이 벌갛게 말라붙은 컵라면 용기가 뒹군다. 기찬은 담요를 둘둘 말아 사타구니에 욱여넣은 채, 널브러져 잠들어 있었다. 낡은 추리닝 허리춤 위로 짤막한 등허리가 희멀겋게 드러나 있었다.

  대봉은 조용히 방문을 닫았다. 아내의 빈자리가 유난히 시리게 다가온다. 거대도시의 새벽, 거리는 일터를 찾아 걸어가는 노인들의 물결로 술렁거린다.

달을 따러 간 남자

달을 따러 간 남자

산, 산. 사방이 산으로 둘러싸인 작은 분지에 태극기 게양대는 물론 펄럭이는 부대 깃발 하나 없다. 초입에 세워져 있는 '삼청교육대'라는 표지가 산간의 이단아처럼 서 있을 뿐이다. 그런 가설부대 마당에 어스름 산그늘이 내리기 시작하면 시한폭탄 같은 공포를 안은 적요가 깔린다.

낮 동안 훈련 조교들의 악다구니 같은 구령이 귓가에 불안한 여운을 남기면서 태양 빛과 함께 사라지고 파수꾼 견공들의 하울링이 산간을 울려댄다.

개들의 짖는 소리는 군건답게 우렁차다. 산지사방으로 흩어지면서 증폭된다.

저만치에서 국방색 지프차가 줄지어 마당으로 들어섰다. 이제 막 훈련을 마친 군견들을 태운 군용차다.

'턱' 차 문이 둔탁한 소리를 내며 열리고. 군견들은 차례차례 훈련 조교의 손에 목줄이 잡힌 채 위풍당당한 모습으로 내려서고 있었다.

개들이 훈련 나갔다 돌아오자, 개들의 막사 관리를 맡고 있는 좀팽이 인간은, 긴장하는 빛이 역력해진다. 막사 관리자 인간의 이름은 황천길이다. 그러나 이곳에서 그는 황천길보다 그저 좀팽이 인간이라고 부른다. 어쩌면 그것은 개와 인간의 서열이 뒤바뀌어있음을 조롱하는 의미가 담겨 있을 것이다. 그는 발걸음을 허둥거린다. 천길은 이곳에서도 열외자다. 그의 키는 다른 사람들보다 손바닥 세 길이 정도는 작았다. 그런 작은 키는 스몰 사이즈 군복 바지마저 밑동을 늘 허벅지 부분까지 내려오게 했고, 단체훈련 같은 것에서는 처음부터 열외자로 분류가 되었다.

거리의 부랑자라며 소탕하듯 쓸어다가 분류작업을 할 때, 유난히 왜소하고 비루해 보이는 인간을 보고 "이거! 아무짝에도 쓸모없는 물건이잖아, 야! 너 잡혀 오기 전에 뭐 했어? 이 새끼야! 밥값은 해야 될 거 아니야! 여기가 인간쓰레기 하치장인 줄 알아!" 어깨에 '조교'라고 쓰인 완장을 두른 조교 하사가 누런 이를 드러내면서 위협적으로 물었다. 천길은 겁에

질려 바들바들 떨면서 '보일러 기술을 조금 배웠습니다.'라고 말했다.

"뭐! 보일러! 할 수 없지, 야, 그럼 견사 관리나 해 알았지!"

그때부터 천길은 개들의 기숙사, 그러니까 견사를 돌보는 일을 하고 있다. 개들의 배설물을 치우고 먹을거리를 마련하고 화목 보일러를 돌려 견사 내부 온도를 맞추어 주고 하는 일이었다.

그가 허둥거릴 때마다 헐렁한 바지 속으로 들어간 차가운 바람이 바지를 한껏 부풀려, 마치 작은 삐에로가 움직이는 것 같다. 개들에게 줄 저녁 영양식은 다 끓여 놨는데, 오늘같이 훈련이 있는 날은 개들에게는 특별식이 제공되었다. 마른 북어를 두세 번 정도 푹 고아서 뼈를 발라내고 거기에 찹쌀과 일반 쌀을 같은 비율로 섞어 끓인다. 어느 정도 끓으면 계란을 풀어 넣는다. 계란은 단백질이 많아 개들의 근육을 강화해 준다고 꼭 챙겨 넣는 재료. 수색견이나, 탐지견, 경비견, 감시견, 추격견, 구조견 할 것 없이 개들에게 영양식 제공은 대단히 중요한 임무였다.

그는 급히 견사로 달려가 내부 온도를 체크해 보았다. 견사 내부는 싸늘하게 식어있었다. 견사의 적정온도는 섭씨 18에서 20도 거기에다 습도는 50~60%이다. 그 온도와 습도를 유지해 주어야 개들이 스트레스를 받지 않고 쾌적하게 지낸다.

그 꿈의 섭씨 18도와 습도 50~60%를 숙지하기까지 하사의 발길질에 온몸이 피멍이 들도록 반복 교육을 받았건만…. 또 목숨과 맞바꿀 실수를 저지르고 말았다. 견사 내부가 싸늘하다. 인간은 급히 창고에서 장작을 한 바리 안아다 보일러 안에 차곡차곡 쌓아 넣고 불쏘시개에 기름을 묻혀 불을 지핀다. 불꽃이 장작에 옮겨붙는 것을 보자 비로소 그는 '휴~.' 한숨을 내뱉고. 잠시 긴장감에서 풀려나는 순간, 그 무시무시한 하사의 모습이 눈앞에 나타났다.

"이 새끼, 좀팽이 새끼! 오늘 뭐 했어! 견사 내부가 냉골이네, 견공들의 몸값이 얼마인 줄이나 알아!" 조교는 피우던 담배꽁초를 질겅질겅 씹으며 위협을 했다.

사실 그랬다. 군견들은 모두 벨기에산 말리노이즈이거나, 크로넨날, 혹은 중세 시대부터 목양견으로 쓰였던 라케누아였다. 특히 말리노이즈는 요인 암살 작전에도 투입이 되었을 만큼 영리한 반면, 성질이 사납고 거친 기질을 가진 종이었다. 그래서 조련 자격을 갖춘 조련사의 훈련이 필수였다.

"너 같은 거 열 배야 열 배! 인간이 뭐 그리 대단한 줄 알아! 이 개만도 못한 인간아! 너, 오늘 죽어봐?"

말이 채 끝나기도 전에 커다란 조교의 군화발이 인간의 하복부를 명중시키자 그는 굼벵이같이 오그라져서 보일러실 한쪽 귀퉁이에 처박혔는데, 죽었는지 살았는지 꿈쩍을 하지 않았다.

코에서는 한 줄기 빨간 액체가 가느다랗게 흐르기 시작한다. 조교는 인간에게는 저승사자보다도 더 무서운 존재였다. 늘 광기 어린 눈빛은 이글거렸고, 떡 벌어진 두 어깨는 흡사 싸움소의 뿔처럼 언제라도 들이받을 태세였다. 그들 역시 거리의 우범자라며 이유도 모른 채 끌려와 감금된 이리들이었으니, 그들도 매일매일 사나운 짐승이 되어가는 훈련을 받는다. 이곳은 힘의 논리만이 지배하는 정글, 약육강식의 세계였다. 인간 순화교육을 시킨다며 끌어온 사람들을 역설적으로 동물화 시켜버렸다. 그들은 정말 하루하루 광폭한 맹수의 모습으로 변해갔다. 이제 그들에게 남아 있는 건 원초적인 잔혹성과 폭력성뿐, 인간의 감성이나 이성 같은 건 어디에서도 찾아볼 수 없이 말살되어버렸다.

"천길아! 퍼뜩 일라라. 어서 밖으로 나가래이!" 그것은 분명 할머니의 노쇠된 목소리였다. 천길은 비몽사몽 중에, 할머니의 음성에 놀라 희미한 의식으로 주위를 살폈다. 처박혀져 있던 몸을 일으키려 했다. 몸은 여기저기서 삐끗거리며 쑤셔왔다. 입가에는 콧구멍에서 흘러나온 시뻘건 핏방울이 얼어붙어 있었다. 천길은 비척비척 일어나 밖으로 나왔다. 칼바람이 달려들어 얼굴은 할퀴었다. 어딘가에 할머니가 기다리고 있을 것만 같아 살아야 한다는 생에 대한 욕구가 솟구쳤다. 그러나 칠흑 같은 어둠은 방향조차도 가늠할 수 없었다. 천길은 방금 들었던 할머니의 음성을 좇아 주위를 두리번거렸다. 그러나 어디에도 할머니의 모습은 보이지 않고 저 멀리 산등성이 너머에서 둥근 보름달이 휘둥그레 떠 있었다.

천길은 달빛을 따라 미끄러지듯 덤불 속으로 숨어들었다. '부스럭!' 발밑에서 검불 부서지는 소리가 났다. '컹컹컹.' 뒤쪽에선 감시견들의 짖어대는 소리가 들렸다.

천길은 동작을 멈추고 잠시 덤불 밑으로 작고 초라한 몸을 숨겼다. 덤불 속은 할머니의 품처럼 안온했다. 인간의 콧구멍에서 내뿜어지는 고르지 못한 거친 숨소리는 나뭇가지를 흔드는 바람 소리에 흡수되고 있었다. '컹커컹 커엉컹 컹컹, 커엉, 커엉.' 개들은 여기저기서 소리 나는 방향을 향해 더 맹렬히 짖어댔다. 숨이 턱까지 차올랐다. 빨리 벗어나지 않으면 개떼들이 무차별 공격을 해올 것만 같았다. 죽음의 공포가 엄습해 왔다. 두더지처럼 엎드려 기기 시작했다. 되돌아갈 수는 없었다. 붙잡히면 곧 죽음이었다. 천길의 몸이 땅에 끌리면서 나는 마찰음은 일제히 짖어대는 감시견들의 우렁찬 불협화음에 흡수되고. 눈앞에 철조망이 나타났다. 아마도 마지막 장애물일 것이다. 이것만 통과하면 죽음의 땅을 벗어나는 것인데.

온몸에서는 축축한 물기가 배어 나오고 있었다.

개들의 시끄러운 불협화음은 점점 멀어지면서 희미해져 가고 있었다.

"호르륵~. 호르륵. 휙!"

감시병들의 호루라기 소리가 차가운 대기를 뚫고 인간의 귓속으로 파고들었다.

"누구야! 무슨 소리가 들리지 않았나!"

"부엉이, 박쥐, 올빼미! 자! 자! 조용히!"

개들은 일제히 소리를 그쳤다. 그것은 부대에서 귀족 대우를 받으며 고도로 훈련된 개들의 이름이다. 감시견들에게는 토종 야행성 동물의 이름을 붙여 주었다. 개들의 근무 시간이 밤이었기 때문이다. 이곳에서는 개가 인간을 감시한다. 그것은 두말할 나위도 없이 인간의 탈출을 지키라는 임무를 '명' 받은 개들이다. 그 개들의 시끄러운 소리를 그치게 한 건 조련 하사의 목소리인 듯했다. 그의 소리 역시 곧 허공으로 흩어졌다.

'탕, 탕, 탕!' 공포탄 터지는 소리가 어둠을 찢고 천지를 흔들었다.

아직은 매서운 기운이 사라지지 않은 이른 봄이었다. 오직 살아야 한다는 생의 애착만이 의식을 가득 채우고 있었다. 주위는 잠시 조용해졌다. 자연의 소리만이 대기를 지배하고, 살

갖을 파고드는 칼바람만이 '휘익~ 휘이익.' 울부짖으며 지나갈 뿐이었다. 인간의 숨소리도 막사에서 멀어지자 제 리듬을 찾아가고 있었다.

천길이 몸을 일으키려는 순간 발밑에 밟힌 건, 땅이 아닌 돌이었다. 그는 정신을 잃었고, 돌과 함께 가파른 능선이 끝날 때까지 굴렀을 것이다. 어렴풋이 정신이 들었을 때는 능선이 끝나고 흙투성이 몸뚱이가 바위틈새에 처박혀 있었다.

천길은 그 순간 코앞에 다가와 있는 죽음을 보았다. 그리고 그 찰나에 그의 희미해져 가는 의식 속에서 얼핏 스치는 건 둥근 보름달 속에 박혀있는 할머니의 얼굴이었다. 천길에게 할머니는 달이었고 달은 곧 할머니였다. 가까스로 몸을 일으켰다. 그리고 사력을 다해 어둠 속을 맹수처럼 뛰고 또 뛴다.

인간순화교육을 시킨다며 거리의 우범자를 소탕하듯이 끌어올 때 천길도 함께 끌려왔다. 그 무렵 사회상황은 혼돈 그 자체였다. 그러자 국가의 빠른 치안 회복이라는 주제는 엉뚱하게도 힘없는 약자를 타깃으로 삼았다. '주변에 우범자로 보이는 사람이 있으면 관할지서나 경찰서로 신고하시기 바랍니다.'라는 보도를 뉴스시간 때마다 쏟아냈다. 그동안 신경 쓰였던 마음의 가시를 제거할 절호를 기회라 여긴 혜림 엄마에게 천길은 신고 대상이었다. 하릴없이 거리를 배회하지도 않았고,

공포감을 불러일으킬만 한 공격성도 천길에게는 없었다. 유일한 혈육이었고 부실하게나마 그를 돌보아준 할머니마저 세상을 떠난 후 마을의 보일러 수리공으로 일하며 혼자 사는 외로운 청년일 뿐이었다.

어느 해 질 무렵 느닷없이 들이닥친 무장한 군인들에 의해 저항 한마디 질러보지도 못하고, 천길은 그렇게 끌려왔다. 마을에서는 쥐도 새도 모르게 그가 사라져버리자 인심은 흉흉했고 사람들은 저마다 혜림이네 식구들의 소행일 거라고, 심증들은 가지고 있으면서도 입 밖으로 드러내기를 꺼려한 채, 마을 사람들의 의식 속에서 그의 존재는 잊혀져 갔다.

'삼청교육대'라는 이름마저 생소한 이곳은, 사회와는 유리되고 철저하게 격리되어 있었다. 물론 지도에도 나타나 있지 않고 편지 한 장 받을 주소도 없는 유배지 같은 곳이었다. 그들은 왜 끌려 왔는지, 언제 고향으로 돌아갈지 알 수 없는 상황에서 하루하루 짐승이 되는 훈련을 받는다. 인간 순화교육은 결국 인간성 말살 교육이었고 인간들은 맹수들처럼 흉포화되어갔다. 달리는 천길 역시 어디에서도 사람의 모습은 찾아보기 어려웠다.

뒷 목덜미를 덮고도 어깨까지 내려온 아무렇게나 자란 사자의 갈기 같은 머리는 그의 왜소하고 야윈 두 어깨 위에서 나

풀거리고, 코밑에 덥수룩하게 웃자란 잔디 같은 수염 위로 진득한 액체가 두 줄로 흘러내려 달빛 아래 반짝였다.

그는 살고자 뛰고 또 뛰는 자유에 굶주리고 아사 직전의 한 마리의 짐승일 뿐이었다. '밤하늘에 휘영청 밝고 둥근 달만이 구름 속으로 숨었다, 구름 밖으로 나왔다.'를 반복하면서 달리는 천길을 비추어주고, 달빛과 천길이 만들어낸 그림자만이 그의 뒤에서 따르기도 하고 앞서서 밟히기도 하면서 외로운 질주에 동행이 되어 주고 있었다.

얼마를 뛰었을까? 천길은 뒤를 돌아다보았다 그가 뛰쳐나온 견사는 이미 어둠에 묻혀 방향도 가늠할 수 없었다. 천길은 안도의 날숨을 길게 내뱉었다. 오랜만에 살아 있음을 확실하게 느꼈다.

산등성이를 내려오자 잔설이 희끗희끗하게 쌓여 있는 나뭇가지들은 달빛 아래 고요히 자신의 그림자만을 베껴내고 서 있었다.

마른 덤불 속에서 바스락거리는 소리가 들렸다. 순간 천길은 걸음을 주춤거리다 멈춰 섰다. 고개를 두리번거리며 주위를 살폈다. 가슴은 새가슴처럼 파닥거렸다. 고라니 한 마리가 덤불 속에서 뛰어나왔다. 고라니도 천길을 보자 놀라면서 멈칫거리더니, 그림자를 달고 쏜살같이 달아났다. 숫 고라니 뿔의 그림자는 달빛 아래 위용이 있어 보였다.

"고라니 새끼 따위가 지랄이야. 좀팽이 새끼. 개만도 못한 새끼!"

천길은 얼마 전까지 들었던 그 말들을, 무의식적으로 뇌까린다. 천길이 할 수 있는 말은 어쩌면 그게 전부인지도 모른다. 눈만 뜨면 들리는 건 황폐한 욕설들, 그리고 살기 서린 서늘한 눈빛들, 뿐이었으니…. 그도 역시 들은 대로 내뱉는다.

"저 새끼도 혹시, 뒈지기 싫어 도망가는 거야! 뭐야, 에잇 좀팽이 새끼, 퉤!"

천길은 그곳에서 주워들은 욕설들을 혼자서 마음껏 중얼대며 바람 속을, 달빛 속을 걸어간다. 천길의 발에 비해 턱없이 크고 낡기까지 한 군화는 천길을 넘어뜨릴 듯 나뭇가지에 턱턱 걸려든다.

졸졸졸, 어디선가 개울물 흐르는 소리가 들린다. 천길은 걸음을 늦추며 주위를 두리번거려본다. 그 소리는 분명 물소리였다. 산등성이가 끝나는 곳을 가로지르며 실개천이 얇은 얼음장 밑을 흘러가는 소리였다. 물줄기는 달빛을 받아 은색으로 빛났다. 작은 돌 틈새를 돌고 돌아 흐르며 재잘거리는 물소리는 천길의 말라버린 감성에 아득한 향수를 불러일으켜 주었다. 천길은 천천히 물가로 다가간다. 고향 마을에서 보았던 낮익고 정겨운 실개천이었다.
 천길은 물가에 닿자 쭈그리고 앉는다. 한참을 물 위를 바라본다. 물속에는 희끄무레한 달이 잠겨 있다. 달을 보자 천길의 굳게 얼어붙었던 입술이 벙긋해지면서 웃음이 삐져나온다. 참으로 오랜만에 잃어버렸던 그 웃음을 입가에 흘린다. 두 손을 펴서 모아 동그랗게 바가지를 만들어 달을 떠올려 본다. 두 손에 떠올려진 건 물 한 모금, 그것을 입으로 가져간다. 손바닥으로 움켜쥔 물은 천길의 입에 닿기도 전에 손가락 사이로 흘러버린다. '후르륵후르륵.' 한 번 그리고 또 한 번 손바닥을 핥듯이 빨다 갑자기 갈증이 느껴지는지, 무릎을 꿇고 두 팔을 벌려 엎드린 채 고개를 물속으로 처박고는 '푸으욱 푸으윽' 거칠게 물을 빨아들인다. 달은 그대로 물속에 잠겨 어른거린다. 마치 저 거칠고 황폐한 히말라야 산중턱을 넘어온 마방처럼…, 갈증을 달랜다. 얼음이 녹아들어 냉기를 머금은 물이 천길의 목울대에 닿자 얼얼거렸다. 차가운 바람은 어김없이 천길의 등 뒤에서 회오리치며 지나간다. 바람이 스칠 때마다 앙상한 빈 가지들은 휘어질 듯, 쓰러질 듯 흔들리며 울부짖었다.
 수염으로 덮이고 물에 흠뻑 젖은 입가를 짚방석처럼 거친 손바닥으로 쓱 문지르고, 천길은 고개를 들어 달을 쳐다본다. 밤하늘에 떠 있는 달은 물속에 잠겨 있는 달보다 더 살찌고 탐스러웠다.

단칸 오두막집 쪽마루를 가득 채워 천길에게 충만함을 주었던 달! 천길은 달 속에서 어린 날 할머니의 모습을 기억 저편에서 끄집어낸다.

"달아, 달아 밝은 달아 이 태백이 놀던…."

전쟁으로 가족의 상실을 겪으며 정신이 온전치 못했던 할머니가 보름달이 휘영청 떠오를 때면 오두막집 조각 마루에 무릎을 베고 누워있는 어린 천길의 등을 수세미보다도 더 거친 손으로 쓰다듬으며 들려주었던 그 노래 한 가락을…, 천길은 부드럽고 희뿌연 달 속에서 찾아낸다. 늘 휑하니 비어있던 천길의 집은 보름달이 휘영청 떠오를 때면 터질 듯 밝아 보였다. 할머니가 끓여준 수제비 한 사발에 볼록해진 천길의 배는 보름달만큼이나 포만감을 주었고 쪽마루가 달빛으로 가득 찼다. 할머니의 그 노랫가락을 들으며 어린 천길은 스르르 잠이 들곤 했다. 그 기억은 천길의 의식 속에 억제된 채 말라버렸던 감성을 깨우고 마침내 꿈틀거리게 했다. 드디어 분화구를 찾은 용암이 분출되듯, 기억들이 한꺼번에 밀려들고 넘쳐흘렀다.

"할머니! 할머니!" 소리치다, "혜림아! 혜림아!" 불러댔다. 천길의 의식 속엔 어느덧 혜림의 모습이 떠오르고, 혜림을 목청껏 부르고 있었다. 한꺼번에 밀려드는 감정들을 주체하지 못한 듯, 물가에 털썩 주저앉고 만다. 그리곤 복받치는 설움에 목 놓아 울어버린다. 얼굴보다 더 커져 버린 두 손으로 얼굴을 감싸 쥔 채….

"으허, 으허. 으으윽!"

그 모습은 포효하는 동물의 울부짖음처럼 산천을 울리고, 나뭇가지들마저 흔들었다.

천길은 기억을 더듬기 시작한다. 억제되어 말라버린 것 같았던 어린 시절 고향의 기억들을 하나하나 되짚으며 살려내고 있었다.

할머니와 살았던 고향마을과 단칸 오두막집, 그리고 바로 옆 싸리울타리 너머에 살았던 혜림이, 혜림은 천길이 태어나서 처음으로 따뜻하고 포근함을 느끼게 해 주었던 단짝 동무였다, 혜림의 집과는 싸리 울타리 하나를 사이에 두고 있었다. 사실 천길의 집은 혜림의 집에서 보면 사람이 사는 집이라기보다는 작은 축사처럼 보였을 것이다. 단칸방에 손바닥만 한 쪽마루 하나가 붙어있는 오두막이었다. 그래서 여름이면 산등성이를 타고 불어온 하늬바람이 천길이네 집 마당에서 숨을 고른 뒤 마을을 향해 내달리곤 했다. 마당 한 구석에 숨은 듯 앉아있는 장독대엔 실금이 거미줄처럼 어지럽게 그어져 있는 커다란 독 하나가 덩그러니 놓여있어 가난하고 품새 없는 살림살이임을 보여주고 장독 주위에 둘러 핀 맨드라미는 처연하도록 자줏빛이었다.

그날 밤도 이날처럼 밝고 환한 달밤이었다.

"천길아!"

누군가 부르는 소리가 가느다랗게 그의 귀에 들어왔다. 열두 살 어린 천길은 저녁에 할머니가 잠이 들면 혼자서 엎드려 숙제를 하곤 했다. 그 소리를 듣자 천길은 화들짝 놀라고 가슴이 콩닥거렸다. 할머니 옆에 엎드려 있다 몸을 일으켜 밖으로 나갔다. 밖은 유난히 희고 둥근 보름달이 처마 끝에 매달려 환하게 비추고 있었다.

"천길아!"

그것은 분명 혜림의 목소리였다. 천길은 마루 끝에 나와 주위를 두리번거리며 목소리의 주인을 찾았다. 천길이 고개를 이리저리 돌릴 때마다 달빛이 만든 그림자도 그를 따라했다. 싸리울타리 사이로 얼굴을 내밀고 서 있는 혜림이 보였다. 순간 천길은 가슴이 마구 뛰어 말이 더듬거려 나왔다.

"와 혜림아. 와, 와. 무슨 일이고?"

"천길아, 이거 받아."

혜림이 울타리 사이로 손을 뻗어 누런 종이봉지를 천길 앞에 내밀었다. 달빛 아래 서 있는 혜림은 낮에 학교에서 보았던 모습보다 훨씬 더 예뻤다.

"이게 뭐꼬?"

천길은 두 손을 덥석 내밀어 종이 뭉치를 받으면서 내내 혜림에게서 눈을 떼지 못했다.

"응, 떡이야, 느그 할머니랑 같이 먹어."

혜림은 떡봉지를 천길의 손에 건네주고는 울타리 너머로 급히 사라졌다. 살금살금 걸어서 제 방으로 들어가는 게 그림자로 보였다. 엄마나 두 오빠에게 들키지 않으려는 것 같았다. 혜림의 어머니와 두 오빠들은 몹시도 천길을 못마땅해하고 있었기 때문이었다. 천길은 그날 본 혜림의 모습이 가슴에 새겨져 긴 세월 동안 마음을 설레게 하면서 혜림에 대한 무모하기 짝이 없는 사랑으로 커가고 있었다. 그것은 언제나 천길에게 시련과 재앙을 불러들이는 결과만 가져왔지만, 혜림은 천길에게 깜깜한 어둠 속에서 한 줄기 반딧불 같은 존재였을 것이다.

천길의 고향은 낙동강하구에 옹기종기 자리 잡고 있는 여러 마을 중 하나였다. 대산마을, 상서마을, 지산마을 등이 있었다. 집들은 대부분이 초가집이었고 서로서로 이마를 마주하듯 조개껍데기를 엎어놓은 듯 엎드려 있었다.

천길이와 혜림이가 다녔던 지산초등학교는 마을 뒤 야산 중턱에 자리 잡고 있었다. 하얀색 건물에 촘촘히 박혀있는 유리

창은 여름날 아침이면 쏟아지는 햇살을 되쏘며 유난히 반짝거렸다. 학교 가는 길에 만나는 널따란 혜림이네 과수원 등 까맣게 잊은 줄로만 알았었는데 그것은 잊은 게 아니었다. 잠시 의식의 뒤편으로 밀려나 말라져 있었을 뿐이었다.

천길이 태어나고 자랐던 지산마을은 읍내에서는 그리 멀지 않은 곳에 있었다. 이웃 마을인 상서나 대산마을로 가려면 지산마을을 먼저 거쳐야 할 만큼 마을은 입구 쪽 낮은 곳에 위치해 있었다. 그런 지리적 조건은 여름 장마철엔 낙동강이 범람하여 물바다를 이루면 가장 먼저 물에 잠겼고 해마다 반복되는 물난리를 피할 길 없이 겪어야만 했다. 그뿐만 아니었다. 6.25라는 전쟁도 유난히 혹독하게 치러냈던 마을이다.

지금의 황천길은 6.25동란 중에 태어났다. 낙동강 전투가 한창일 때, 사람들은 모두 부산으로 피난을 떠났고. 마을이 텅 빈 유령마을처럼 되어있을 때, 천길의 어머니는 천길을 낳았고, 얼마 지나지 않아 그녀 역시 갓 낳은 천길과 할머니만을 남겨놓은 채 어디론가 사라져버렸다. 그렇게 태어난 천길은 정확한 나이도 모른다. 어떤 사람은 천길이 태어나던 해가 52년 쯤일 거라고 하기도 하고 또 다른 사람은 "에잇!, 무슨 소리! 그게 그러니까?"하며 눈을 치뜨고 한참 동안 생각하다 "아마 천길이 낳고 얼매 안 있어 정전이 되었다 아이가. 그래

치면 천길이 낳을 때가 53년쯤일 거야."라고 우기지만 실은 정확히 아는 사람은 없었다. 천길의 출생이나 가족에 대해서는 마을 원로들의 입을 통해 설화처럼 전해질 뿐, 정확한 것은 모른다. 천길은 51년생이었던 형이 죽고, 사망신고를 할 새도 없이, 그대로 형의 호적에다 동생을 대치시켜버렸다. 그래서 형의 호적대로 51년생, 황천길이 되었고 나이도 이름도 형의 것으로 살고 있다. 전후 혼란스러운 상황인데다. 유일하게 살아남은 건 핏덩이 같은 천길과 정신이 온전치 못한 할머니뿐이었으니…. 천길의 할머니를 마을에서는 '정신이 온전치 못한 할머니.'라고 불렀다. 전쟁 중에 많은 가족을 잃었고 그 충격으로 정신 줄을 놓아버렸다. 그러나 정신이 들어 있을 땐 마을 품팔이 일도 했고. 어린 천길을 돌보며 근근이 살아가기에는 별다른 지장은 없었다.

정전이 되고 전쟁은 멈췄지만, 사람들의 마음속에 전쟁의 상흔마저 지워진 건 아니었다. 사람들은 크든 작든 각자의 상처를 안고 치유되지 않은 아픈 삶을 살아야 했다.

할머니는 잠을 잘 때도 갖은 소리들을 내뿜으며 잔다. '푸~후 푸~후.' 코를 골기도 하고 '드르륵 드르륵' 이를 갈기도 하고 더러는 내 새끼야, 내 새끼야, 하며 잠꼬대를 하기도 했다. 그러다가 어떤 때는 소스라치게 놀라 깨어나 꺼이꺼이 울기도 했다. 할머니가 잠꼬대 중에 부르는 내 새끼가 천길이 아버지인지 아니면 천길의 형인지 알 수가 없었다. 그럴 때 천길은 물끄러미 할머니를 바라다보곤 하면서 방이 두 개였으면 참 좋겠다고 생각했었다. 할머니의 입에서 내뱉어지는 소리들이 어린 천길에게는 괴기스럽게 들렸기 때문이었다.

혜림이네는 마을에서 제일가는 부자였다 마을의 논과 밭이 대부분 혜림의 아버지 덕배의 것이었고, 마을 뒤 커다란 과수원도 그의 소유였다 과수원은 학교 가는 길목에 있었다. 널따랗게 산 중턱을 가로막고 있어서 아이들은 학교 갈 때마다 과수원 울타리 옆으로 한참을 더 돌아가야 했다. 그곳에서는 여러 종류의 과일들이 탐스럽게 익어가고 있었다. 과수원은 뾰족한 철조망으로 둘러쳐져 있었고 그 옆엔 과수원을 지키는 원두막이 있었다. 원두막에는 누렁이 개와 늙은 머슴 아저씨가 있었는데 그는 어릴 적 소아마비를 앓아 두 다리의 길이가 맞지 않는다고 했다. 걸을 때면 다리를 심하게 절룩거렸다.

8월이면 포도밭에서는 포도가 까맣게 영글어갔다. 포도가 단맛을 뿜으며 익어가는 8월은 방학이어서 아침마다 그 달콤한 포도 향의 유혹을 견뎌야 하는 고충은 겪지 않아도 되지만, 천길은 어쩌다 매미나 잠자리를 잡으러 뒷산에 올라갔다가 그 탐스런 포도송이를 보고는 한입 가득 침이 고이곤 했었다. '혜림과 친하게 지내면 저 맛있는 과일들을 실컷 먹을 수 있을 텐데' 어린 천길은 생각했다.

봄부터 가을까지 이 마을의 노동력은 덕배네 일에 집약이 되었고 천길이 할머니도 가끔 그 집일에 동원이 되기도 했었다. 특히 할머니가 과수원 일을 거들고 품삯 대신 받아온 흠 집 난 과일들은 천길의 허기진 배를 채우기에 충분했다. 그리고 그 새콤하고 달콤한 과일 향은 오래도록 천길의 기억에 새겨져 있었다.

학교에서 돌아오면 천길은 늘 혼자였다. 할머니가 품삯 일을 나가는 날은 더욱 그랬다. 외로울 때면 천길은 혜림의 집과 천길의 집을 가르고 있는 울타리 새에 우뚝 솟아있는 늙은 가죽나무의 우듬지까지 올라가 휘파람을 불었다. 맨 꼭대기 위에까지 올라가 앉으면 온 마을이 그의 눈 아래 엎드려 있는 듯했다. 무엇보다 높은 나무 위에서는 혜림의 집이 바로 천길의 발아래 있었다.

혜림의 공부방은 아버지가 거처하는 사랑채 옆에 있었는데 여름이면 혜림은 방문을 열어 놓았고 책상 앞에 단정히 앉아 공부를 하고 있었다. 어린 천길은 그 모습이 학교 선생님같이 위엄 있어 보였다. 천길은 그 방을 바라보며 의기양양하게 휘파람을 불어댔다. 그렇게 휘파람을 불고 나면 외로움 따윈 날아가 버린 듯했기 때문이다. 휘파람은 천길에게 가장 좋은 놀이였다. 그리고 손을 뻗으면 닿을 듯, 하늘이 가까이 다가와 있는 것 같은 착각이 들었다. 그럴 때 천길은 더없이 행복했다. 어쩌다 까마귀 서너 마리가 까악, 까악거리며 날아가는 걸 보고 있으면 어린 소년 천길은 망연히 따라가고 싶었다. 까마귀들은 어디로 날아갈까? 궁금하기도 했고, 저 까마귀들을 따라가면 엄마를 만날 수 있을까? 그렇게 천길에게 엄마는 하늘에 떠가는 구름처럼 그저 막막한 그리움일 따름이었다.

그러다가 혜림의 큰오빠 찬주의 눈에 뜨이기라도 하는 날은,

"빨리 내려가지 못해! 이 좀팽이 자석아!"

작대기로 머리통을 사정없이 내리치곤 했는데, 그 찬주는 지금 집에 없었다. 천길은 나이보다도 한참 작았다. 동네에서는 그를 '좀팽이'라고 놀렸다. 돌콩처럼 좀체 자라지 않는 그를 두고 그렇게 불렀다.

혜림의 큰오빠 찬주는 부산에 나가 고등학교를 다니기 때문에 지금은 집에 없다. 그래도 나무 꼭대기에 올라가 휘파람을 불 때면 이번에는 할머니가

"천길아, 집에서 그렇게 휘파람 불었싸면 배미가 나온 대

이."

쉬고 갈라진 목소리로 불지 말라고 야단을 쳤다.

"집에서 휘파람을 불면 배미가 지 부르는 소리인 줄 알고 울타리 밑에서 기어 나올지도 모른대이."

할머니는 한사코 휘파람을 불지 못하게 천길을 야단쳤다. 그러나 사실은 천길이 혜림의 작은오빠 선주에게라도 두들겨 맞을지도 모른다는 두려움 때문이었을 것이다. 천길은 할머니가 품삯 일 나가고 혼자서 심심할 때만 불곤 했다.

천길은 혜림과 같이 청소 당번이 되어, 늦게 오는 날엔 혜림의 원두막에 들러 놀다 오기도 했다. 그 원두막을 지키는 늙은 머슴은 천길이 오면 절룩거리는 다리를 끌고 참외밭이랑 가운데로 들어가 노랗게 잘 익은 참외며 과수원의 복숭아 등을 따다가 천길에게 주면서 실컷 먹으라고 했다. 그 절름발이 늙은 머슴은 천길이를 보고 불쌍하다고 했는데, 천길은 그 아저씨가 더 불쌍했다. 마을에서는 그를 두고 그냥 소아마비라고 불렀는데 그에게는 집도 가족도 없는 것 같았다.

"혜림아, 내 오늘 아인나, 과일을 배터지게 묵었대이." 포만감에 겨워 천길이 혜림에게 말하면 "그래, 천길아, 니 자주 여기 데려올까?" 천길을 보고 천진하게 웃었다.

혜림은 천길이 무척 착한 아이라고 생각하고 있는 것 같았다.

"그리고 이거는 느그 할머니 갖다 드리래이."

절름발이 아저씨는 비닐봉지에 못난이 과일들을 넣어 들려주기도 했다.

집이 이웃인 천길과 혜림을 선생님은 늘 짝을 지어 하교를 같이 하게 했다.

장마철, 도랑물이 불어 물바다가 되고 길이 물속에 잠겨버리는 날은 천길은 혜림을 등에 업고 집에까지 데려오곤 했다.

"천길아, 나 무겁제?" 등에 업힌 혜림이 물으면 "아, 아. 아이다, 하나도 안 무겁고 내 등이, 니 배에 대이니까 억수로 따뜻하대이, 내 이래 니를 업고 저 부산까지도 갈 수 있대이." 하고 말하곤 했다.

천길은 한 걸음 한 걸음 옮겨 걸을 때마다 무언가 모르게 마음이 설레었고, 아지랑이처럼 뭉실뭉실한 행복감이 피어오르는 걸 느꼈다. 집이 좀 더 멀리 있었으면 하고 소년 천길은 생각했다. 혜림 집에 도착하면 혜림의 어머니는 벌레 씹은 표정으로 천길을 바라보며 몹시도 못마땅해했다.

"천길아, 누가 니 보고 우리 혜림이를 업고 오라 카더나? 어이!" 하고 다그쳤고 "저, 그냥 혜림이 넘어질까 봐서 예. 물에 빠질까 봐서 예." 천길이 당황해서 말하면 "뭐라고? 다시는 혜림이 위한답시고 그런 짓 하지 말그래이 알았나? 그렇잖아도 지금 상근을 마중 보내려던 참이었거든." 쌀쌀맞고 서슬

퍼런 표정이 되곤 했다.

상근이 역시 혜림이네 집에 사는 집머슴이었다. 그런 날은 천길은 슬펐다. 혜림이를 업고 집에까지 데려다주면 '고맙대이 천길아, 니는 우째 그리 착하노.' 할 거라는 자신의 예상은 늘 이렇게 빗나갔기 때문이다. 천길은 혜림과 친하게 지내고 싶었다. 혜림은 공부를 잘했고 순하고 예쁘기까지 했다.

'왜 혜림의 식구들은 나를 그렇게 싫어할까?' 집에 돌아온 천길은 방바닥에 엎드린 채 곰곰이 생각하다 잠이 들었다. 할머니는 낮에 했던 품삯 일이 힘에 겨웠는지 유난히 끙끙거리며 앓는 소리를 냈다. 천길은 잠결에 비몽사몽 귓가로 흘러드는 소리에 잠에서 깨었다. 그러더니 다시 잠잠해졌고 천길도 다시 잠이 들었다. 얼마나 잤을까? 천길은 문틈으로 스며든 빛기둥을 보고 부스스 일어났다. 할머니가 이렇게 해가 중천에 뜰 때까지 자는 걸 천길은 본 적이 없었는데 이상했다. 할머니는 반듯하게 누워있었고 아무 소리도 나지 않았다. 그토록 천길의 귀에 익숙한 숨소리마저도 멈춰 있었다. 노체는 햇빛에 시들어가는 뿌리 잃은 풀잎처럼, 그렇게 신음소리 몇 번 내고 숨을 멈춰버렸고 몸은 식어있었다.

그것이 죽음인 줄 천길은 처음으로 알았다. 천길은 놀랍고 두려워서 마구 소리 내어 울었다. 천길의 동물적인 울음소리를 듣고 이웃 사람들이 달려왔고 거기에는 혜림 아버지 덕배도 끼어 있었다. 마을 이장 그리고 동네의 맥가이버인 장득만 등이 주축이 되어 장례를 치러주었다.

절에 다니는 명희 할머니는 극락왕생할 거라고 했고, 교회 다니는 소영 엄마는 천당에 갈 거라고 하며 넋은 벌써 떠났고 지금은 몸이 갔을 뿐이라고, 마을 사람들은 저마다의 방법으로 '정신이 온전치 못한 할머니'의 명복을 빌어주었을 뿐, 누구도 슬퍼하지는 않았다. 그렇게 '정신이 온전치 못한 할머니'는 죽음보다도 못한 삶을 버리고 떠나갔다. 부실하기 짝이 없던 의지 처였던 할머니마저도 잃어버린 천길은 천애고아가 되어 다시 한번 세상에 내던져졌다.

천길의 하루는 마루에서 시작되고, 마루에서 저물었다. 밤에 잠을 자려고 해도 할머니가 자면서 내뱉던 가지가지 소리들이 천길의 귀에서 환청처럼 되살아나며 천길을 괴롭혔다.

"할머니!, 할머니! 어데 갔노? 할머니 보고 싶대이. 보고 싶대이."

천길은 할머니가 눈에 어른거리고 보고 싶은 날은 그렇게 어미 소를 찾는 송아지처럼 할머니를 부르며 울먹였다. 열네 살 어린 소년이 감당해야할 슬픔은 너무나 크고 가혹했다. 천길은 할머니가 죽은 후 몰골이 점점 더 누추해지고 지저분해져 갔다. 끼니도 거르는지 얼굴에는 마른버짐이 이끼처럼 피어나고 광대뼈는 더 도드라지고 눈에서는 물기를 잃어갔다. 어린 소년 천길은 유난히 달을 좋아했다. 탐스럽게 살이 오른 보름달이 떠오르는 저녁이면 천길은 마루에 홀로 앉아 달을 바라보면서 자정이 다 지나도록 앉아 있었다. 가끔 눈을 돌려 혜림의 집 쪽을 물끄러미 바라보기도 하였다. 시선으로 혜림을 찾고 있는 것 같기도 했다. 어쩌면 혜림이 울타리 가까이 올지도 모른다는 기대감이 그를 마루 끝에 머물게 했는지도 모른다.

냉기가 떠도는 어둠으로 채워진 산등성이, 실개천 가에서 옛 기억을 떠올리며 천길은 목 놓아 울었다. 울음소리는 산천의 고요를 삼키고 바람결 타고 흩어진다. 그러다 문득 혜림이가 보고 싶다. 그때로 돌아갈 수 없을 것만 같은 막막한 그리움이 가슴 저 밑에서 눈물이 되어 솟구쳐 흐른다.

좀처럼 그칠 것 같지 않게 한동안 계속되던 천길의 울음을 멈추게 한 건 끊어질 듯 느껴지는 빈창자의 용틀임 같은 공복감이었다. 허기가 온몸으로 엄습해와 더 울 기력도 없었다. 천길은 가까스로 몸을 일으켜 비실비실 걷기 시작한다. 그러나 자꾸만 몸이 균형을 잃고 옆으로 쓰러지고, 다시 일으켜 세우기도 힘겨워 보였다. 천길의 굶주림에 찌들어 마르고 야윈 체력은 바닥을 드러내고 있었다.

새벽이 오는지 달빛도 흐려지고 있었다. 저 멀리 조개 껍질을 엎어놓은 듯 그만그만한 민가가 뿌연 새벽안개 속에 희미하게 모습을 드러낸다. 기억에 새겨진 고향마을 같은 모습에 천길은 마음이 설렌다. 후들거리는 다리를 끌며 걸음을 걷기 시작한다. 가슴에서는 가벼운 흥분마저 일었다.
　천길을 따르던 그림자도 이제 보이지 않고 어슴푸레하게 새벽안개가 눈앞을 흐린다. 사자 갈기 같던 머리카락도 이슬에 젖어 함초롬히 물기를 머금고 달라붙어 있었다. 천길은 금방이라도 무너져 내릴 것 같이 엎드려 있는 집이 눈앞에 나타나자 걸음을 멈추고 주위를 둘러본다. 집 주위에는 싸리 울타리가 둘러쳐져 있었다. 천길은 싸리 울타리를 보자 그 너머에 할머니가 앉아 자신을 기다리고 있을 것만 같아 마음이 급하게 설레었다. 천길은 거친 숨을 고르고 발소리를 낮추어 한 발짝 한 발짝 안으로 들여놓는다. 인기척이 없다. 파란 물이끼가 여기저기 검버섯처럼 피어있었다. 순간 또르르 발밑에 작은 돌멩이 하나가 소리를 내며 구른다. 등골이 오싹했다. 한쪽 구석에서 게으르게 졸고 있던 늙은 고양이 한 마리가 화들짝 놀라 일어나더니 천길을 흘끔흘끔 뒤돌아보며 느리게 걸어간다.
　안은 여전히 적막하다. 부엌문인 듯 새까맣게 썩은 나무문이 얼기설기 귀신이 사는 집같이 귀기가 서려 있었다. 문틈에서 새어 나오는 퀴퀴한 냄새는 천길이 흘리고 있는 냄새보다 더 강하게 코를 자극한다. 천길은 조심스럽게 문을 밀어본다. 그리고 동물의 눈처럼 초점 없이 휑한 눈을 벌어진 문틈 새로 들이대고 이리저리 굴려본다. 눈에 들어오는 공간은 휑뎅그렁했다. 아무것도 보이지 않았다.

그러더니, 이번에는 '더더덕 더더덕덕' 쥐들이 놀라 황급히 도망친다. 쥐들은 저희들의 점령지에 나타난 낯선 천길의 존재를 경계하며 달아나고 있었다. 천길도 움찔 놀라면서 문이 밀쳐지자 썩은 문은 와장창 요란한 소리를 내며 뒤로 나자빠졌고, 몇 조각으로 부서져 버렸다. 그 공간은 도망간 쥐들의 아지트였다. 곡식들을 어디서 물어 왔는지 다 까먹고 겉껍질만 수북이 쌓여 있었고 쥐의 이빨로 찍힌 자국 난 과일 조각들이 여기저기 널브러져 있었다.

"제기랄, 쥐 따위들이 집안에 모여 살다니, 좀팽이들은 다 어디로 갔지?"

천길은 허탈감을 안고 쓰러질 듯 돌아서 나온다. 뱃속의 허기는 한계상황에 다다른 듯, 천길의 걸음을 정지시켰다. 기진 맥진하여 더 이상 서서 걸을 수가 없었다.

기듯이 쥐들의 집을 나오자, 바로 옆에 있는 집이 눈에 들어왔다. 투견들의 사육장 같았다. 이곳 역시 사람은 보이지 않았고 마당 가운데 여기저기 놓여있는 커다란 대야에 밥이,

소복이 담겨있었다. 순간 천길의 두 눈에서는 섬광처럼 빛줄기가 쏘아졌다. 단걸음에 달려가 두 손으로 밥을 움켜쥐고 고개를 처박고 빨아들이듯 목구멍으로 밥 덩어리를 밀어 넣었다. 몇 번을 그렇게 반복해서 정신없이 밥 덩이를 밀어 넣고 있었다. 저쪽에서 인기척을 감지한 개들은 쇠창살로 된 우리 안에서 목줄에 매달린 채 거세게 날뛰며 컹! 컹! 컹 짖어댔다. 싸움판에서 살아남도록 훈련된 맹견들은 무단침입자를 보자 광폭하리만치 맹렬했다. 우리를 부수고 뛰어나올 듯 들썩들썩거리며 '컹컹컹!' 짖어대고 있었다.

새벽녘 외딴 산간 마을이 느닷없이 자지러지게 짖어대는 개들의 소리에 휩싸이고 그 소리는 사방을 에워싸고 있는 산등성이에 부딪히며 파장을 일으키고 더 크게 확장되어 나갔다.

그때 뒤쪽에서 미간에 두꺼운 주름이 잡힌 커다란 불독이 당구공 같은 두 눈을 번득거리며 달려 나온다. 끊어진 목줄을 그대로 목에 매달고, 뛰쳐나오더니 천길에게 가까워지자 '펄쩍' 송아지만 한 커다란 몸을 잽싸게 날려 천길의 목덜미를 단숨에 나꾸어 챘다. 그것은 실로 한 찰나였다. 천길이 불독을 발견할 새도 없었다. 설사 보았다고 해도 피할 틈이 없었을 것이다. 불독은 천길의 목을 물고는 이리저리 마구 흔들어 대기 시작한다. 목덜미를 공격당한 천길은 "으윽, 음!" 단말마 같은 소리만 몇 번 내는 사이 불독의 날카로운 이빨 새에선 선홍색 피가 새어 나와 마당으로 뚝, 뚝 떨어지고, 순식간에 흥건히 고이기 시작했다. 미처 위에 도달하지 못한 밥알이 핏빛으로 물들어 불독의 날카로운 이빨 사이사이에 걸려 있었다.

밥풀이 범벅이 된 천길의 두 손이 파르르 떨다가 그대로 멈춘다. 그제야 불독은 축 늘어져 무거워진 천길의 주검을 이빨에서 뱉어내듯 땅바닥으로 떨어뜨린다.

구멍이 숭숭 뚫린 가림막 같은 문 너머에서 한 늙은 남자가 부스스 몸을 일으키더니 엉거주춤한 자세로 나온다. 기는 건지 걷는 건지 분명하지 않았다. 그 역시 밖에 있는 불독과 크게 다르지 않는 모양새였다. 튀어나온 당구공 같은 두 눈과 양미간 사이에 깊게 잡힌 세 줄의 주름, 불룩한 양 볼은 영락없는 불독이었다. 더욱이 그의 불룩한 입에서 웍, 웍 튀어나온 소리는 사람의 말은 아니었다. 개 소리인지 사람 소리인지 분간하기조차 어려운 소리를 냈다. 그는 마당에 나와 엉거주춤한 자세로 서서 천길의 주검을 이리저리 고개를 갸웃거리며 살펴보고 있었다. 그의 표정에서는 아무런 감정도 나타나지 않았다. 남자는 사람의 언어나 행동은 물론이고 인지능력마저도 잃어버린 듯했다. 대신 불독과 눈의 대화, 눈의 소통에 더 익숙해져 있는 듯, 불독의 피 묻은 아가리만 연신 쓰다듬고 있었다.

동쪽 하늘은 불그스름한 새벽빛으로 물들어 있었고 마당은 선홍색 피가 흥건히 고여 붉게 물들어 있었다. 새벽안개가 무겁게 대기를 누르고 보름달은 사라지고 없었다.

송경하 소설집

끝나지 않은 이별

초판발행일 2024년 12월 30일

지은이 : 송경하
발행인 : 김순진
편집장 : 전하라
디자인 : 김초롱
펴낸곳 : 도서출판 문학공원
등　록 : 2004년 3월 9일 제6-706호
주　소 : (우편번호 03382) 서울 은평구 통일로 633
　　　　녹번오피스텔 501호 스토리문학사
전　화 : 02-2234-1666
팩　스 : 02-2236-1666
홈페이지 : https://blog.naver.com/ksj5562
이메일 : 4615562@hanmail.net

※ 책값은 뒤표지에 있습니다.
※ 저자와의 협의에 의해, 인지는 생략합니다.